心 中 的 大 佛

傅惟慈　著

四川文艺出版社

图书在版编目（CIP）数据

心中的大佛 / 傅惟慈著. — 2版. — 成都：四川
文艺出版社，2019.3
ISBN 978-7-5411-5277-1

Ⅰ．①心… Ⅱ．①傅… Ⅲ．①随笔—作品集—中国—
当代 Ⅳ．①I267.1

中国版本图书馆CIP数据核字（2019）第027993号

XINZHONG DE DAFO
心中的大佛

傅惟慈　著

责任编辑　奉学勤
封面设计　叶　茂
封面插图　常晶晶
版式设计　史小燕

出版发行　四川文艺出版社（成都市槐树街2号）
网　　址　www.scwys.com
电　　话　028-86259285（发行部）　028-86259303（编辑部）
传　　真　028-86259306

邮购地址　成都市槐树街2号四川文艺出版社邮购部　610031
排　　版　四川胜翔数码印务设计有限公司
印　　刷　三河市华东印刷有限公司
成品尺寸　146mm×210mm　　开　本　32开
印　　张　9　　　　　　　　　字　数　210千
版　　次　2019年3月第二版　　印　次　2019年3月第一次印刷
书　　号　ISBN 978-7-5411-5277-1
定　　价　42.00元

目录

大时代，小嵌片

年轻时有过不少荒唐想法，一个是想当作家，另一个是想做流浪汉，混迹江湖，玩味一下生活于其中的大千世界。十八九岁的时候，背着行囊，离家远行，多少是受这两种想法支配。年纪稍长，思想渐趋现实，才明白人生仍以温饱为第一要务，只好缩回乌龟壳，寻一份稳定工作。就这样，我在大学毕业后，做了教师。"人之患在好为人师。"我不配为人师，只当了一辈子教书匠。

虽然如此，小时候犯的痼疾，似乎并未除根，没有才气当文学家，退而求其次，于批改学生作业之余，我开始译书。翻译外国文学，既能从大师级的创作里品味人生，又满足了自己舞文弄墨的癖好。特别是在当年一段严峻的日子里，做两种文字的排比转换游戏，不仅逃避了自己怯于面对的现实，且又恍惚感觉自己可以当家做主，不必听人吆三喝四了。夸大一些说，翻译工作使自己获得了一定程度的自由感。

六十岁以后，又打起行装，到处游走。这仍然是年轻时迷恋浪荡生活的延续。由于生性疏懒，走的地方多，记载下来的少。偶然写几篇游记、观感类的短文，多是应友人索，碍于情面挤凑出来的，难望大家名篇后尘。如今编入此书，实在是凑数而已。

自 20 世纪 90 年代中期起，我陆陆续续写了几十篇随笔、杂记，有的追忆过去，怀念故人，有些与我搞翻译有关，也有一些是硬着头皮为我所译图书写的前言、后记。总起来说，它们多少记录下我生活中的凌乱脚步。我是渺小、卑微的，只是恒河中的一颗沙粒。我的生活也极平凡，没有大起大落，更无可圈可点的地方。但一个时代的历史是由千万人的平凡生活凝聚成的。我的人生记录现今刻印成书，只不过是一个时代的宏伟镶嵌图中一个微小嵌片而已。但愿我的小嵌片也能发出一点微弱闪光吧。

傅惟慈

2007 年岁末

增补附记：

　　一辈子教、译书，直到八十五岁在朋友的怂恿下才结集出版一本自己写的书。我竟因此受到一些不虞之誉，很多新老朋友鼓励我接着写下去。无奈人入老境，常感力不从心，又受到腿疾困扰，所以只能断断续续地来接着拾掇些至今难忘的陈年往事，也算集腋成裘。此书再版，我加入了五六万字篇幅，除续写完了《出亡记》外，主要增加了一篇回忆自己在抗战最后两年的经历和感受。另外两篇《往事》和《心中的大佛》亦属往事回忆。听友人建议，一本书不宜太厚，所以我又删除了几篇文章，其余均按原版编排。

　　我觉得能够和更多的朋友交流交流心得和感悟的确是很有兴味的事。读者中倘若有人对 20 世纪中叶前我国的动乱年代有兴趣了解，想知道当时一部分年轻人日子如何度过，同今天的年轻人生活有何不同，我的几篇残缺记载或许可资参照。需要说明的是，我走的路多半是一个鲁莽、任性小伙自己选择的歧路，并不是那时节青年人该走的主流大道。

2013 年立春日

第一辑

| 回 眸 |

　　类似这样的与我参军、当译员有关的人或事，不少我都省略未记。必须说的是，我得感谢那个时代。战火纷飞、动荡不安的日子给当年许多年轻人制造出横冲直撞的机会，让他们过一段"迷茫莽撞"的日子。如今战乱年代早已过去，我沐浴在落日余晖里写了这样一篇大事记似的回忆文章，只是希望年轻时的凌乱脚印在时间的沙碛上多留一些时日而已。

小院春秋

北京西直门内大街近东端有一条南行大道，过去叫北沟沿，老年间这里想必曾有一条旱沟。后来沟被填平，改成马路，名字也改叫赵登禹路，是为了纪念七七事变为国捐躯的爱国将领赵登禹。赵登禹路东西两侧各有若干小巷，北京人叫胡同。现在路西的胡同已经一条一条地被拆光，改建成不中不西的楼房。路东还有几条苟延残存，正惴惴不安地等待着某一天命葬巨型推土机之手。在这些巷子里，有一条名字尚称娴雅，叫四根柏胡同。估计多年前胡同里一定长着四根柏树，只是如今两棵已经遍寻不着，另外有两棵委委屈屈地被圈在一个小院里。就是在这个小院，我一住就是半个多世纪。我叫它四根柏小院，是因巷取名，并非说我有四株柏树，这同当前流行的浮夸病倒没有关系。

四根柏小院面积不大，连同住房不过两百平方米。除了一溜儿北房外，原来只有大门内一间类似门房的小屋，再就是一小间厕所。北房比较高大，当中三间还带着一排有些气魄的玻璃走廊，但这只是蒙骗人的假象。1976 年唐山发生了一场地震，波及北京，小院西边临街的山墙被震裂，一下子露了馅。原来高大房屋磨砖对缝的机制红砖墙后面填的尽是拳头大小的碎砖头。听这里老住户说，此房是日本人占据北平时期房产商给一家日本人修建的，一切都虚有其表。其实我刚一住进来就发现，这些高大的房子，房顶竟是灰抹的平顶，夏天雨水一大，就多处漏雨。此外房屋的围墙也很低矮。南面院墙临街，不过一人多高。个子高的人攀住墙头，一跃就可以进入院内。我自己就有过这种经验。"文革"期间，有一段日子我住进牛棚，不让回家。但我不服管教，总在暗中捣一点儿鬼。有一次我思家心切，白天同一个要好的年轻校工说好，晚上要借用一下他的自行车。我把自行车的钥匙先拿到手里。等到夜深人静，人们都已经入眠，我溜出牛棚，跨上自行车，就骑回家里。我害怕深夜叫门，惊醒左邻右舍，便把自行车靠在院墙外边，踩着车的大梁很容易就攀住墙头，纵身跳进院里。就这样神不知鬼不觉地同家人团聚一夜。后来天下太平，换了人间，好心人劝我把院墙加高，以防宵小，但我却不屑于这样做。我同我的老伴儿一辈子都教书，家里并无老底儿，不趁金银财宝。要是有哪个歹人看走了眼想来捞一笔，他并不需要跳墙，我会敞开街门请他进来的。

我是1951年春天搬进这个院子里来的。1950年，我的后母卖掉了位于什刹海前海一座三十余间祖遗大房，购置了三四处小房。在此以前，我一直同后母及她所生的一子一女一起生活。当时我已结婚并有一个女儿。后母早有分家析产的打算，这次买了四根柏胡同的房子（房产证上写的仍是她的名字），希望我自立门户，我也就顺从她的意思，老老实实搬出来，从此另起炉灶，同他们分家另过了。我家原是满族，姓富察，民国后改姓汉姓傅，可惜家中族谱在"文革"中毁掉，至今无法弄清富察氏属于何旗。我只是在幼小时听祖母说，祖父曾做过某地知府，死后家中薄有资产。除了前面提到的卖掉的大房外，还有四五处房屋同一家染坊，盛时雇有二三十名徒工。我父亲半生在哈尔滨中长铁路任职。九一八事变后回京，多年积蓄也用来买了房子。他死得较早（四十五岁逝世），家中开支全靠房租，用北京话说，我们家是靠"吃瓦片"过日子的。1951年分家，按家产实况说，我还能分得更多一些，但我不到二十岁，就只身背着个小包外出流浪，实在没把家中资财看在眼里。我对产业并不看重，还有一件事可以说明。1952年北京高等院校进行大调整，北京大学自沙滩搬到海淀原燕京大学旧址。我也随原工作单位并入北大。北大准备分我一套住房，已经带我去中关村看过，我却推拒了。当时想的是，如果在海淀安家，需要我爱人往返奔波，跑路的事，还是让我这个老爷们担当吧。等到20世纪80年代，我已经进入老年，即将退休，再想向单位申请住房，已经没门了。房产科对我说，要房也可以，我必须把城里的私房交出来。我还没有那么傻，想用一个小院换三间宿舍楼。好在"文革"时代早已过去，即使戴一顶房产主帽子也不会挨批挨斗，于是我就心安理得地当上小院院主了。

从1951年到今天，历经半个多世纪，小院也发生了巨大变化。先说院内居民。我刚刚搬来的时候，全家只有三口人——我、我爱人和长女嘉嘉。三口人当然住不了七八间房，于是只偏安一隅，住进西头两间，并占用了小门房，其余的都租给别的用户。但后来不断添丁进口，住房日益拥塞。1952年我的儿子出生，1959年又得了一个小女儿，已是五口之家。我爱人的兄嫂于20世纪50年代初也从东北来京住进四根柏小院，接着是我爱人的老母，从河北乡下进城。我的后母于"文革"初失去住所，也不得不搬来同住。这两位老人都没有落户太久，即先后去世。同样，几十年时间内，在小院里告别人世的还有我爱人的兄嫂和邻居两位老太太。这家邻居在小院住的时间很久，老一代人在此亡故，但新生代也频频增员。四个孩子倒有三个——一个女孩两个男孩填进四根柏的户口簿。从两家户口记载，小院人口最多时曾挤住过十五六口子，真是奕奕盛哉。但随着时光推移，院子逐渐减员。除了相继去世的老人外，在小院住了三十年的邻居终于在80年代初乔迁新居，小院顿时空了半壁江山。长女出嫁，儿子和小女儿移居国外，叫院子变得更加空旷。幸好我的第三代子孙——孙女田田，外孙莫言，外孙女莫鸣和莫菲（他们是小女小沫的孩子）童年都在我们膝下度过，叫四根柏小院不断传出儿童的欢声笑语。再加上四个孩子有三个从小学习音乐，叮叮咚咚的琴声，不时在空中缭绕。小院一直没断过勃勃生机。光阴似箭，转瞬进入21世纪，幼小的孩子一个个长大，到海外求学，最大的两个已是英国帝国理工医学院同剑桥的大学生。除了逢年过节，儿孙都回家热闹一阵子外，平时小院就非常冷清了。但仔细想想，潮有涨落，月有盈亏，消长相继本是人世常情。再说了，老年人性喜清静，我同我的老伴都已年过八旬，我们至今仍能以小院为家，种些闲花野草，漫步其中。春觅嫩芽，夏去枯枝，秋天坐在廊下望月，听虫鸣唧唧，冬日隔窗看鸟雀欢跃树梢，墙头一抹残雪。在喧嚣闹市里，有几个老人能享受这种清福呢？

人说完了，再谈物。说一说小院的破坏与改造。大的破坏共有三次，都发生在"史无前例"的那些日子里。一次受唐山地震波及，西山墙震裂，另外两三间屋子也砖瓦横飞。这件事前边已提过，不再多说。这是天灾，人力无法抗衡。另两件却是人祸：一件是街道革委会响应最高指示，开始"深挖洞"。四根柏一带的防空壕一个洞口就定在我家小院院内。院子里原来有个影壁，首先须要拆除。施工队头儿早已胸有成竹，从影壁上拆下的砖头要用来砌建防空洞内壁。可惜这些旧砖不作脸，拆掉以后不是粉碎就是已成核桃酥，只能搁置一旁。倒是从地下挖出的积土，在院子里堆成一个小丘，成了孩子的游乐场，既可做爬山游戏，冬天泼上脏水，也能用来做滑滑梯。我后来从干校休假回来，发现防空洞闲置，就为它派个用场。本来想在里面安一台鼓风机，排出地下冷气作为空调。后来鼓风机买不到，就干脆用防空洞储存食物，把它当成不需要用电的大冰箱了。小院第二次劫难发生在"文革"中期。我的住房门牌十号，东边紧邻门牌十二号，房屋格局虽然同我的小院相同，六七家住户却都是劳动人民。"文革"一来，突现了东院"红五类"的优势。有一天东院突然向我们这边发动攻势，转瞬就把分隔两个院子的一堵墙壁推倒，接着又堵上自家院子大门。七八户人家二三十口人从此就把我们的院子当作公共通道，与我们共用一个门牌了。这一表示"亲密无间"的行动背后是否还有别的用意我不敢妄测。反正从拆墙以后，原来四根柏十号院中的一举一动就都置于众目睽睽之下，再无任何隐私可言了。如果"文革"再推迟几年结束，东院的"红五类"肯定要向西移民，在我们这边盖起一间间小房来。那时就不再有"四根柏小院"，只在胡同里增加一个大杂院了。"四人帮"倒台，举国欢庆，但肯定也有人扼腕。颠倒紊乱的秩序逐渐恢复后，还是由派出所出面叫东院的人恢复原来的格局，重新砌起推倒的院墙。

小院的改造，规模较大的也有三次，自然都是在那场大风暴过去以后。1981年儿子结婚没有住房，当时小院的邻居尚未搬走，我们只能将就着把原来的小门房扩大。房子是多了，可是珍贵的庭院却被削减了一块。谁也不认为这是件好事。第二次大兴土木在1990年，我趁老伴去国外探亲之际在家中造了反，差点儿把住房翻了个个儿。我找了个可靠的包工队，除了购置应用的建筑材料外，还买了大量木料。原来房屋的灰顶被铲除，换上木结构的三角架房顶，铺上石棉瓦，从此免除了夏日房屋漏雨之忧。另外，这时儿子已经移居国外，不再回来，我又把他结婚时扩建的房子进行削减，恢复了一部分庭院失去的面积。我自己设计了小阳台，大玻璃门脸，坐在房内就能眺望院庭美景了。这次土木工程延续了三四个月才完成。最后一次改造是在2003年"非典"时期，老伴再次出国看望女儿，我趁机在家里造反。这回改换了几间屋子地板，改装了厕所，安置了空调，算是对房子进行了一些现代化和美化。除了上述三大工程外，院内种树养花的烦琐小事，这里就不必一一记述了。只想说一下院子里的树木，除了原有的两棵柏树外，几年来又增加了一棵核桃树、一棵石榴树，年年都结出丰硕果实。小门房阶前二十年前种的一株金银藤，枝叶繁茂，每年春季都令满院嗅到幽香。北房正门前有老伴的嫂子种的一株合欢，生长极快，已经压到原来的一棵柏树上面。这株树树干粗壮，夏季骄阳似火，合欢树却浓荫匝地，使院内气温比街上低三四度。只是合欢树易生虫，必须年年打药，有些叫人操心。

结束此文前，还想提一下四五年前，小院曾经遭遇厄运，几遭灭顶之灾。当时北京全市大兴拆迁改造旧城之风，眼看一条条胡同尘土飞扬，百年老屋瞬息间灰飞烟灭。四根柏一带是块唐僧肉，开发商焉肯放过。测绘地图的、制订建筑计划的几乎天天都围着这一带转悠。这年冬天，我去南方避寒，听家人告诉我，在一个月内就有三家房产商登门商讨搬迁事宜。有的强索户口本和房产证说是要拿去复印，有的手执打印好的拆迁合同，要你同意他们出的搬迁费用并立刻签字画押。弄得这几条胡同的居民人心惶惶，鸡犬不宁。后来这些一心发财的商人不怎么来了，不知是因为内部利益分配不均，主管单位也无法协调，暂时拖延下来，还是因为拆迁的事引发各地频发群体事件，北京市民又不断有人抗议这种破坏性的改造，迫使当政者对原定的规章做了修改。总之，那场风波最后不了了之。只是至今我不知道我住的这个地方，将来会怎么样。现在虽说有了物权法，承认你是房子主人，有权支配自己的财产，但土地还是国家的，政府为了公益事业，可以随时征用。至于征地后是真正用它做什么为民的事，还是提供给哪些开发商再创造出几位亿万富豪，小民就不须知道了。老话不是说"民可使由之，不可使知之"吗？再说"危房改造"不也是堂堂正正的为人民造福的措施吗？

一部小院春秋，说的不仅是一所住房的变化，也映现了傅姓家族三代人的生活经历。第一代——我同我的老伴，从青年时代到鬓生白发一直住在这里，前半生固然同大多数知识分子一样，也盖上生活的坎坷烙印，但几十年来，终能繁衍生息，事业亦小有成就。第二代幼时混沌无知，刚成人就被赶到乡下插队，其后返城求知、求职，直到去海外谋生存，小院都可做见证。只有第三代在小院里的有欢声笑语，年纪稍大又去海外求学，寻求更广阔的天地。小院不仅庇护了我们一家三代人，而且因其优越的位置与相对宽敞的空间惠及我们一些亲友。每逢春秋佳日，常有几个老同事、老同学来此聚会，或品茗，或小宴。小院可以同时接待二三十位嘉宾，并不显得拥挤。我个人有收集外国钱币的癖好，我的几位币友每隔两三周就携带个人珍藏来我这里研赏，为小院增加了不少文化气氛。小院有知，也会感到惊诧，怎么昔日汗流浃背，顶着烈日挖防空洞的"乌狗"们，今天会个个挺起腰板，并有如此闲情逸致，品味生活？唉，时代变迁、社会进化，何人巨掌能够阻挡？

童年游戏

我的童年是孤寂的。幼小的心灵难以承担冷清寂寥，便发明了各式各样的单人游戏，尽量把单调的日子涂抹一些彩色线条。

生母早丧，父亲继娶后所生子女，与我年纪相差过远，不是我的玩侣。父亲一生吃的是洋饭（直至九一八事变，他一直在中苏合营的中东铁路理事会任职），却一心要我受诗云子曰教育。在举家迁回北京后，不过几年，日寇又接踵而至。世道乱了，父亲为我请了家馆老师，我被禁锢在四堵高高院墙围绕起的庭院里，上午听老师讲读《论语》《孟子》，下午一个人枯坐在一张大硬木写字台前边，背书、临摹字帖。长昼寂寂，我竖起耳朵聆听从另一个世界传来的各种音响。

卖奶酪和果子干的小推车，走进胡同里来了。车轮吱吱呀呀地由远而近，最后停在院墙外边。卖果子干的老武头拼命敲击两只小铜盏，声声敲到我心坎上。后来小推车走了，我又听到一阵阵鸽哨的声音。一群鸽子在不远的地方往返盘旋，哨声一阵松一阵紧。低飞时，连鸽子扑动翅膀的声音都清清楚楚传到我耳朵里。我欠起身，伸长脖子向玻璃窗外望去。我看到的只是一块被遮断的方方正正的蓝天，蓝得叫我心里发空。

我勉强把目光拉回到摊在书案上的《论语》上，但是刚背会两行，就又神不守舍地再次倾听起来。这次我听到的是从正房传来的断断续续的鼾声，父亲午梦正酣。我觉得自己有权利活动一下。我该上一趟厕所了。

我蹑手蹑脚地走出屋门，直奔小后院。厕所在后院的一侧，但我却奔向另一侧。这半边院子沿后墙有一个土台，土台上长着两棵松树，松树根下有几个蚁窝。我俯下身，仔细观察小蚂蚁的活动。今天没有蚁群列队交战，它们都在单独行动。我看它们如何伸动触角，互相传递信息，看它们如何结成互助组，搬运一只大肉虫。后来我不甘心作壁上观了，也要参加它们的活动。松树干上趴着几只苍蝇，正在阳光下得意地搓手搓脚。我屏住呼吸伸出一只手，灵巧地一抓，就把一只苍蝇活生生抓在掌心。我把苍蝇的翅膀扯掉，使它变为爬行动物，掷在蚁窝边。之后就发生了一场惊心动魄的激战。苍蝇奋力挣扎，但还是被三四只蚂蚁合力拖走了。我又抓住另一只飞行动物，这次只扯掉一只翅膀，搏斗就更加剧烈了。如果把苍蝇的两只翅膀各扯断一半，它还能做短途飞行，就会有几只蚂蚁被带到空中遨游一番。这一游戏持续了大半个钟头，直到前院传来父亲的咳嗽声，我才慌不迭地离开战场，重新端坐在书桌前面。

我开始临摹字帖。每天我要写十张毛边纸的大字和小字，但在我写完四五张以后，便把字帖推在一边做我的游戏了。我有一块当镇纸用的书本大小的厚玻璃，我开始在玻璃上胡乱涂画。画小人，编写歌谣短句。趁墨迹未干的时候，我把一张白纸在上面一按，就印出一张书页来。随着实践，这个游戏不断改进。我不止练习写反体字（这样印出来就是正的了），而且用圈点古书的朱墨做套色印刷。"印刷所"运转起来，我开始编书。《三字经》的前几句本来是"人之初，性本善；性相近，习相远"。我认为毫无意义，就把它改成"人之初，居无屋，采野果，猎狐兔"。在我的第一本"著作"尚未编完的时候，我的"印刷所"被查封了。那天，父亲偶然闯进来，发现我正埋头于第二职业，于是全部非法印刷物都被没收了。

我又转入一种更隐秘也有些神秘的游戏——画符咒。我从院中葡萄架上摘下一些肥厚的大叶子，偷偷拿进书房，模仿一本狂草字帖，刻上无人能辨认的草字，然后加上我要表达的心愿——祝词、诅咒和愿望。每天我都有一个或几个愿望。盼望父亲外出赴宴，半天不回家。盼望能在街门口碰到邻居家的小津姐，她能主动和我搭几句话……我的祝愿和诅咒并不多，因为那时我的世界极小，爱的人只有一个——我的祖母。我要诅咒的敌人常常变换：这一天是厨子老郭，他无缘无故地踢了我心爱的小黄狗一脚；另一天是卖果子干的武头，他没有在我买的果子干里放上我爱吃的藕片。经常受我诅咒的是一个姓夏的家馆教师，这人当面夸奖我，背后又向父亲告状，说我读书不专心。我在葡萄叶上郑重其事地刻上咒语："夏某三日内必遇横祸。"我对刻好字的葡萄叶顶礼膜拜一番，就虔诚地把它藏在一个神圣处所——供在柜顶上的至圣先师孔老夫子牌位下面。我一边朗读"学而时习之"，一边斜眼盯着牌位，看那上面是否会突然闪出一道电光什么的。

父亲是大神，是我既无法爱又不敢恨的人。他的命运是卑微的我不能左右的——祝愿与诅咒都毫无用处。长大以后，我才知道世界上还有其他这样威力无边的势力。对这些势力你只能老老实实，俯首帖耳，稍有不慎——且不说争辩与反抗——你可就要倒大霉了。

童年早已逝去，但童年的这些幼稚游戏有一些却伴我终生。它们以各种衍生的变体——简单化、复杂化，辅以成人智慧屡屡在我生活中出现。寂寞的时候我玩各种单人游戏；行动自由被剥夺时，我在头脑中进行创造；命运攸关时刻，我借助具有象征意义的文字或符号占卜未来。人到中年，我又一次被投到一片空虚里。我被关进四堵围墙禁锁的小屋里，面对一本宝卷——这次是一本远比《论语》更为神圣的经书，需要我一字不差地背下来。我倾听着外面世界传来的音响，不是鸽子的哨音，不是卖果子干的玎玲的小铜盏，而是呐喊、厮杀和辱骂。我叹了口气，开始心平气和地重又玩起我的童年游戏来。

千里负笈记

一、告别大学生活

日历翻到 1943 年，我已经在沦陷于日寇之手的北平（那时北京还叫北平）生活了十余年。在日寇铁蹄下，物价飞涨，百姓生活越来越困难。最困难的是粮食，一般人家，吃饭不得不搭着"混合面"，一种用豆饼、高粱、花生壳等磨制成的粗粮。我家在我父亲去世后，幸好留下大小几处房子，靠"吃瓦片"（出租房屋）还买得起细粮，生活尚能温饱。1942 年秋季，我考入天主教会办的辅仁大学西语系，这时第一学期已近尾声。我在大学学习还不错。英语在上中学的时候就有些底子，一有闲暇，我就到图书馆去看英文书。我喜欢文学，耽于幻想。在西语系一年级的几门课程中最爱听的是文学界老前辈李霁野讲授的世界文学史。李老师早年参加过文学研究会，同鲁迅有过交往。课堂上他为学生开启了一座座文学宝库，从荷马史诗、希腊悲剧讲起，一直到中世纪薄伽丘的《十日谈》和但丁的《神曲》。开英国文学选读课的英千里老师是辅仁大学创办人英敛之的长子。英家全家人都信奉天主教，英千里十几岁就由一位神甫带到欧洲，后来在英国伦敦大学毕业。他精通英、法、拉丁文几种语言。用英语讲课，语音纯正，征引繁富，充分显示出他的博才多学。给我更深印象的是他在课堂上毫无顾虑地抨击日本对华侵略，并不时传达一些抗战信息。在敌伪严密控制下，英老师这样做需要很大勇气。在他选读的文章中，有一篇 H. G. 威尔斯写的《盲人国》，引起我对科幻小说的兴趣。《隐身人》《时间机器》和《莫洛博士岛》日后都成了我爱读的小说。"四人帮"倒台后，我译了英国温代姆的《呆痴的火星人》，阿西莫夫的《低能儿收容所》几篇科幻小说，同早年爱读科幻不无关系。

我有一批喜爱文学的朋友，有时聚在一起，谈天说地，也大言不惭地谈论各自的抱负。我想当个文学家，平常也胡乱写些东西。那时候我正痴迷于施特劳斯的圆舞曲，曾借用他的几首曲名，练习创作。《南国的玫瑰》写的是一个中国留学生和一个意大利少女的短暂恋情。《蓝色的多瑙河》也是写中国留学生，假期中这个中国青年沿着多瑙河漫游，经历了种种奇遇。若干年以后，我读毛姆的小说《刀锋》，发现书中主人公在德国浪游的某些情节，竟和我的虚构很有几处近似的地方。我深知自己的幻想式练笔文章一文不值。我对社会现实毫不了解。艾芜的《南行记》，高尔基的《在人间》《俄罗斯浪游记》强烈地吸引了我。我渴望走出家门，在外面广大的世界混迹于千百万普通人中间。抗日战争烽火连天，中国人正在受难。在战场上经历一次战火洗礼，如果幸免于死，倒也是难得的经历。不管怎么说，我对大学生活感到有些厌腻，我渴望走出去看一看外部世界，看一看中国的另一面——一个真实的中国。

早在入大学前我就开始盘算出行计划，如何离开敌伪统治下的北平。我同少数几个知心朋友也常常议论此事。一个在北平师范学校念书的同学介绍给我一个同重庆方面有联系的地下工作者。这人的公开身份是小学教员，我常常同他约好在北海公园见面。他每次都给我讲解抗日战争形势，青年人奋斗的方向，等等。后来见面的机会多了，自然也谈到青年人渴望离开沦陷区，参加抗战的事。我问他有什么路子可以去后方。他说有，但要冒风险，而且要等待时机。他告诉我有两条路离开敌伪统治区：一条走东线，经河南商丘；一条走西线，经河南沁阳。前一条是通商道路，来往人多，行路的时间长，花费大，有时还会碰上盗匪滋扰。后一条路程短，但要轻装上路，还要事先安排，找向导带路。我对是否辍学出走，很长时间犹豫不决。这一话题在同那位地下工作者会面时虽然还不断提及，但一直没有深谈。直到最后我去意已定，而且大致定了行期以后，他才透露给我上路的一些细节：具体路线，何处换车，下车找何人联系，直到行路的一些注意事项——该带什么（后方缺少的物资），不该带什么（书籍、文具、证件和一切可能暴露学生身份的东西）。他还给我讲了一些"那边"的情况，好的和坏的，希望和困难。"那边"一词是指我国未受日本人蹂躏的领土，是指人民可以自由呼吸的地方。我渴望光明，渴望自由。在北平大学里念书，生活虽然还算惬意，但却感到窒息。更何况这里到处插着太阳旗，国土已经变了颜色，叫你随时随地都有生活在屈辱中的感觉。除了我的书，这里还有什么可留恋的呢？1943年春节前十几天，学校马上就要放寒假了。我把自己的一辆自行车卖给同学，又从家里要了些钱，提着简单的行李，登上了一趟南行列车。火车驶出车站，我向灰色的古老城墙和角楼挥手告别。未来等待我的是什么，是个未知数。我只知道自己将要走进一个陌生而又新奇的世界。山水、人物、粗劣的饮食、鸡毛小店……或许还有枪林弹雨。什么我都准备迎受，也愿意迎受。虽然有些忐忑不安，甚至有些恐惧，但新鲜感支撑着我。想到我的那些可怜的同学正在吃力地背诵课文，准备期终考试，而我却坐在火车上旅行，我感到宽慰，甚至幸福。上帝给了我眼睛是叫我看东西，给了我双腿是叫我走路。我现在就在使用它们。我刚刚迈出生活的第一步，今后我还要看得更多，走得更远。当时我的思想虽然还模糊不清，但在潜意识里，已经逐渐定出终生遵循的生活准则了。

二、走进人间

地下工作者给我详细介绍了投奔"自由"的路程。先是买一张平汉路火车票到河南新乡。在新乡换车乘一条支线去沁阳（旧怀庆府）。在火车到达终点前一小站下车。找车站上一位某姓工作人员。他会带我到一个小村子。那里有人接应我，为我办手续，安排下一段行程，给我开路条，换钱（把敌伪区使用的储备券换成国民党统治区流通的法币），再找一个向导。从此步行向南大约走两百里路，穿过伪军把守的炮楼，走过一段兵匪不分的三不管地带就到了黄河边。黄河彼岸就是我向往的自由天地了。我按照地下工作者的指示，乘车到了新乡。天色已晚，我在火车站附近找到一家客栈安歇下来。夜里辗转不寐，生怕军警到旅馆查房。幸好一夜平安无事。第二天一清早，我就到车站去买到沁阳的火车票。站前广场上人很多，大多是到城里找活儿的农民和闲汉，看见有人要乘车他们就过去帮助你提行李，找不到活儿干的人就向行人乞讨。我在这里上了生活的第一课。刚在食摊上买了一块大饼，准备当早点，就有一只脏手从身后伸过来，一把把我的早点抢走。还没等我缓过神来，这人已经"呸、呸、呸"地在大饼上吐了几口唾沫，断绝了我追还的念头。我只好掏钱又买了一份，而且牢牢地把大饼揣在怀里。这次没有人来抢，却有四五个衣不蔽体的孩子向我伸出肮脏的小手，求我把大饼分给他们一点。我把买饼找回的一把零钱扔给他们，逃出重围。

这就是日本人占领下城市中的街头景象。几天以后，我已经过了黄河，走到仍旧属于中国的领土，但我看到的惨景同样触目惊心。从洛阳西行到陕西西安可以乘火车，陇海路是抗日战争爆发前新修的，有名的"蓝钢车"（因车厢为蓝色得名）就在这条铁路上行驶。我经过河南西部的时候，中日对峙以黄河为分界线。日本人不断从黄河北岸向这边打炮，铁路路轨时断时修。接近灵宝县一段因无法修复，乘车的人必须下车步行几公里，到灵宝再换车继续向西。火车怕日本打炮，只能夜里行驶，人称"闯关车"（"关"指潼关）。我在灵宝车站看到簇拥在铁路边的人群中除了农民、乞丐外，还有不少散兵游勇和伤兵。蛮横一些的强勒硬索，老实的伸手乞讨，形同乞丐。农民有的携家带口。实在吃不上饭，就在幼儿甚至十几岁少女背上插根稻草，那是待价而沽的标记。只要你站住脚多看两眼，就有人——多半是人贩子——走过来替卖孩子的父母跟你议价。我经过河南的时候，河南老乡正经受三重苦难：蝗虫、洪水和汤（恩伯）军。同敌伪占领区相比，这边唯一的优点只是有钱能吃白面馍，而沦陷区的穷人却嗷嗷待哺，连吃混合面也困难了。

我从新乡到黄河边一路平安无事。向导替我背负着我的简单行李，昼伏夜行。白天歇脚休息一般都在为敌我双方干事，但心里却倾向国军的乡保长家里。他们有的还是国民党党员。两个多月以后，我又穿行过这一地区（这次是为了想在大后方求学，冒险回家去取证件、书籍，并重整行装），这一段故事我将留在下一段记述。这一带还居住着不少回民，回民村落护卫森严，大多筑起围墙，甚至还建有炮楼。村口有几个荷枪的人严密把守着。经过这些回民村子，向导总是带我绕道而过。回民性格剽悍，不愿意同汉民打交道。他们是不欢迎陌生人闯进自己领地去的。

一个夕阳西下的傍晚，我终于到达黄河岸边。这是我第一次看见母亲河，也是第一次看见一条雄伟辽阔的大河。河水有些浑浊，尽管冬风劲吹，但波涛并不大。只见浪头一个接一个，滚滚而来，在落日照耀下，金波闪闪，似乎永无尽头。我登上一艘可载三四十人的摆渡木船，不顾凛冽寒风，爬上甲板。我要把眼前的景色永远收留在记忆里。祖国大地正遭受敌人蹂躏，但壮丽的山河却巍然如故，未受丝毫损害。这也象征着中华民族不屈不挠的精神吧。

过黄河以后，首先找到一家卖大饼的，花钱烙了一张大油饼，填饱在敌占区受了委屈的肚子。这里的渡口属河南省偃师县。在一家小店过夜后，次日就雇了一辆"架子车"（人力拉的胶皮双轮车，北京叫排子车），把我载到洛阳。两天后，又从洛阳到达西安。洛阳自东汉起不少朝代都定为国都，白马寺、龙门石窟遐迩闻名。西安古称长安，更是历史悠久的泱泱故都，但这都不在本文叙述之列，我的记叙仍限于个人经历。在西安，仍是听从北平那位地下工作者的介绍，我投奔到胡宗南办的"战时干部训练团"（简称"战干团"）。但是我只在"战干团"待了一个月，就在发军服、理短发正式入伍的前一天，开了小差，离开了这个训练基地。西安扶轮小学当教师的两三位老师早就劝导过我，经过考虑我对自己的前途做了另外一种安排。

三、困厄与险阻

在扶轮小学教书的两个老师都是北平师范学校毕业生，初来西安时也都投奔过"战干团"，后来却相继离开了。由于他俩赴内地前就有了教学经验，所以从"战干团"出来，很快找到了工作。这两人比我年纪大，比我阅历深，对社会人情以至国内形势看得更清楚。他们说，胡宗南的几十万大军驻扎在陕西南部，是为了扼制共产党。"战干团"是胡宗南培植个人势力的"私产"，训练青年学生到他的部队中当政工干部，卖狗皮膏药，很难说是为了抗战需要。如果入了"战干团"，下一步就要逼迫你加入国民党，他们叫我最好不要蹚这池浑水。我年纪轻，根底好，为什么不多念几年书呢？抗日战争打的是持久战，不愁将来没有报效国家的机会。这两位老大哥的劝说很有道理，我听从劝告，把自己简单的行李打点好从营盘里偷偷拿出来，打定主意在后方继续求学。

抗战期间，从沦陷区到内地的学生可以领取政府每月发放的助学费，维持生活。但是我离开"战干团"的时候，寒假后的新学期早已开始，所以必须等到秋天，才能入学。这半年多的时间该如何打发，是个难题。我必须找到个饭碗，才能活下去。就这样，晚上我在小学课堂借宿，白天四处奔走，想方设法寻找一个什么职位。一所天主教教会办的中学——玫瑰中学，名字很怪，至今仍然没有忘记，倒想要我，只是教数学课我无法胜任。另一所私立学校要我为人代课，可惜只上了两周，任职的教师销假回来，我就失业了。另外，还有人介绍我去韩城当英语教员。韩城在黄河西岸，隔河是山西省。这是太史公司马迁的家乡，也许应该去这座文化名城看看，我却嫌路远，也不愿意离开西安的伙伴就放弃了。20世纪80年代后期，我已退休，终于去了这座古城，补救了当年失之交臂的机会（参见我的《韩城之旅》）。时间蹉跎，我在外面已经混了一个多月，仍然找不到安身之所，我已经厌倦了这种寝食不安的生活了。再同两位学兄商量，他们说我有两条路可走：一条是去陕西城固，校本部在兰州的国立西北大学在城固设有分校。他们认识的学友可以解决我的食宿问题，等待分配入学。另一条路是再回洛阳。洛阳临近前线，有政府设立的战地失学失业青年接待站，收容从沦陷区来的年轻人，分配入学或就业。我决定去洛阳。在城固我将来只能分配到西北大学，而在洛阳则有可能到成渝等地某座从沿海城市内迁的名牌大学读书。虚荣心在我心里占了上风。于是我又背着行李登上往回开的列车。为了省钱，我同许多农民兄弟一样爬上了车厢顶部，尝试一下露天座席的滋味。春寒料峭，特别在日落以后，阵阵冷风吹得我瑟瑟发抖。正当我蜷缩着身子挤在一伙逃票者当中力求稍避风寒的时候，突然一张棉被搭在我的大腿上。回头一看，给我盖被的是一位面孔红通通的大嫂，她没有说什么，只是把身子朝我这边挤了挤，又把棉被掖得更严实些。农民大嫂在火车驶入河南界不久就下了车。一路上我们没有交谈一句话，但我从心坎里感激她给我的温暖。我是不是已经走进"人间"，体味到劳动人民在苦难中如何相濡以沫了呢？但是且慢，"温暖"刚刚过去，我就吞下一块寒冰，连骨髓也冰冷起来。在灵宝换车，邂逅一个穿军服的人把我的行李一件不剩地骗走了。这人在车厢里坐在我对面，同我东拉西扯。当他打听到我去洛阳的目的以后，吹嘘他认识人可以介绍我去接待站。他所在的部队就在洛阳驻扎，即使接待站不收留我，我的食宿也都没有问题。我轻信了这个"军人"的话，到洛阳以后就跟随他走进城里。他先带我到一家茶馆，叫我把行李寄存下来，然后陪我去吃饭。饭后，这人叫我在饭馆里暂等一下，他要去找一个同接待站有关系的熟人。我在饭馆里傻等了一个多钟头，这人还没露面。我感到事情不妙，心里开始发凉。等我再去茶馆取行李的时候，茶馆老板说，我那位"军人朋友"早把我的行李拿走了。就这样，我被孤零零地撂到一个陌生城市里，除了身上穿的衣服，一无所有了。

我坐在茶馆里，对着老板为我倒来的一碗茶发呆。我不知道该怎么办？即使救济战地年轻人的接待站收留我，我连一件换洗的衣服也没有，也无法待下去。去当兵？去流浪、乞讨？再去西安找我的伙伴求援？都不是办法。想来想去，我只有一条路，冒险再回北平，不是去辅大复学，而是重整行装，把自己配备齐全，再回内地来。我既然已经飞出来，就不能在遇到挫折后再折回老窝。我不能被人看作懦夫。再说，在外面流浪了三个多月等于我在社会大学上了一学期课。吃了苦，受了训，但我学会了适应现实的本领，人变得比离家前聪明了。我一定要在选定的道路上继续闯下去。我数了数身上剩余的钱——还够三五天饭费。我摘下手上戴的一块表，在一家钟表店卖掉，作为路上花销，第二天一清早，直奔来时偃师县摆渡口走去。

来的时候，我记得路过一个不大不小的村落，村长是个读书人，有爱国心。他曾鼓励我到后方参加抗战，这次我要找他帮助我返程回家。今天我已经忘记他的姓氏了，但是六十余年前却是这个热心人向我伸出热情援助之手。我在他家里住下，给北平家里写了信，叫家人迅速给我寄来路费。这位村长在沁阳县有亲戚，他说可以介绍我去落脚，并找关系拿到买车票必须有的"良民证"。这个村子已属沦陷区，同北平通信应该很快捷，但不知为什么，我给家里连续写了两三封信，却始终没有汇款寄来。后来我到家才知道，一个多月前他们刚刚接到我从西安寄去的报平安的信，三两天后又有信从河南寄来向家里要钱，他们怀疑后来的信是别人假冒骗钱，不肯汇款。这就苦了我，盼款望眼欲穿，真是度日如年。村长不许我出去，更不许我同别的村民接触，我只能像囚犯似的坐在屋子里。除了村长本人偶然走来同我扯一阵闲天外，我唯一的消遣是翻看他撂在屋中的几本闲书。一本残破不全的《聊斋》我翻来翻去，几乎把其中几篇背熟。我的伙食当然只能勉强下咽，但我知道这在沦陷区已经是破格的招待了。有时候实在饿得慌，就摸出一点零钱，偷偷溜到附近烧饼店，买个火烧解解馋。有一天，这时我藏身村子大概已经快二十天了，村长又来同我闲谈。汇款不来，他也为我着急。他问我去北京的火车票大概要多少钱。我根据三个多月前的票价告诉他一个概数。他怪我为什么不早说，他说这点路费他还是筹得起的。我在这里二十天的伙食费多半也不止此数了。他叫我准备好，第二天就可以借我路费启程上路。他的慷慨援助自然叫我十分感动。第二天，他派了一个人送我走了一程，进县城必经一座炮楼。我顺利地进了沁阳县城。我在村长亲戚开的旅馆里住了一宿，不在客房，而是后院锅炉房的一条板凳上。第二天，旅馆主人又带我去了敌伪县政府，靠人情也靠一点贿赂，我拿到临时的身份证和一张去北平的路条。但是直到火车票买到手里，我心里的石头才落了地。我可以重回北平了。

上火车以前，我找到一家澡堂子洗了个澡，我已经有个把月没有洗澡了。这家澡堂既无淋浴又无浴盆。进门是几张木床，供顾客换衣服，推开第二道门就是一丈多宽、两丈多长的池塘。我脱衣进去，痛痛快快地洗掉身上积垢。就在我还泡在水里的时候，门被打开，三四个裸体日本女人鱼贯走进来，毫无顾忌地跳进浴池。我早就听说日本有男女共浴的习俗，不以为耻。但面对几个活生生的白色胴体，我又惧怕又羞涩，连头也不敢抬，便急急忙忙跳出浴池，穿好衣服，落荒而逃。逃出浴室，我误打误闯地走进一条小街，这条街两边房屋虽然低矮，但是木制门窗却小巧玲珑，每户门前都插着太阳旗挂着招牌，理发店、料理店、咖啡馆……不一而足。一队日本小学生身穿制服，足踏木屐，噼噼啪啪地走过来。我目不斜视地急忙从小街另一端走出去。回到旅馆听旅馆里的人说，澡堂里日本女人是县城妓院里的慰安妇，每天某个时间总是集体去洗澡。中国人知道她们这个习惯无一不避开这段时间不去澡堂。日本人入侵中国后，大量移民，大大小小城镇都有日本人聚居。我国神圣土地已逐渐沦为日本殖民地了。在沁阳的所见所闻，又为我上了一课。

四、重返校园

我在北平家里大概只停留了两周，两周内我匆忙办妥几件事。首先是备齐一些证件，其中辅大的学生证很重要，这是到后方申请入学的有效证明。其次是路费和至少两三个月的花销。当然了，我还要还清好心村长借我的款项，备一份表示谢忱的礼物。这次我不再怕旅途中检查暴露身份了。我要尽可能带一些书。在后方买字典非常困难，而我志在学外语，所以手头必须有几本工具书。同村长告别时，我问他以后我回来他需要什么。他说他什么也不缺，只要一套书，梁启超的《饮冰室文集》，所以我跑了几家旧书肆，选购到一套大字本梁任公著作。上次带走的衣物既已被人骗走，家中剩余的也不多，我去了一次天桥，在估衣摊上添了几件质地坚固的旧衣服，买了一双牛皮鞋。我抽空见了两三个朋友，告诉他们这段时间我的经历。我把沁阳县那位村长的姓名、住址留给他们。万一有谁也想长征，村长是可以送他们过河的。一切打点停当，我再一次踏上征途。一路顺利，只是我带的一小包外文书给我带来些麻烦。应该略作记述的是我重返沁阳县境遭受困厄的村落后，把我的欠债、《饮冰室文集》和一点点薄礼送到我的庇护人手里，他又惊又喜，紧握我的手不放。他称赞我言而有信，说自己没有看错人。他留我在村子里多住了一天，置备了几碗乡下饭菜款待我，还邀请了两三个乡佬作陪。这位好心人以后我一直没有联系过。我猜想他多半是一名国民党党员，可能还担任什么职务。但愿日后他能平安渡过土改一关，没有遭难。在洛阳城我住进战地失学失业青年接待站，填了申请入学表格，等待教育部分配到一所大学。这里吃穿不愁，逍遥自在，除了偶尔和几个同伴进一趟龙门石窟，归途顺便看看传说埋葬蜀将关羽首级的关林外，每天就是看外语书。我已有足够的精神食粮，不愁日子难熬了。转眼到了夏季，换上单薄衣服，但分配入学的指令一直没有下来。我又坐不住了，蠢蠢欲动。同三两个同伴商量，都认为与其坐等，不如进行一次远征，干脆到重庆去申请入学。政府的教育部就设在重庆，很快就会有结果。更重要的是，在重庆会分配到一所比较好的学校。主意已定，我数了数从家里带来的钱，省吃俭用，去重庆勉强够用。准备南下的连我一共四个人，其中有一个姓冯的十三四岁小孩，是家中托一个商人把他从东路带过来，准备去内地上学的。小冯有个表哥是重庆大学的学生，他正找人搭伴上路。这是个好机会，我们一起走，在路上我们照顾他，到了重庆他的表哥会为我们找个落脚的地方。6月底的一天，我们一行四人拿着接待站开的请求免费乘车的学生证，登上西行列车。陇海路我已经往返走了两次，可谓识途老马。在西安我并未下车，和几个同伴一直乘车到了宝鸡。从宝鸡再往南当时没有铁路，只能乘烧酒精或木炭的破烂长途车，一路颠簸着坐到广元。中途汽车爬过秦岭，地理环境有了差异。秦岭海拔两千多米，是我国南北分界线。秦岭以南即属亚热带区，不仅水资源丰富，草木葱茏，连风土人情、饮食衣着也与北方不同。这种差异越往南走越显著。第一次走进四川一个小镇，眼前景色叫我目不暇接。青石板铺路的狭窄街道，街道两旁一家挨一家的古旧店铺，卖药草的，卖土织布匹的，打铁的，缝衣的……仿佛都已经在镇上伫立了好几百年了。居民的住房是灰瓦覆顶的木结构建筑，没有窗户，房门大敞，老人坐在门前竹椅上，吸着长烟袋。再看街上行人，男人白巾缠头，妇女有的背着竹篓。竹篓里装的不是柴米，不是青菜，而是活生生的一个娃娃。如果碰上赶场的日子那就更热闹了，店前摆满地摊，人群熙熙攘攘，几乎把路堵塞。我在一个饭摊上看见有人吃馄饨，也要了一碗。可是老板听不懂我的话，原来馄饨在这里叫抄手。我又要了一碗炸酱面，发现面条是泡在半碗汤水里的。这些印象都非常新奇，以后一直印在脑子里。一年半以后，我又在四川南部当过半年兵，看到更多景物：竹林、水塘、梯田、淳朴的人民……我对这块古蜀地一往情深，永远也不能忘却。

从广元到重庆，如果走陆路，需先乘车过剑门关，绕道成都，再转车往南。这条路不仅购买车票困难，花销也非常大。幸好我们到达广元的时候，交通部门刚开辟了嘉陵江水运航线。我们赶上驶往重庆的第一班小火轮。偶然邂逅随船视察水路的一位航运局科长，他热情帮助我们买到船票。两天后，船就起程了。这是一次非常惬意的旅行。白天坐在船上观赏青山绿水，傍晚航船靠岸，到岸上打尖、寻宿，游览市镇风光。四五天后，经过阆中、南充、武胜、合川几个城镇，我们在重庆小龙坎上了岸。小冯的表哥安排我们住进重庆大学学生宿舍。暑假里宿舍有很多空闲床位，找个歇脚地方并不难。上岸后首先要做的事是给教育部写信，再次申请分配入学。不知是因为我们的收信地址没写清还是别的原因，过了一个多月也没得到回复。8月底，我不得不亲自跑了一趟青木关（教育部所在地）。接见我的办事员凑巧是辅仁校友，给了我很大帮助。听从他的指点，我选择了浙江大学借读。浙大校址在贵州遵义，较之重庆、昆明等地，贵州物价低廉。另外浙大拥有不少名师，校长竺可桢是一位德望很高的学者，办学有方。唯一的困难是从重庆到贵州遵义需要一笔路费。我没有为这件事发愁。当时我已经找到在外交部任职的一位长辈，他是先父在中长铁路工作时的同事。这位伯父家眷仍滞留北平，我写信叫家中送过去一笔钱，伯父在重庆就能兑给我法币了。数目不大，却救了我的急。

1943年7月初至8月底，我在重庆大学困居了近两个月。重大校址在沙坪坝，与中大、南开中学同设在一条小街上。小街很热闹，除了茶馆、食肆外，还有四五家旧书店。我在学生食堂包了一个月饭，饭后就夹着书到茶馆泡茶、读外语。晚饭后在嘉陵江江边洗个澡，再同北平来的同学聊聊天。偶尔我也到重庆城内逛逛街（从沙坪坝步行至城中心近十公里），到书店看看有什么新书，到中苏协会翻翻近期报纸杂志。归来的路上经过两路口，那里有市政府办的一家廉价餐厅可以吃餐客饭，打打牙祭。有一回，走过两路口街头公园大门，看到大门前一张电影海报，设在公园里面的一家电影院正放映施特劳斯的传记片《翠堤春晓》。这是我在北平就迷醉的一部电影，片中穿插着华尔兹王创作的七八首名曲。我摸了摸口袋里的钱，还够买一张电影票，于是毫不犹豫地买票走进放映厅。整个电影放映期间，我一直如醉如痴地沉浸在优美的曲调里，把现实窘境抛在脑后了。电影已经终场，随着人群走出大厅，我仍然舍不得走开。太美妙啦，我必须再看一场。但这时口袋里已经没钱，我只能做一件不太光彩的事了。我绕到大厅后面，跳过不高的围墙，大摇大摆地又从正门进去，再一次陶醉在音乐里。第二场电影演完，已经到了午夜。我不敢惊动宿舍的同学，无法回重大，只能在公园的游椅上露宿过夜了。从外交部伯父那里兑款以前，我常常挨饿。第一个月在食堂包饭，尽管饭食粗劣，还可以按顿吃上两碗干饭。第二个月因为凑不上伙食费，只好到街上胡乱买些什么填肚子，饥一顿，饱一顿，有一两次甚至一整天没有东西吃。有一回，经人介绍，为一家评论时事的杂志《时与潮》从英文报纸译了两篇短稿。拿到报酬后，立刻去一家饭馆，同两三个同学开了一顿斋，那是我离家以后第一次享用的"丰盛筵席"。

从重庆去贵州的经历，过去我曾为浙大校刊写过一篇回忆。现在把其中一小段抄写下来，结束本文：

在重庆南岸海棠溪车站等了几天，终于搭上一辆往贵州运盐的卡车。但在买了车票后，我凑集的一点路费已经所余无几，多亏同车去浙大上学的卢莘英和另一黄姓女同学，慷慨资助给我食宿费用，夜晚我才能住进旅店。到遵义以后，得知一年级学生要去永兴场上课，还有近一百公里行程，我还需要一笔路费。幸好同我一起南下的冯姓小朋友曾经给我写过一封介绍信，引见我到浙大以后认识一位在英语系执教的佘坤珊教授。我面见素无一面之识的佘教授手里拿到一些钱。但是我想，这笔钱不能用来买车票，到永兴以后，我还得交饭费吃饭呢。于是我托卢、黄两位同学，替我带走我的行装，自己则安步当车，步行两百里路。为了抄近，到湄潭以前，我走的是山间小径。一个人走在莽莽森森的山路里，耳边听到的是海潮一般的松涛和远处传来的丁丁伐木声，除了头上偶然掠过一只飞鸟外，山间寂无行人。我这个一向居住在大都市的人，感觉像是回到了洪荒的世界。但当年年轻气盛，只想到能够入学读书的光明前景，对旅途艰辛，并不放在心上。在湄潭住鸡毛小店，如厕时几只肥猪鼻息咻咻，在木条板下面有所期待地挤动。在饭摊上打尖，只付米饭费，六七种腌菜敞开吃，并不收费，对我说又都是新奇经历。第三天上午，走到永兴，我报到入学。

再一次走进校园，又闻琅琅读书声。一个只身到内地求学的流亡学生，校园生活有很多事可以诉说，但这已不是本文记叙的范围了。只还要说一件事，一年多以后，日寇南侵，先锋部队已经打到独山（贵州境内），浙大被迫停课。我和几个要好的同学，也毅然决然"投笔从戎"，参加了青年军。这是我再一次告别大学生活。他日有暇我将写一篇《从军记》，讲讲我怎样当大兵吧！

（2006 年）

我在抗日战争中的最后两年

一、永兴场（1943年9月—1944年8月）

20世纪末的一年秋天，我重访贵州，寻找年轻时遗落在那里的足迹。秋天，贵州本是阴雨连绵季节，但是这次我的运气好，漫游期间，竟遇到一连串风和日丽的日子。当我漫步在郊野或某个小镇上的时候，半个多世纪前我初次踏入这一夜郎古国时的许多往事不由又涌上心头。我在遵义和湄潭几个地方转悠够了以后，搭上一辆东行的小面包车，来到距湄潭三十里路的永兴场。1943年秋至次年暑假，我在这里读过一年书。那是一个我混沌无知却尽情呼吸着自由空气的时代。

我又一次走在永兴小镇自西徂东、不过两三里长的老街上。街道两旁虽然添了几处网吧和发廊，但是低矮的店铺依然未减往昔破败、凋敝的景象。街头行人寥寥。不少店铺在门前架起摊位，徒然把时兴货色陈列到户外。过去泥泞的马路已经铺上一层沥青，供不多几辆机动车行驶。镇上最巍峨的两座建筑仍然是江西会馆（江馆）和湖南会馆（楚馆），这是我最熟悉的地方，因为浙江大学分校——我当时就读的地方——男生宿舍就设在楚馆。江馆较大，在楚馆东面，共三进，教室、饭厅和女生宿舍都挤在院内，也设有一部分男生宿舍。建筑最后一个院落是一座三层高的魁星楼，那是浙大永兴分校的图书馆。

浙江大学原来在杭州。1937年抗日战争爆发，杭州告急，浙大开始西迁。几次转移校址，最后于1940年在黔北落户。工学院、文学院设在遵义，农学院、理学院设在湄潭。师范学院按不同系级分设两地。由于遵义和湄潭两地校舍不足，学校当局又在永兴场建立分校，接纳一年级新生和先修班学员。

我是在1943年年初逃离沦陷后的北平奔赴大后方的。之后，有大半年时间，一直在不同地方漂泊。这一年夏天，我在陪都重庆沙坪坝度过，我冒着炎暑跑了一趟青木关，拿到教育部准许我到浙江大学借读的批文。从四川重庆到贵州遵义是一段艰辛的旅程。我托人请求公路局海棠溪车站的站长帮忙，等待了近一个星期才搭上一辆往贵州运井盐的大卡车。多亏两位同赴浙大报到的女同学照顾，解决了一路食宿问题。从遵义到一年级生分校永兴，近一百公里路程，为了节省些钱入学后交饭费，我是步行大半程山路过来的。这些经历我过去在《千里负笈记》一篇短文里记述过，这里就不再赘述了。

那一年我徒步走进永兴场，也适逢一个晴朗的秋天。从峦荒郊野乍进一个吵吵闹闹的小镇，眼望一家家店铺（多是应浙大学生需要开设的）簇拥在街道两旁，我的精神不由也振奋起来。我很快注意到有两家店铺自己必须照顾。一家是文具店，我的一支自来水笔（今天人们惯常使用的圆珠笔是"二战"结束以后才逐渐普遍的）早已没有墨水，很快就连字都写不出来了。另一处是永兴场西头一家缝制皮鞋的手工作坊，橱窗里摆着用牛皮缝制的粗糙的翻毛皮鞋。从北平出来，我带着两双鞋。一双我寄居在沙坪坝学生宿舍的时候被"川耗子"咬得破烂不堪。另一双随我长途跋涉，鞋底早已磨穿。离开遵义，我只能找两块硬纸板垫在脚下。我希望能买上一双新鞋，或者至少能把旧鞋换上一双坚实的鞋底。

我在学校教务处报到注册，分到一个学号，又缴纳了一个月伙食费。学校在楚馆男生宿舍分配给我一个床位。宿舍是没有隔断的两层筒子楼，楼上楼下挨次摆着一张张上下铺双人木床，沿窗有一排长条课桌，每人一只木凳。这里没有电灯，每个学生都领到一盏陶瓷碗油灯。油灯用的是当地产的桐油，两三根灯草做灯芯，光线昏暗。一年后我升学到遵义后，除少数机关学校有电灯外，我看到有人使用带玻璃灯罩的煤油灯，灯罩安在铁皮烟罐或者罐头盒上。这种改良的油灯亮度大，有人说这是浙大一位进步教授费巩（此人1943年在重庆失踪）发明的，学生就称之为"费巩灯"。但当时在大后方马口铁极珍贵，罐头也是稀罕物，所以这种改良油灯并未得到推广。

初步熟悉了环境，安排好生活以后，我开始考虑今后——至少今后一年将依靠什么生活下去。抗日战争期间，国民党政府为支持青年人从沦陷区前往大后方参加抗战，除在各地设有各种职业训练班外，还为有资格入学读书的人每月发给一定数额的生活费，称"贷金"。金额不多，勉强可以支付一个月的伙食费。按照当时教育部的规定，从沦陷区来的学生每人都能领到贷金，但是需要证明文件并通过各种手续。当时我担心自己申请不到这笔钱，无法继续读书，经过一番考虑，决定向学校申请转入历史系。因为历史系学生算师范生，而师范生享受公费待遇，就连饭费都不用自己掏了。我离开北平时，英语已有一定基础，远远高于内地高中毕业生水平。如果我有志学外语，靠自修同样可以学成，并不一定非要在外语系攻读。但后来事情发生变化，我转系的计划并未实现。

一年级新生入学后有两门必修课，一门是英语，一门是国文。

因学生人数多，程度参差不齐，需要按程度分成三个班。所以开学前举行了一次测试。之后不久学校张榜公布考试结果，我的国文和英文考试均得第一名。国文课测试成绩与名次对我关系不大，且公布的是我的学号，不为人注意。英语考试却写出我的姓名，而且成绩远远超过他人，在同学中引起轰动。分校外语系主任费培杰老师很快就找到我，告诉我贷金会有我的名额，叫我安心读书，不必转系。另外还有一个好消息，费老师兼任先修班英语课，他需要一名助手，帮他批改作业。他问我愿意不愿意做这个工作，可以挣一些生活津贴。这当然是我求之不得的事。我在大后方求学读书的经济问题，就这样解决了。

　　口袋里有了一点富余钱，除了置备一些必要的日用品和文具纸张外，第一个欲念还是把一直受苦的肚子填饱。学校食堂虽然供应一日三餐，但早餐两碗稀粥，中午和晚上八人一桌，只有四小碗不见荤腥的白菜豆腐或豆芽，吃第一碗饭还可以抢到口两三箸蔬菜，第二碗饭就只能靠碗底的盐汤拌饭吃了。我当时正是个二十岁的大小伙子，一天到晚感觉饥肠辘辘，不得不想办法吃些补充品。宿舍斜对面有一家贵州米粉店，我三天两头走过去吃一碗脆潲米粉，"潲"字我可能写得不对，字典上标义是用泔水、米糠、野菜等煮的饲料。我用来谐音。贵州管猪油炼后余下的油渣叫"碎 shao"。一碗连汤带水的河粉，加上半勺油渣，吃到肚里非常滋润，是我在永兴求学时代的营养剂。后来我离开学生宿舍搬到一家专门接待学生的私人小旅馆。旅馆入门处有广东夫妇两人开的一家餐馆，卖叉烧包和汤面，我也常受几位手头富裕的同学邀请去那里打一顿牙祭。

　　为什么我离开集体宿舍，搬出来住呢？这里面有个故事。原来我住进楚馆宿舍后，隔两张床住着一位四川籍的先修班学生，名叫张六平。他要在浙大先修班复读一年高中课程，然后重考大学。和我熟悉以后，我们各自介绍了一些自己的情况。张的老家在四川涪陵，父亲早年留学日本，家中有不少田产。学成回国后没有外出谋职，只在家乡过着乡绅生活。几年之后这位留日学生在长江中游泳，不幸溺水身亡，便由母亲出头管理田产，操持家务。张六平和他哥哥都出来读书。哥哥在内迁到重庆九龙坡的交通大学读航海系。很久以后，我和张六平更加熟稔，他才透露给我，原来他母亲是日本人，是父亲当年留学时结婚带回国的。中国同日本后来打起仗来，而他母亲已经在中国生活了二十余年，一口四川话，早已成为一位乡下老太婆，也没有人注意她原来的日本国籍了。我和张六平从认识起就成为好友，至今联系未断。50年代中我去上海找他，他已把母亲从老家接出来和他同住。我见到的是一个慈祥的小老太太。她同我叙家常，谈上海洋场的生活同四川农村如何不同。她很为自己两个大学毕业、为中国海洋事业做贡献的儿子骄傲（我的同学张六平在我认识他的第二年也考取交通大学航海系）。这位日本老妈妈让我深感贤妻良母型日本妇女的美德。我新交的同学张六平曾参加过高考，因英语太差，没有被录取。认识我以后，就求我为他补习英语。他的经济情况比较宽裕，嫌住宿舍太嘈杂，所以在街上找到一处公寓，租了楼上一间屋子，邀请我和他同住。

　　自从搬到小旅舍同张六平同住以后，我在永兴场的生活有了很大变化。认识了不少人，交际圈子扩大了。每天不仅是机械地上课、下课、吃饭、睡觉，而是平添了不少消遣、娱乐。和同学聊天、叙叙家常，也不排除畅谈各自的抱负和对未来的希望。这家作为学生公寓的小旅舍除了我同张以外，还住着另外两三个学生。一个叫陈雍的农学院学生，是个来自上海的白面书生，嘴里总哼着歌，不停给在贵阳工作的一位海外归来的广东小姐写英文信。我住进来以后，自然成为他的英语顾问。时间长了，我们自然也常常谈故乡的事。有一天，我信口哼唱当年流行的一首英文歌：《落日红帆》（*Red Sails in the sunset*），陈雍听到，马上接着唱下去。他告诉我，这首歌他很熟悉。抗战爆发，日本人进攻上海，炮弹已经频频落到离他家不远的闸北，他姐姐却不管不顾，一边整头发，一边哼唱这支歌。当年我们这些流落异乡的游子就是这样，只要有人提个头，说到老家的事，大家你一句我一句说起来就没完没了。而最引起人思乡情绪的，莫过于哼唱过去常唱的老歌了。我本无音乐才能，唱歌荒腔走板，可是在当时的氛围里，确实也借助音乐解除了不少寂寞。同旅舍的学生，还有一个与我同系级的学生向联银。这人本是孤儿，是川东长老会一位美国传教士太太把他抚养成人的。他用略带美国音调的英语说一些日常用语没有问题，只是词汇量不大。向同学最擅长的是弹风琴，在家乡的时候，教堂做礼拜，他总是弹琴为教徒唱圣诗伴奏。可惜当年浙大分校穷得连一台风琴也没有，让这位同学英雄无用武之地。1943 年年底，第一学期快要结束的时候，时机来了，学校突然来了一位身份不凡的客人。这人身材不高，穿一身西装、足蹬尖头皮鞋，是一位满口宁波话的"小开"式学生。他是从浙江经过江西、湖南、广西几省长途跋涉来校报到的。难为他大箱小笼居然随身带来五六件行李。自九月初动身，路上走了三个多月。学校虽然早已开学，却允许他注册入学，毫不留难。原来这个人大有来头，他叫翁心梓，是中国鼎鼎大名的地质学博士，也是国民政府一位高官翁文灏的侄儿。翁心梓到永兴后，也住进我们旅舍。他带的箱笼，装满四季衣服和内地稀缺的生活用品。最令人吃惊的是一只小提箱里装的竟是一台舶来品手风琴，声音洪亮，音色优美。这次会弹琴的向联银可以大显身手了。翁心梓不只喜欢音乐，而且颇有组织才能，没过多久，他就把小旅舍的全体住户组成了一个合唱团。我们既唱聂耳、黄自作曲的中国歌，也唱福斯特的黑人歌曲和像《当我们年轻时候》那类美国电影歌曲。合唱团给我们在永兴上学的平凡、单调的日子带来了活跃的、生气勃勃的气氛。我至今仍然佩服这位远方来客，聪敏、活泼、脑子十分灵活，翁来了以后，我们这些只知道死读书的人仿佛被吹了一口仙气，开始手舞足蹈，准备上演一出话剧了。翁野心勃勃，在指挥我们唱会几支短曲外，竟准备排练至少有双声部合唱的《蓝色多瑙河》。他梦想扩大合唱队伍，招进几名女生来。可惜第二年开学，正当万物回春的时候，他突然接到家中拍来的电报，叫他急速去重庆。原来他的有财有势的亲族，已经为他安排好去美国留学的手续。他一到重庆，就将出国了。我们这帮同学，自然非常惜别，但也为他能有机会出国深造感到高兴。翁为了轻装走上征途，行前他把他带来的绝大部分衣物都分散给同学。一套西服他本想送给我，可惜他身躯瘦小，衣服我无法穿。我只拣了一件比较肥大些的春秋衫留下，作为对这位朋友的纪念。在写这篇文章的时候，我查了一下因特网，看看有什么关于这位老同学的资料。我查到的信息说，翁心梓先生是著名旅美华人，曾任美国多种资源公司顾问，美国国会中国问题顾问，也曾担任过我国冶金部钛公司顾问。他在国内创办过宁波中原小学，80年代曾不断回国探视。我不知道翁先生今天是否仍然健在，如有机会我真愿意同他畅叙一下当年在永兴场共同度过的时光。

该简单谈一下我在浙大永兴分校学习的情况了。先说说在学校教英语的几位教师。前面已经谈过，负责外语系的教师是费培杰老师。费是贵州人，清华大学毕业，在美国留过学。在永兴他教我们英语精读和语音学。费老师精通音乐，会拉小提琴（在新年联欢会上表演过）。据我的一位老同学说，过去他教外文系学生英文语句声调时，有时会借助一支笛子，吹奏出高低音调示范。费老师身体不好，患有肺病，但教学非常认真。他教我们的教材均系自编。另外，由于学生基础知识差，他每周又增加两节英语辅助课，并为之编了一套简易教材，通过问答，既让同学熟悉英语基本句型，又扩大了词汇，纠正学生发音。我的英语程度虽然比同学略高，这一辅导课却也参加了。在当时那种既听不到英语广播，又无录音设备的年代，能有机会多多听说一些简单英语也是好的。一年级第二学期有一段时间，费老师因病不能来校授课，我们全班学生就自己组织起来胡乱学习。后来他病情有些好转，我们开始去他家上课。费老师住在永兴场东头郊外的一幢平房里。他并无家室，只有一名中老年男仆服侍他。我看到他家中有一个玻璃柜，装着二三十本原版书，多是社会学、教育学等专论书籍，也有一两本语言学理论书。我在永兴一年，感到最苦恼的就是无书可读。图书馆可以借到的英文书只是抗战前商务版的《莎士乐府》《伊尔文见闻录》《威克斐牧师传》等二三十种老书。国内新文学创作和文学刊物也极少。缺少书籍，是抗战期间内迁学校的普遍状况。除了少数几个大城市，读书人无一不感到文化饥渴。

浙大永兴分校的英语老师除费培杰外，还有三位教公共英语的教师。学生按程度分成三个班，三位教师各准备一个学期三分之一教材，同一教材，轮换为各班上课。这样也好，教师节省了备课时间，学生也可以吸收每个教师的长处，比一个教师一学期（或一学年）从头到尾教一个班更可取。我们外文系学生在上费老师的专业课之外，也必须上公共英语课。一位说话带浓重南京口音的矮胖老师我对他印象不深，至今连姓名也想不起来了。只记得他的教材中有一篇选文名字是《新哀洛伊斯》。这篇文章我知道，是从法文翻译过来的，原来的作者是鼎鼎大名的卢梭，但内容同语言都没有什么特色。这位南京口音的老师讲起课来摇头晃脑、声调铿锵，充满感情，非常好笑。另两位，一位是个学者型中年人，名宋雪峰。新中国成立后他可能在张家口军事外语学校授课，我在50年代曾在某个刊物上读到过他翻译的几首英文诗。另一位是永兴唯一的女老师，冯斐女士。浙大迁返杭州后我听说她因为思想"左倾"曾被国民党逮捕，后来是浙大校长竺可桢把她保释出来的。宋、冯两位老师当时都是单身，有时我去看其中一位，常发现另一位也在座。我之所以同这两位老师比较亲近，是因为从他俩授课、选材中感受到他俩都有较高的文学造诣。冯斐为学生选定的教材中有济慈、雪莱的诗。我那时正做着文学梦，迷醉于写新诗。但是我的品位不高。何其芳当时已经去延安投身革命，但我还是抱着他早年写的《画梦录》不放。我喜欢的另一位诗人是个大学教授翻译家赵瑞蕻。抗战期间，赵毕业于西南联大外文系，曾先后在云南南菁中学、重庆南开中学和四川中央大学外文系执教。我偶尔在后方报刊上读到他翻译的法国象征派诗歌，总是抄下来赏读。宋雪峰好像同赵有一定关系。我从宋口中听到不少有关诗歌翻译同写作的谈论。但我却从来不敢把自己的幼稚习作拿出来向他们求教。在永兴读书的第二年春季，某一佳日，遵义来了一位外语系老师看望我们读英语的学生。这人不是遵义外文系主任（主任是佘坤珊），但却与学生关系非常密切。他不只在教学上循循善诱，而且在课后与学生打成一片，言传身教，引导年轻人认清国内形势，树立正确人生观。这位老师就是引导我走进德国文学之门的张君川。外文系同学1943年在遵义成立"戏剧班"，研讨西洋戏剧理论，实践戏剧活动，张君川老师亲自指导并积极参与各项活动。张君川老师思想进步，对国民党各种反动措施非常不满。1945年冬，西南联大惨案发生后，他毫不犹豫地参加了浙大同学在遵义举行的追悼会。1946年四五月，浙大回迁杭州，因校舍需要整修，开学推迟，夏秋两季，他在上海《侨商报》当记者，写了不少文章，抨击国民党独裁、腐败，招致当局忌恨，多次图谋暗害。幸赖校长竺可桢庇护，才未遭毒手。此事竺可桢在他的日记中都有明白记载。但这些事已是后话，此处暂不多谈。我还是继续说说在永兴同张君川老师的接触吧。他知道我学过德语，也胡乱涂写过一些诗文，来永兴后，曾单独同我谈过几次话。我在永兴没有德国文学书可读，手头只有一本上海盗印本的《奥托德语口语及语法》，书后附有几首小诗，我在闲暇时把其中一两首翻译成中文。张君川老师看过后为我指出几处误译的地方。他答应我，等我转到遵义本校后，他要单独辅导我读歌德、海涅、荷尔德林等德国诗人的诗篇。张君川毕业于清华大学，与吴宓是先后班同学，也是好友。吴宓后来去美国入哈佛大学进修，张君川却一直留在国内。他精通几国语言，研究西方戏剧，抗战后期，导演了好几出德国、俄罗斯名剧在遵义上演。1944年秋，我到遵义上二年级课，张老师果然辅导我阅读了不少德国诗歌。他还把我介绍给他的另一位清华校友，就是那位古稀之年费时十八载翻译了但丁传世之作《神曲》的田德望老师。田自从在欧洲学成归国后，一直教德文，但专长却是意大利语言和文学。我到遵义后，当了一名工读生，为田先生教授的德语教材刻钢板，我从他那里获得了不少德语知识。

回顾我在永兴浙大分校度过的一年，虽然跻身高等学府，却实在没有用功读书，大部分时间是在懒散和放荡中过去的。事后回忆，一是由于我离家后生活虽然苦了些，却感到无拘无束，成绩略优于他人，没有与同侪竞争的压力，便以无书可读为借口，索性什么书也不读了。更有一个重要原因是，多年以来，我一直在做文学梦，这时依然未从梦中醒来。在北平读书期间，曾经写过几篇幻想式的故事。走出"象牙塔"以后，虽然经历了社会不少磨炼，更目睹处于水深火热中的平民老百姓的苦难，我却没有能力把所见所闻诉诸笔墨。我的思想那时非常浮浅，许多事我看到的只是表面现象，不能推究其根源。我受的生活教育刚刚开始，或者说还处于启蒙阶段。直到很久以后，时间和阅历才叫我明白了一些事理。现实中的不少惨烈事例扑面而来，我冥顽的头脑逐渐苏醒。我在下面记述一件我亲眼看到的事，初次经历叫我惊诧惶恐，百思不解。几年后，我的脑袋已开了窍，又看到某一高明人把同一件事形象化地呈现出来，令我叹服。原来我和张六平几个同学租住的小旅舍，门面房是一家小广东开的餐馆，前面已经说过，后院住房分上下两层。浙大学生住上层单间。楼下是两大间统舱，旅舍用来接待赶场的商贩和农民，有时也整间包赁出去。我有两次看到国民党某个部队到乡下抓来壮丁，住在楼下。几名下级军官像赶羊似的把一群农民赶进楼下统舱。这些年轻农民面黄肌瘦，衣不蔽体，有人脚下连一双草鞋也没有，就打赤脚蹚着泥水。更令人惊诧的是，他们都被一条长绳缚在一起，就是吃饭、睡觉绳子也不解开。开饭了！院子里地上摆上一篓糙米饭，一钵飘着几片菜叶的清汤，壮丁争先恐后地抢吃，有人有一只破碗，有人连碗也没有，只能用手抓起往嘴里填。这些人能到前线上去打仗吗？我不禁问。到了部队里，绳子解开，他们不逃跑吗？他们要训练多久才开往前线？这些问题我当然不能解答。同抗战期间很多年轻人一样，摆在眼前的许许多多矛盾都为一个最大的矛盾——民族矛盾掩盖住，认为一切灾难都是日本人入侵带来的。

只要抗战胜利，问题就都解决了。前面我说的某位高明人把我在永兴看到的事形象化，那就是后来人们熟知的四川方言剧《抓壮丁》。到大后方以后，有时我也把看到的事记载下来，但我记的只是一些表面现象。我更喜欢写早在北平读书时就不断编造的浪漫爱情故事。我当然也写个人的痛苦和欢乐，怀念和追求。川贵一带的胜景叫我对大自然之美悠然神往，幻想自己或许会隐遁到某一幽僻的山谷中做一个自然之子。但时不时又思念大都市的音乐厅、咖啡馆、灯红酒绿的夜生活。这些混乱无序的思想叫我写了不少毫无思想内容的诗文。在一个闭塞的小地方，一个人常常会找到几个和自己气味相投的友伴。我在永兴也同三五个"文学青年"常常凑在一起。第二学期开学后，有一位女青年成了我的文友。她是天津人，可以算作我的小同乡，在浙大读园艺系，开始时我们只是通信。她很大胆，不久就约我会面，因为有些想法似乎只有面对面倾诉才能说得清。为了制造更多的见面机会，她提出要跟我学英语，问我有什么英文书可以借给她阅读。我从沦陷区出来虽然带了几本书，但大多是工具书和字典。英文读物只有一本——德国施笃姆写的一个短篇小说《茵梦湖》，这是我很喜欢读的一本小说。日近黄昏，一个孤寂的老人散步归来，独自坐在书房里沉思。当月光从窗外照到挂在墙壁上一个少女的肖像时，老人开始回忆他早已逝去的一段恋情。这个故事我已背得烂熟，这次随身带来，只是为了我正在读德语原文本，想用英译本进行对照。我把英文本借给她，每周学三两次，从此不愁谈话没有话题了。正当我们的关系日渐亲密，向情侣方向发展时，她接到了家中发来的禁令。原来郑（她的姓）的父亲是贵州省省政府一名高官，听说女儿在学校受一名流浪儿引诱，行将出轨，就发出禁令，要她立即同我断绝往来。我这位女友是个乖女儿，果然不再来找我学英文了。但她似乎还没有完全绝情，求我不要停止给她写信，她愿意继续做我的笔友。我同意了。我接着写信，写得杂乱无章，实际上是在进行文学创作。当然了，我也痛苦了一段，但我自我宽慰说，痛苦或许是诗人必经的淬炼吧。只不过郑却逐渐不再给我写信了。过了大约一个多月，星期日，我同几个同学到乡间远足。黄昏，倦游归来，我发现门后边有郑留给我的一封信。这一天中午，她家派来一辆小轿车，把她连同行李接走了。她在信中说，家中已为她办好转学重庆中央大学的一切手续。她离开永兴，并未回贵阳的家，而是直接去了重庆，因为行色匆匆，未及把我写给她的那些信和一两本书整理出来还我。她暂时带去重庆，以后会找机会再处理。这次一别，我同郑就再没有见过面。抗战胜利，我从部队复员回浙大，接到她从中大来信，除了告诉我别后她的生活情况外，还问我当年我在永兴写的信要不要她寄回。我回信说，当年的书信我都不要了，就由她自由处理吧。这以后，我俩断断续续又通过不少信，直到我回北平复学。时局同我的思想这时都有了很大变化，郑同她做官的父亲回到南京。父亲仍然做高官，她在大学读书，或者已经毕业，做什么工作。我们各走各的路，永远不会再会合在一起了。最终我接到她最后一封信和一张与一位男士合照的照片。告诉我她已经同照片里的人喜结良缘。我写信祝贺她。从此，我在贵州结识的那位小女孩的倩丽身影就从我生活中永远消失了。

我并不珍惜年轻的时候写的那些幼稚的东西。张君川老师到永兴来看望外文系学生，在和我交谈时嘱咐过我一句话：要想写作，对人生必须有正确的认识。什么是对人生正确的认识，我当时并不明白。如果当时我就认识自己，认识我个人的处境和国家、社会的前途，也许我会做另外一些事而不去做白日梦了。

二、遵义（1944 年 9 月—12 月）

1944 年秋季开学前，我离开永兴来到遵义。遵义地处内地南下北上通道，除省会贵阳外，是贵州省最大商埠。几年前浙江大学迁来落户，更增加了这里的繁荣。闹市区有一家播声电影院，另外还有一家湘江戏院，戏剧班就曾借这两家剧场的舞台公开演出话剧。这一年冬天，为慰劳南下抗敌国军，两处剧院也都作为活动场所。我到遵义后，没有搬进何家巷男生宿舍（女生宿舍在老城杨柳街巷内），而是听张君川老师安排，把简单行装搬到文庙街一幢居民楼里。文庙街是一条幽静老巷，离校本部只不过几步之遥。如果不去校本部，沿商业街东行就可以走到一个丁字路口。那是遵义南北通道上的闹市口。跨过马路，可以到街对面的电影院。大学的图书馆和一部分教室也簇集在近处的山坡上。如果从文庙街不去闹市转向西南，走过一座宽大石桥就进入荒僻的老城。我搬进去的文庙街小楼有上下两层。楼上一侧是外文系戏剧班活动的场地，那是一间近三十米的厅房，位于楼梯左手。戏剧班几乎每周都在这里集会，研读戏剧，排练中外剧作片段，或者听君川老师请来的外人做学术性报告。楼上右侧分隔成前后两间，住着外文系两位高年级生，薄学文和汪积功。这两人是我的学兄，也是戏剧班的发起人。我搬来以后，硬是在他们两人中间安置了一张行军床，从此便和两位学长成为室友。薄、汪都比我年纪大，在学习和生活上对我多有照顾，新中国成立后，薄在北京外国语学院执教，我的小女儿就是在他指导下完成毕业论文，于 80 年代初在外院毕业的。汪积功学兄，50 年代曾蒙受不白之冤，半生颠顿坎坷，直到改革开放后，不仅重返人间，而且由于他同台湾国民党主席连战的姻亲关系（连战夫人方瑀是汪的外甥女），多次与连主席会面，一时间成为新闻人物。汪积功学兄现在荣任新安江市政协主席，为两岸交流做出重要贡献。薄学文和汪积功两人在学校读书时，学习都极勤奋，而且都担当了不少社会工作。

我在遵义外文系二年级就读，主要课程是英国诗歌和英文习作，两门课都由系主任佘坤珊讲授，教西方戏剧的是张君川老师。天气好的时候，张老师喜欢把学生带到野外，在青草茸茸的山坡上席地而坐。别的课程还有法语（教师黄遵生广东人，是一位同盟会老党员，对学生很亲切）、哲学等。我的老毛病仍然不改，上课不好好听讲，课外却胡乱翻一些我似懂非懂的闲书。遵义校图书馆在市内丁字街外侧的山坡上，藏书倒也丰富。我不爱听佘坤珊按部就班讲他自编的英国诗歌，却从图书馆借了一些玄奥、晦涩的作品，像17世纪玄学派诗人约翰·多恩（有人说他是现代派英美诗歌的先驱），19世纪后半叶的唯美派、无神论诗人斯温伯恩（他支持欧洲人民革命运动、攻击传统礼规，因此被反对者用他姓的谐音讥刺他是"罪恶之火"、"地狱中的火魔"①）。

这些诗我当然只看得懂片言只句，却每天捧在手中。倒是张君川老师教我读了不少歌德的诗，不只内容讲解透彻，而且为我分析语法和用词，使我获益匪浅。若干年后，我翻译了两三部德国文学重头著作，不能不感谢君川师那时对我的培育。

戏剧班成立于1943年冬。平日聚会除研讨文艺和戏剧外，有时也选择中外名剧片段，分别由学生来朗读或排演。在我去遵义

---

① 斯温伯恩英文姓名是 Algernon C. Swinburne（1837—1909）。攻击他的人把他的姓谐音为 Sin-burn。

前，戏剧班至少已对外公开演出过两次。一次演《寄生草》①，另一次演出的是一出德国三幕悲剧 *Maria Magdalena*，中文译名为《悔罪女》，作者弗利德里希·黑贝尔。张老师是这个剧本的译者，演出也是他指导的。竺可桢校长在他的日记中对此事有过记载（见《竺可桢日记》1944 年 5 月 28 日日记）。我到遵义后，自然也参加了戏剧班的各种活动。我对戏剧和表演虽然兴趣不大，但这种增长知识，与同学交流思想的活动我还是乐于参加的。一次活动，戏剧班排练曹禺的名剧《日出》，我也被赶鸭子上架硬分配了剧中方达生一个角色。虽然台词不多，但穿上不知从哪个同学那里借来的一身西装，马上就手足无措，连脚步也迈不开，更不必说摆各种姿势了。我的缺点一向是不善表演。这在二十余年后我国经历的一段非常时期中对我非常不利。应该欢呼雀跃的时候露不出笑容，该义愤填膺的时候又不能做怒发冲冠状，这就活该倒霉了。但这是离题的话，就不多说了。

杨孔娴和另一位女生萧绿石是和我同时在永兴报到入学的，她俩是当年外文系与我同年级的唯一两位女性。开始很长一段时间我同这两人只保持着不即不离的同学关系，后来相处日久，我才发现，这两位原来也是"才女"，不仅爱好文学，看书很多，而且课余也写散文、短诗。杨笔名叫卡斌，萧笔名消逝，是萧绿石的谐音。这两位女性脸皮薄，不好意思把自己的写作向外公开，所以知道的人不多。到遵义以后，外文系有一位从浙江龙泉转来的写诗的学生杜念绍。我们四人凑在一起，经常单独聚会研讨新诗写作，就成立了一个诗社，杜建议叫黎明社，显示我们的朝气。当时还油印过两三本薄薄的册子。后来我参军离开学校，抗战胜

---

① 洪深根据英国剧作家王尔德名著《少奶奶的扇子》改编的话剧。

利后复员归来，油印小册子在杜念绍一人操持下已经发展成一本铅印刊物，而且流传到当时后方好几所学校的文学青年手中。我译的一首爱尔兰诗人叶芝的诗——"当你年老、发白、睡思昏沉，在炉火边打盹……"也刊登在上面。我在永兴一度关系密切、转学重庆的女友估计就是看到我的译诗才又写信来同我联系的。杜念绍重听，与人交谈困难，但也正因为他两耳不闻窗外事，一心向诗神缪斯求教，才写得一手好诗。

自1944年夏六七月开始，美国海军展开强势反攻，日寇因在太平洋战争中连连失利，与南洋的诸多占领区联系日趋困难，6月初在侵华战场发动了湘北攻势，急欲在旱路打通一条南北通道。国民党政府军队无力抵抗，在短短几个月内，连失名城，军队南溃五六百公里。到了11月，桂林、柳州失守，月底，日军先头部队已入侵贵州。12月初，独山陷落，贵阳岌岌可危。这时，贵州大学和浙江大学先后停课。浙大在校务会议上，有人主张疏散入川，但更多人赞成留守当地，在黔北山区打游击。形势紧急，国民党政府甚至在做迁都西康准备。传说蒋经国已奉命至西康部署。9月，蒋介石在国民参政会号召："国难严重，爱国青年应该投笔从戎，执干戈以卫社稷。"又提出"一寸山河一寸血，十万青年十万军"的壮烈口号，宣传大反攻将以青年军为主力，接受美国援华的新式武器，经过三个月训练，开赴前线，收复失地。

在中国正处于生死存亡关头，蒋的号召甚至在一些高等院校的学生中，也得到不少响应。特别是像我这种家乡已经沦入敌手，冒着生命危险奔赴大后方的人，原来就是来参加抗战的，如今敌人更侵入内地，连一张摆书桌的空间也要失去，与其等到敌人打来再去打游击，真还不如穿上军装，到前方战场与敌人拼个你死我活呢。就这样，没有太多的犹豫和思考，很多人都下决心报名参军了。我也是其中一名报名者。但在离开学校去四川部队受训前，自然也有另外一种声音传到我的耳中来，那是一种谨慎的、暗中带有某种警告意味的声音。那声音说：蒋介石此举其实是在树植个人势力，准备在抗战胜利后与共产党抗衡，争夺中国的领导权。只可惜这种声音在国难临头、几乎人人处于亢奋与忧惧的当口发出来，而且讲得不够清晰，对我这种思想尚在混沌状态中的人，更难明白话中的大道理。当然了，也许先知先觉的人根本就没想对我提出任何警戒。从在永兴起，我就认识一位哥们儿，一位小同乡。后来知道他是南方局派来学校的地下工作者。可能在他眼中，我是个只懂吟风弄月的纨绔子弟，不配和他坐以论道，所以就索性让我到反面教员那里去接受教育去了。这也好，后来我逐渐明白些事理，确实都是受了现实教育的结果。但这已是后话，这里先不说。

我是这年11月14日在遵义浙大报的名。同我一起报名的还有我的两位好友，机械系的韩有邦和土木系的张澄亚。他们两人一个老家在徐州，一个在江阴，都早已沦陷。我们三个人，另外还有一位在永兴读过浙大先修班的北平老乡沈正衡，那几年总是摽在一起。就是在青年军，后来又考取军事委员会外事局，派往昆明受训准备当译员，也一直没有分开。虽然由于美国投掷原子弹，苏联红军出兵满洲，日本无条件投降，我们都没有轮到上前线作战的机会，但我们始终是生死伙伴。1946年浙大复员以后，我同韩、张分开了。从此天各一方，一直无缘相聚。前两三年，他们两人先后走完人生旅途，奔往另一神仙世界，走时都没想到拉我一把，就不辞而别了。

自从1943年初离开北平，我在漂泊中时不时写些东西，记载我遇到的人和事。积少成多，倒也写满三四个练习本。后来生活上几次变迁，再加上"文革"中的一场劫难，早都荡然无存。前些年偶然翻找旧书，竟在乱书堆里翻出半本残破的稿本，只剩下二十余页，记录的恰好是我在遵义读书和报名参军前后的一些情况。这次又翻阅了一遍，寻找回忆往事的一些线索。

根据当时记载，自当年 10 月起，前线吃紧，政府即派遣援军从四川、陕西等地源源不断南下。遵义是南行必经的通道，浙大师生积极开展劳军活动。遵义市内要道丁字口设有一个献金台，浙大同学轮流值班，接受市民募捐，并向过境国军捐献慰问品。戏剧班的学生积极参加劳军活动，并抓空排练了一出话剧——《人约黄昏后》，为部队慰问演出。男女主角分别由外文系潘维白和萧绿石扮演。

既然谈到潘维白，我就再啰唆几句，介绍一下我这位品学兼优、多才多艺的外文系学长。潘比我大概长一两岁，同上文谈到的汪、薄两人同班，我同他后来一起参加青年军，又一起赴昆明当译员。在青年军里，他是合唱团指挥，带领几十人的乐团高唱抗战歌曲，在译员训练班他是篮球队健将，同另外几名健儿奋战美军篮球队，为国人争光。大学毕业后，他在高校从事英语教学，钻研古英语，成为这方面专家。可惜同大多数单纯、幼稚的知识分子命运相同，50 年代遭受无中生有的打击，罚去农场劳改，度过一段血泪生活。"文革"结束后，他重返讲坛，曾写诗明志："愿将蜡炬春蚕意，换取清清雏凤声。"两年前一个冬天，我突然接到他打到家里的电话，原来他退休后，费了一番力量已经把户口从遥远的边陲迁来北京。我们约定几天后再找几位老校友聚会一次，共忆往昔峥嵘岁月。可惜还没等到聚会，他老兄就遽然离去，想来天国那边已有人等着听他讲授古英语呢。

在戏剧班的一些活动中还有一件事值得记述。由于日寇逼近桂林，原来滞留该地的文化人（不少是从香港撤回的）纷纷避难北上。这些人经过遵义，有人略作停留，也有人匆匆赶赴陪都重庆。还有极个别的人觉得遵义人杰地灵，文化气息浓厚，便有了长期居留的意愿。张君川老师不仅在文化界小有名气，而且同很多人是旧交。他总是拉着过境客不放，请他们到戏剧班来给学生讲点什么，或者讲文学艺术，或者介绍时局和形势，让我们这些长期处于闭塞环境中的年轻人长些见识。在他请来讲话的人中，有一个人是我国当代著名戏剧家熊佛西。张君川老师请他来分析介绍罗曼·罗兰的名剧《爱与死的搏斗》，张老师有意以后在遵义上演此剧。那一天正赶上我值班劳军或者做别的事，没有赶上参加这次座谈。另一位请到戏剧班的名人是我很喜欢的作家端木蕻良。日寇占领东北成立伪满洲国后继续向绥远、内蒙古一带扩张势力，端木当时正在清华大学读书，愤而投笔从戎。他和几个同学到绥远投入孙殿英的骑兵部队，准备同日寇一搏。但是他们几个"学生兵"并没有捞到上战场杀敌的机会，倒是常常骑马在草原上奔驰，练就了精湛的骑术。端木蕻良在部队里待了三个月就打道回府了。这以后，他并未在清华复学，不久就去了上海，专心从事写作。他是我非常心仪的一位作家。我在北平读书的时候就读过他写的长篇小说《科尔沁旗草原》。当时这本书刚出版不久，就在爱国青年中风行一时。后来我又看了他写的一些短篇。《遥远的风沙》是他在绥远参军后写的一个名篇。张老师这次能把这位大作家请到戏剧班和我们座谈，叫我非常高兴。座谈结束后，大家自由发言。端木答应我们他愿意回答任何有关文学和创作的问题。我记得我曾问他，在颠沛流离的日子，一个人无法携带很多家私，但书还是要带的。爱好文学的人随身应该带几本什么书。端木没有具体说什么书最好，他只是说，看什么书主要还是依据个人兴趣。值得反复阅读的大概还是那些经典著作和诗词。《红楼梦》《聊斋志异》、唐诗、宋词等等。我曾读过端木用现代小说笔法演义而成的几篇红楼梦故事，刊登在当时桂林出版的一本文学刊物上，写得确实很好。新中国成立后，他又创作了《曹雪芹传》，看来端木是极其喜爱《红楼梦》的。不过我怀疑在烽火连天的战争岁月，有谁的行囊中总带着这样一部大部头书籍。他又说，懂一点儿外文的当然也可以带一两本外文书，甚至带本外语词典。端木还说了一个故事，西南联大有一名学生，抗战期间从长沙步行去昆明。随身只带着一本英文字典，每天背若干英文单词。一路走来，背会一页单词就撕毁一页，就这样在他走到昆明以后，一本字典已经撕完，但是他已经把里面的词汇全都记在脑子里了。端木讲的这件事实有其人，那人就是我国著名的诗人和翻译家查良铮（笔名穆旦）。这是若干年后我热衷阅读查译普希金抒情诗时，出版社一位老编辑告诉我的。我在后方东奔西跑，因为生活不稳定，所以一直不肯用功，时间虚掷，叫我深感愧悔。见到这位我倾慕的作家后，我曾记下他给我的印象："身材高大、长方脸、高颧骨、五官棱角分明。穿一件半旧的方格西服上身，外套灰布短大衣。与人谈话时笑声朗朗，让人感到亲切"。总的来说，他的既落拓不羁、又豪迈飒爽的姿态，正是我心目中一位带有某些浪漫情调的年轻作家形象。当时知道一点文坛内幕的人都在议论端木与萧红婚变的事。但在座谈会上，却没有人敢提这个问题。

三、綦江（1945 年 1 月—5 月）

1945 年 1 月，青年军 201 至 207 六个师正式成立，分驻四川不同县份。3 月又在江西成立了 208 和 209 师。浙江大学入伍的学生，根据竺可桢日记及个别同学记载共九十四人，加上浙大附中及另外几个与浙大有关系的青年，参军总数超过一百。这些人于1944年年底，次年年初陆续到四川綦江202师报到，编入驻在綦江三溪镇的604团战炮营，在进行短期入伍培训后，再分入不同兵种。入伍后除分发了新军服，每天起床集合，在操场听训话，做些徒手操练外，军营生活并不紧张。倒是当时已临近旧历新年，部队正准备过年。除了写标语、出壁报外，还预备搭一座戏台演出节目。士兵们有时被命令到乡间去砍竹、伐树，准备搭舞台的建筑材料，这倒给我们一个远足的机会。一年半以前，我初次入川，搭乘一艘小机轮沿嘉陵江南下，四川农村的田园风光令我心醉。现在终于有机会进一步欣赏这里的优美景色了。如果以前是从远处观赏一幅画，现在却已是走入画中。可惜同美景一同收入眼帘的还有令人心酸的四川农民的悲惨处境。我们从一家农舍砍倒两棵竹子，正在往外拖，一个白发老太婆哭哭啼啼拉着我们军服不放。我们砍走的是她们一家的命根子啊！最后还是我们几个大兵掏腰包自己凑了些钱塞到老婆婆手里，才略觉心安一些。

准备新春演出，我最高兴的是练习大合唱。我们高唱抗战歌曲：《松花江上》《八百壮士》《中国不会亡》《大刀向鬼子头上砍去》。也唱一些老歌：《满江红》《白日登山望烽火》……随着嘹亮的歌声在溪谷中荡漾，我们一些游子胸中的郁结也发泄出来。虽然还没有置身战场，却已经热血沸腾了。合唱团的成员几乎清一色是浙大学生，指挥就是外文系那位天才文艺家潘维白。他不只精通音乐，还有一副好嗓子。在遵义读书的时候，有一次戏剧班在播声电影院公开演出一出话剧，大幕开启前，潘维白在幕后引吭高歌一首英文名曲，使全场震动。

新兵集结的战炮连营房在三溪电化冶炼厂（那里还有几位浙

大早期毕业的校友）对岸山上。一月的三溪已是隆冬季节，早上到营房山下溪水中洗脸，冰冷浸骨。然后回来吃早饭，略事休息，就开始一天的活动。

战炮连营房下瞰三江。江上有一座木桥，虽然建造了没有多久。我们住进营盘时却已未老先衰，桥身明显下沉，只能通行人，不能再承担过往车辆了。过了桥，就是古旧的三溪镇，唯一一条主街沿江而建，呈弧形。镇上只有几家茶馆和小餐馆，供农民购买日用品的杂货店和三两家小旅舍。倒是每逢三六九赶集的日子，狭窄的街道总是挤满用白毛巾裹头的农民，熙来攘往，一片繁忙景象。我们在营房里每天的日课是七小时以上的操练和掘战壕等体力劳动。连里偶尔抽调几名士兵（多半是浙大从军学生）到镇上巡逻是我们企望得到的美差。原来青年军师部接获情报，有个别四川当地的"兵油子"混进青年军，一旦五千元法币安家费拿到手，穿上军装以后，就偷偷溜进某个小城镇，把军服脱下卖掉，然后再重新入伍骗钱。战炮连派人到镇上巡逻就是检查到镇上去的士兵，有没有上级颁发的通行证。我也有两次被选派当了大半天巡逻兵。同三两个同伴装模作样地在街上兜一个来回，就找了一家茶馆，泡上一杯沱茶，一边望街景，一边摆龙门阵。在四川生活，泡茶馆实在是一种享受。我走遍大半个中国，在任何地方也没有像在四川看到那么多茶馆。从在重庆沙坪坝，我就已经养成在茶馆消磨时间的习惯。参军以后，旧习难改，仍然抓空（比如派到外面出公差）坐两三个钟头茶馆。

春节到了，我们自然松散了两天。翻看我当年的记载，除夕下午军中举行庆祝会，士兵们早有准备，上台表演了几个节目。晚餐非常丰富，有鸡有肉，还破例喝了几口酒。平日吃饭的时候总要喊的"立正、稍息、开动"一套口号也免了。大家都争着嬉笑、喧哗，把一切烦恼事暂时抛在脑后。晚饭后，有人留在营房里写信、聊天，也有些人簇拥着到镇上去消磨时间。根据四川人的风俗习惯，过年要吃汤圆，镇上的三四家甜食店家家挤满顾客。这个晚上我同韩、张等几个好友，在镇上找到一家北方老乡开的馆子，吃了一盘水饺。之后又买了不少花炮，一边走一边放，身后跟了一大堆孩子。我们给了两个穿新衣服的小女孩一大把旗火（一种带一根苇秆儿的小火炮，点燃后可以钻到半天空上，当地人叫火龙）。这两人说普通话，原来她俩是南京人，父母都在冶炼厂工作。走到大木桥的时候，我叫大家每人擎着一支旗火，口喊"一、二、三"，一齐点放，霎时，一条条火龙飞上天。只可惜火药燃烧的时间过短，片时的光焰，片时的兴奋和欢乐，很快又都包围在暗夜里。这就是我流浪到大后方过的一次除夕夜。

春节过后，军营中有两件大事值得一记。一件是从军人员分科，根据个人填写的志愿，分到不同兵种。我大致记得浙大学生分别分配到工兵营（原来浙大土木系的几个同学分去）、通信营（电机系的同学）、山炮二营（即迫击炮营）、师直属连、辎重连和搜索连几个单位。我同几个要好的同伴不愿分开，被分到搜索连。我们原来填写志愿填的是辎重连，因为我们梦想从印度各驾一辆载重卡车回来，不仅学到驾驶、修车技术（战后如不读书，也会有吃饭的饭碗），而且能到境外游历一番，长长见识。但是后来因为报名学车的人多，所以把一部分人分到了搜索连。搜索连在作战时是尖兵，需要侦察探路，危险性较大。但我们参军既然抱着"为国捐躯"的志愿，危险不危险也就不计较了。四个月以后我和一部分同学离开青年军，考取翻译，也不是因为怕去前线打仗，而是国民党最初应许的诺言并未兑现。什么在青年军训练使用新式武器啊，三个月开赴前线啊，都是空炮。继续待在青年军，只是时光虚掷，只好另寻出路了。搜索连与辎重连营盘相连，我们在辎重连的操练场地还看到停着一辆十轮卡车，士兵轮流实习驾驶掌舵。而在搜索连，两三个月过去，只进行过两次真枪实弹打靶。还有一次旁观别人拆卸一挺轻机枪，我们士兵却根本无缘插手。促使我们离开青年军的另一重要原因是，在军中几个月，我们逐渐认识到，国民党把这支精锐当作自己私产，即使最初还没有以之投入内战战场的明确想法，至少也是想扩大自己的势力①。

这从我们在军中亲身经历的一些事中都可以清楚看到。2月底，202师举行入伍典礼，师长罗泽恺（亦作闿）出席，给全师官兵讲话。罗是黄埔军校第六期毕业生，已提升为中将。蒋介石为表示对青年军重视，要他降格当青年军师长。罗在大会上的发言，不仅笑话百出，充分表现他的无知，而且并不掩饰他的反共立场。罗吹嘘自己在西北多年（他曾任胡宗南一战区参谋长），对共产党了如指掌。说时还做了个手势，意为共产党掌握在他手心里。罗泽恺的发言有很多毫无水平的话。譬如说他把那天的入伍典礼比作三国刘关张的桃园三结义。又说年轻人在军中应如何注意"阴阳调和"，将来反攻武汉收复失地后，可以放假三天。这些

---

① 根据江南著《蒋经国传》，蒋介石于1944年10月下令成立"青年军政工人员训练班"，委任蒋经国为中将主任。训练班第一期学员毕业后，蒋又宣布成立"青年军总政治部"，蒋经国任主任。"政工即是首脑，蒋经国等于掌握了全军灵魂……他已是实际上的统帅。"可见蒋介石成立青年军是为壮大自己力量，建立一支"蒋家军"。关于青年军参战问题，江南说："（青年军）延长训练，蒋先生有私心。他曾说，经国的嫡系部队，不到牺牲关头，绝不轻言牺牲……"1946年6月，迫于事先曾经许诺，第一期招募的青年军只得复员（复员前还进行了三个月的预备军官训练），但在1947年7月，庐山会议即决定重招新兵。根据《近代中国百年史辞典》记载：这次招募新兵缩编成七个师，先后投入内战。207师派往东北战场，在辽沈战役中被全歼。206师1948年在洛阳被全歼。205师及其余四个师残部撤往台湾。可见1944年冬成立青年军是用以同共产党争青年、争人心。

无耻言语让我们从高等学府出来的人听着实在不堪入耳。最后引起大学生士兵和这位师长发生公开冲突的是有一名浙大学生当场质问他,青年军究竟是"国军"还是"党军"。罗大怒,指着军帽上青天白日帽徽说,这是什么?你们头上不都戴着党徽吗?一时台下大哗,不断有人高喊:我们来当兵,是为了打日本,保卫国家,不是为了党。罗泽恺非常尴尬,词穷而退。会后,同学仍然十分激动。这场纠纷最后是由政治部派来一位副主任,对参军学生讲了一通和稀泥的话,并明确表示,政府不会叫青年军去打内战,事情才算平息下去。

谁也没有想到,这次"党军""国军"之争竟触动青年军202师中反共成性的高官神经。他们秘密商谈,阴谋报复。一个月后,山炮二营四连,就发生了浙大参军同学李家镐、易钟熙等五人被秘密逮捕事件。

这五人被逮捕的时间,大约在3月底。消息传出后,同学义愤填膺。部分同学立刻开会抗议,决定一方面派代表去重庆找训练总监罗卓英和政治部主任蒋经国交涉,一方面迅速把这件事向校长竺可桢汇报,请他出面与军方交涉迅速放人。竺可桢当时正在重庆开会,并为浙大失踪教授费巩奔走。听到这个消息后,于4月中旬到綦江面见罗泽恺,要求释放被捕学生。罗开始搪塞说,这件事可能是下面人所为,自己并不知情。后来不能再为自己开脱,只能承认拘人是不对的,他会查明办理。这件事前后经过竺可桢校长在他的日记中都有记载。被捕的五个人于5月获释。但其后不久,战炮连余红基、熊易生两位同学又因出墙报刊登了"言辞不妥"的文章被关禁闭。熊后来因精神失常由家人接走,余据说直到9月才被释放。在这几个被捕同学中熊易生和李家镐后来同我关系都很密切。熊在抗战胜利后到了北京,和我都是北京大学进步学生社团呐喊社成员。新中国成立后在育才学校当教员。李家镐同我一样，从青年军考取军事委员会译员，后来在跳伞部队工作。"文革"后任上海石化总厂厂长，曾任上海市人大常委会副主任，可惜在我写这篇文章时，两人都已弃离人世了。

1945年从1月到5月中下旬我在青年军服役近五个月，级别一直是二等兵。编入搜索连后，因为个子高，列队时站在队首，所以被连长指定当连属六个班中的某班班长。班长的职责包括早晨起床检查内务，看看士兵的被褥是否折叠整齐，要叠成豆腐干形才合格，列队时点名，喊立正、稍息口号，向连长报告。唯一的"特权"是有时出勤务，可以领几名部下走出营房，外出执行某项公差，趁机换换环境。连长隔一两周会把全连班长（我记得共六人，都是浙大参军同学）召到他的住所，同我们谈些"知心话"。譬如说，不久师里要对全体士兵进行一次笔头测验，考查文化水平。他会在事前泄露两三个题目，希望搜索连在考试中，与其他连队评比时名列前茅，为他脸上增光。连长姓名我不记得了，他年纪不大，从军前曾在北平志成中学读过书，自认与我们从军同学同属知识阶层。他说话没什么顾忌，常常发表一些过头的甚至荒唐言论，什么胜利后，青年军要驻日本本土啊，等等。綦江县城里有从下江来的母女两人开了个猪油菜饭馆。母亲已经徐娘半老，女儿倒还年轻。"这两人行迹有些可疑，会不会是敌人派来刺探军情的呢？"到底是我们的连长警觉性高。他告诉我们，他正着手侦察。连长这一席话，引起不少士兵兴趣。我也同两个伙伴趁周日休假，去綦江县城吃了顿猪油菜饭。我们发现，开餐馆的"菜饭小姐"也不是什么出众的美女，只不过来自沿海地带，衣服穿得时髦一点，讲话也带着明显江浙口音而已。据连里同伴说，最近确实有人看到连长频繁出入这家餐馆。看来他已对这母女两人下功夫。不过他扬言开餐馆的女人可能是间谍却没人相信。事实是，入伍以后，我们经常听到"首长"们讲一些荒唐话，大家多半一笑置之，只是叫我们日益对青年军失望，感到这些带兵的人实在不是称职的军人而已。

近三个多月过去，新式武器连影子也未见到，开赴前线更是遥遥无期。再加上李家镐等同学被捕，暴露了军中思想专制。另外，我们还听过从小道传来的消息，蒋介石曾经放过话：训练期满还要延长，经国的嫡系部队（指青年军）不到最后关头，绝不轻言牺牲。这就更加使我们寒心，不禁怀疑，到青年军入伍是不是抗日救国之道。要是真想上战场杀敌，一定还有别的道路可走，我们难道一定要在这里死熬吗？这种思想在我们参军的大学生中逐渐滋生、蔓延，个别思想激进的人甚至提出浙大同学可以考虑"集体退伍"。这当然并不现实。办了正式入伍手续，穿上军服，就很难再换回早已丢弃了的老百姓的衣服了。知识青年参军，一切都在众目睽睽地注视下，我们已经迈开步子不可能再退缩回去了。

我和两三个要好的伙伴，不断议论这件事。当然了，我们议论不出什么更好的"自救之路"，唯一能做到的只能等待。时间会改变一切。在青年军没有发生什么大的变化前，我们要争取到一点自由空间，多看几本书充实自己，尽量不要荒废在大学学到的一点知识。我为自己想了两个办法逃避军中的机械生活。我得到连长同意，同三两个同伴为连里编写墙报，每十天出版一期，写稿、抄录、张贴，减少了我不少出操的劳役。另外，我和一个爱读书的安徽小青年约好，每天清晨早起一个半小时，点一盏油灯，在饭厅里用功看一点书。如果可能，我还要争取写一点随笔、日记类的小文章。同我一起起早读书的小友姓裴，家在徐州，家乡早已沦陷。他跟随做小生意的父亲逃来内地，勉强读完中学，无力升学，就参加了青年军。裴几次表示要我教他英语，他说把英语学好，抗战胜利后起码能在学校教书混碗饭吃。我告诉他，学一门外语，必须长期坚持不懈。我不能保证我能在青年军里待多久。我说我可以帮助他学好国际音标，他今后可以自学。我还给他讲了那个西南联大学生一路走一路背英语词典的故事。裴同意我的办法，很快他就托人从重庆弄来一本用国际音标注音的英语词典。我同裴的早读计划进行了一个多月，虽然因睡眠少白天有些困倦，但我们一直坚持下来。

5月初来了一个好消息。第二次世界大战欧洲战场这时胜利结束，美军把反攻重点移至远东，加强对中国的军事援助，大批美军进驻国内，英语译员需求随之大增。军事委员会外事局想方设法挖掘这方面人才。我们参加青年军的大学生自然是一个丰富资源，不久师部就接到命令，叫会英语的士兵踊跃报名。5月中，外事局派来一位考官，到202师下属几个基层进行面试。至今我还记得当年面试的一些情况。考场就设在我们的饭厅，考官坐在一张桌子后面，参加考试的人一个个走进考场，坐在对面椅子上等候考问。我注意到这位考官是个四十来岁的中年人，虽然是文职官员（级别可能是上校），却穿了一身笔挺的军服，桌子上摆着他随身带着的一个鼓鼓囊囊的大皮包。我们应试的人自然有些惴惴不安，不知考试是什么架势。没有想到，考试很容易，搜索连报名应试的近二十人，大部分都通过了。我记得口试分两部分。第一部分是十个句子，从中文译为英文，其中一个句子是"从中国乘船赴欧洲需要一个多月时间"，对一些英语句型不熟悉的人可能难一些。第二部分是口语问答。考官的一个问题是："你对今年三月宪政协进会提出要还政于国民大会有何看法？"当时舆论正在争议：是该还政于各党派联合大会还是还政于国民党一手操纵的国民大会。我心想：这可能是考官用以考察我们的思想、立场问题。我不想明白表示看法，陷入考官设的圈套，就回答说：我现在最关心的是进行反攻，打败日本鬼子。没有时间考虑国内政治问题。我的回答得到考官赞许。过后，他对全体应试人总结时说，如果外国人问你这类棘手问题，你完全可以避而不答。

很快就放榜了，202师考取译员的共约四十人，乘一辆美制十轮大卡，被送往重庆。几天后，一架美国空军货机又把我们转载到昆明，进了西南联大代外事局设立的议员训练班（Interpreters' School）培训，正式取得译员资格。

四、昆明（1945年6月—8月）

1945年5月下旬，一辆十轮大卡车把綦江202师考取译员训练班的青年军士兵接往重庆。在重庆市内临江一条街的空房里住了两三天以后，立刻飞往昆明。那是我第一次乘飞机。一架美军运输机，机舱里只有两排彼此面对的简易座位。我不记得座位上安装着什么安全带，我们随身带的简单行李就放在脚下。飞机从重庆白市驿机场起飞，估计不到两个小时（我当时还没有手表，无法知道准确飞行时间）就在昆明呈贡机场着陆。我不敢相信这么短时间自己就已经置身于千里外的另一座城市，但重庆为两江挟持，机场常常笼罩在迷蒙的雾霭中，而这里的机场不但非常辽阔，机坪上停着更多飞机，而且碧空如洗，空气清新，虽然已进入夏季，却凉风习习，一点不感到郁热。译员训练班在市区尽西端，靠近郊野。有时进城逛街，多走几步路，就可以穿过翠湖，在长堤上漫步，欣赏一下湖光水色和拂波垂柳。训练班离西南联合大学不远，训练班除生活、后勤由军委员外事局派了几名下级军官负责外，教学及行政管理均委托西南联大代办。西南联大社会学、民族学教授吴泽霖担任译员训练班主任。吴泽霖从事教育多年，抗战爆发后，赴西南联大任教。由于他同联大关系密切，译员训练班历届授课教师，除一部分直接聘请美国军中人员担任外，几乎清一色都是联大教员。我是第八期译员训练班学员，时间大约是 1945 年 6—7 月（训练期为六周，我与一部分学员提前结业）。我们上课有一套 40 课时的英语教材，主要是日常生活用语和军事用语。上午上大课，主讲是两个美国人（他们的身份都是传教士），另一个中国人张上校在课堂上做翻译和解释。下午分小班上课，练习口语。我不喜欢为我们上口语课的那位中国教员，他的姓名我忘记了，但记得他上课没有教材，每次选定一个题目，如国外生活习惯、礼俗、美国的政治，之后便滔滔不绝地信口讲下去。每节课结束前向学生提问几个问题，算是练习口语。我还记得有一次他选择的讲题是如何用英文写求职信。我心里想，我一辈子也不会写这种信，从此对上他的课就毫无兴趣了。我感兴趣的是，译训班每周都请一位联大老师给全体学生作报告。留在我记忆中印象最深的，一次是潘光旦来作报告，另一次是费孝通。当时德国法西斯已经垮台，日本在太平洋战争败局已定，美国轰炸机开始轰炸日本本土。人们对抗战胜利信心加强，转而思考胜利后中国的前途问题。联大来译训班作报告的教师或多或少对这一方面表达了自己的看法。我在青年军参加译员面试时，考官曾经问我对政府提出召开国民大会有何意见，那正是当前国内有识之士热议的问题。国民党坚持还政于自己一手操办的国民大会，而思想进步坚持中国必须走民主道路的人则主张"还政于民，还军于国"。来作报告的教授都学有专长。当时我对他们的大著，什么优生学啊、乡土建设啊，都一无所知。但是他们谈到的中国人口问题，农业发展改善农民生活等问题，都与中国前途息息相关。我一向耳目闭塞，对现实认识不清。译训班组织的这些报告会开启了我的脑子，有如呼吸到一股清新空气，朦胧中，引起我对民主、自由的向往。

在译训班受训的一个多月可以说是从我参军以来最愉快的一段日子。思想上，视野比以前开阔了；生活上，译训班组织的各种文娱、体育活动叫人不再感觉日子过得单调。我们喜欢跟一位美军军士学唱英文歌。他发给每人一本歌集，美国民歌、电影插曲、"一战"期间军中流行的歌曲，非常丰富。"It's a long way to Tipperary"（"到蒂珀雷里去是一条漫长的路"，蒂珀雷里是爱尔兰一个历史上有名的小镇）是派往欧洲大陆作战的英国士兵唱的思乡曲。歌中还有匹卡底里、莱斯特广场等一些英伦著名的街区名。我们引吭高歌，不由也勾起自己的思乡之情。译训班也很注意我们的体育活动。从202师考取译训班的浙大同学，有七八个人都是篮球健将，刘长庚、潘维白、陈强楚、孔祥玑、沈正衡……一上球场个个有如生龙活虎。每隔三五天译训班的篮球队都同近邻的美国驻军进行一次友谊赛。美军篮球队员虽然人高马大，交起锋来有时却也败在译训班球队手里。比赛的时候，我们一些不会打球的人也都到场助威，为队友加油。在赛场上，双方争夺虽然激烈，但气氛仍然是友好的。就这样，我们这些未来的译员们还没有和美军士兵在战场上并肩作战，在日常生活中却已经相互沟通，建立起友谊了。

到昆明以后，还有一件叫我大喜过望的事，就是几乎每天都可以看一两场电影。这仍然是沾了我们近邻——一座美国驻军军营的光。夜幕降临不久，值星官一吹哨，译员很快就排好队，步行一小段路，走到邻近美军营房中一个篮球场。电影是露天放映的，银幕设在操场一端，观众分散坐在看台上或者在操场上席地而坐。放映的电影大多是新片，但偶尔也演一些老片，我在北平就已经看过，像《悲惨世界》《纽约奇谭》（*Tales from Manhattan*）等等。美国大兵似乎对这类文艺片不感兴趣，喜欢看的是歌舞片、喜剧片。一看到银幕上美女大腿如林，就又是呼哨，又是喊叫。滑稽逗笑的影片也受欢迎。胖哈代、瘦劳瑞一对活宝和马克斯三兄弟那时似乎已经过时。有点冷幽默的滑稽新星鲍勃·霍普①和以唱流行歌曲闻名的宾·克罗斯比②当时正在走红。这两位大腕曾合作拍摄了一系列显示世界各地风光的喜剧片，如《通向缅甸之路》《通向新加坡之路》等，大受人们欢迎。

我在昆明从军时爱看电影，另一重要原因是，每次放映某一影片，开始时都有很长一段时事新闻节目。看到美国海军、空军在太平洋上击沉日本军舰，或者美国海军陆战队强行在某一海岛登陆，日本守军被歼，大快人心。中国多年受日本欺凌、屈辱，现在终于可以扬眉吐气了。

昆明另外一个吸引我的地方就是到市区地摊上淘书。由于大批美军拥入，随之也有大量英文书流进中国。这些书有的是消闲读物，也有不少有价值的文学和经典著作。美军看完了，一旦驻地换防，就随手抛弃，流落到地摊上，售价极低，几与废纸相等。

---

① 鲍勃·霍普，英国出生的美国喜剧和电影演员，1944年电台广播节目收听率最高。第二次世界大战以及以后美国对越南作战，他曾多次为军队巡回演出，获得美国国会荣誉勋章。中国人熟知的美国喜剧片《出水芙蓉》就是他主演的。

② 宾·克罗斯比，美国有名歌星和歌曲作者，享有国际声誉，常与黑人小号手阿姆斯特朗共同演出爵士歌曲。早年录制的唱片《白色的圣诞节》为20世纪最流行歌曲之一。

我每次进城，总要到金马碧鸡坊一带逛地摊，选一些值得收藏的带回住所。战时美国军中版的口袋书同现在的口袋书式样不同。这种书是长条横开本，书页从中间用书钉固定，不用胶粘，所以书页不易脱落。军中口袋书按内容分大小厚薄两种，每二十本合为一集，包括不同体裁、不同时代的作品。我在昆明待了一个多月，大概买了三四十本，我记得名字的有美国梅尔维尔写的《白鲸记》、爱伦·坡的短篇小说集、狄更斯的《远大前程》和几本诗集。至今恐怕仍有三两本夹在我的乱书堆里。

在译训班上了一个月课以后，经过一次考试，一部分成绩优秀的学生提前毕业，转到一处叫"派遣站"（Interpreters' Pool）的营地等待分配。派遣站设在西郊黑林铺，后来是否迁到北校场我不记得了。在派遣站里，生活更加轻松。除了上午有一个美国军人给大家上上操，按照一本教材学一些军事用语和武器零件名称外，就没有别的事干了。我们从青年军考取来的浙大同学几乎全体都提前毕业到派遣站等待分配工作。下午没有事不是进城闲逛就是去游览昆明郊区的一些名胜。大观楼、黑龙潭、铜瓦寺（又称金殿），这些地方我们在一周内几乎都走遍了。黑林铺派遣站留给我的最佳印象是那里的伙食。宣威火腿炒饭大米略带黏性，火腿油而不腻，至今我仍念念不忘。可惜这种神仙生活我过得很短，刚刚过了一两个礼拜，就有人相中我，把我接走了。

那是一个周一，我们集队操练后，一个美国军官把我们十几个从青年军考取的译员召集到另一处，对我们说，有一个参加实际作战的单位需要受过军事训练、英语水平较高的译员，我们愿意不愿意做这项工作。如果愿意可以同他们派来的人面谈。我是愿意做这项工作的译员之一。来人同我单独谈了一刻钟话。他首先告诉我，他供职的军事单位任务是到敌后进行破坏活动，工作有一定危险性。我对他说，我原来在大学读书，放弃学习出来当兵就是要参加战斗。他详细询问了我的一些情况：有没有作战经验？受过哪些军事训练？掌握了什么技术等。看来他对我还算满意。告诉我他可以录取我参加他的单位。我需要先经过一个时期训练、爆破、通讯、使用新式作战武器，必要时还要练习跳伞。后来我知道，我要参加的单位是美国战略战策作战部（Office of Strategic Services，或译作美军战略服务局）①。这一作战机构，成立于 1942 年 7 月，专事破坏敌占区内机场、铁路、弹药库等军事设施。战略战策作战部下分两个部分，一部称"行动组"（Operation Group，即伞兵部队，对外称鸿翔部队），另一部称"特别行动组"（Special Operations）。与我一同参加 OSS 的浙江大学同学有陈强楚、刘长庚、李家镐等人都分到行动组（O. G.）。我则被分配到特别行动组（S. O.）中去。鸿翔部队训练跳伞的空场离派遣站不远（可能在岗头村，我记不清了），我们在派遣站等候分配时，就能看到远处伞兵做跳伞练习。据参加跳伞队的译员说，他们自称"突击总队"，总队下辖四个大队（一说二十个大队），由美国人进行训练。

---

① OSS 建立后在中国战场进行的敌后破坏行动，见诸记载的，有下列几项：

一、O. G. 行动　1945 年 7 月 12 日，180 名中国伞兵及美国顾问自昆明呈贡机场飞往广东开平县苍城镇空降着陆，进行游击战，袭扰海南岛日军北撤行动。7 月 18 日伞兵 500 余人空降广西丹竹，与地面部队配合，攻占当地日军机场。另一次在 7 月 27 日，100 余名伞兵空降衡阳西洪罗庙一带，与当地游击队配合袭击日军车队及据点。以上行动均由 O. G. 组美军顾问指导（资料见台湾 1995 年 5 月 15 日期刊《万象系列》）。

二、S. O. 行动　1945 年 8 月 9 日塞尔 Cyr 少校领导行动小组与中国军队配合执行"猎犬行动"，炸毁河南开封黄河铁桥，破坏日军一列运载军火火车。日军宣布投降前两日，展开"悲悯行动"（Mercy Mission）。成立八个小组乘陈纳德飞虎队飞机奔赴日军在占领区建立的集中营救援盟军战俘（资料见"维基百科英语网"和《OSS 在中国》一书）。

我参加的特别行动组训练营地在开远，在云南省东南部，距昆明约两百余公里。我在昆明市 OSS 总部报到，领取美军卡其军服和蚊帐、水壶、饭盒、手电筒等生活用品后，隔日又拿到一张去开远的火车票，就同三四个美国大兵一起乘坐火车驶往开远，这是我在内地第一次乘坐火车。滇越路是一条窄轨铁路，原为法国人在 1910 年兴建。抗战军兴，云南与沿海省份万里相隔，交通非常不便。在香港沦入日本人之手前，从江浙和沿海一带去内地的人，不少先从香港乘海轮到河内，再转乘火车北上。1942 年中国把滇越铁路收回，自己经营，但铁路上的机车、客车车厢和其他设施都是原先遗留下的旧物，一切都未改变。我在车厢里甚至还发现不少用法语拼写的标志。

乘上狭窄的车厢，像是搭上一列玩具火车，第一个感觉是极不舒适，座椅与座椅之间的空隙非常狭小，很难把腿伸开。听说有的车厢根本没有座位，行李随便堆放，乘客席地而坐。真难为了与我同行的四个美国人。我同他们有一搭无一搭地闲聊。从谈话中我了解到，开远的营盘既是训练场地，也是 S.O. 成员的驻扎基地。和我一起去开远的美国人有两个刚刚执行完一项任务，现在回基地休息。他们没有讲到什么地方去过，我当然也不便问。一个年轻的通信兵是第一次来中国，无论看见什么（水牛耕田、妇女用背篓背着幼儿）都觉得新鲜，不断向我问长问短。这人有个德文名字 Hirschwal（直译作麋鹿树林），一听就是个德国姓氏。我问了问，他果然是德裔犹太移民后代，不过他的德文早已忘光。这个年轻人后来同我分到一个战斗组，如果日本晚投降几天，我俩还真会成了同生死共患难的战友了呢。

我去的训练基地在开远西郊，距县城大约七八里路。这是依傍着一条大河的一块开阔地，上面除了用作办公室、教室、饭厅、食堂和仓库用的几幢简易建筑物外，还搭起两排帐篷，供基地工作人员住宿（为基地服务的中国劳工另有住处）。我到开远以后，也住进一座帐篷。帐篷里摆着四张行军床，已经有一个中国译员住在里面。我后来知道，这人姓王，原来是中央大学（战时内迁重庆）的学生。他已经参加过一次战斗行动，在完成任务后，正在基地休息。姓王的同伴人很开朗，我跟他很快就熟起来，听他介绍了 S. O. 的很多情况，包括他参加敌后破坏行动的经历。我到开远的第二天，有一位美军校官找我谈了一次话。这人是 S. O. 开远基地的负责人。他首先说了说我的培训计划：要练习熟练使用几种武器——手枪、冲锋枪、火箭筒，学会爆破（使用 TNT 炸药）本领，练习简单收发电报技术，等等。训练时间为四周。四周后训练期满，就等待命令准备行动了。他把我编进由四名美国人组成的一个行动小组，今后我将与他们一起上课、打靶或到野外行军演习。这四个人的名字当时我记在一个小本子里，可惜本子"文革"中被我的专案组拿去，一直没有归还。我只记得四人中有一个是和我同来开远的那个年轻通讯兵 Hirschwald，还有一个叫 Farmer 的中尉。F. 是个矮胖的南方人，爱说话，性格开朗。后来我同他混熟了，问他入伍前做什么，他说："你没有看见我的姓吗？Farmer，我以前就是'农夫'。"他有自己的一个小农场，养了七八匹马。他给我看了他的家庭照片，老婆和两个胖孩子。他很想家，常常哼唱《我的家最快乐》这支感伤歌曲。另一个军人也是中尉，入伍前是中学英语教员。这个人爱看书，不管走到哪里，衣服口袋里总装着一本军中版的口袋书。我和他谈话不多，只有一次我发现他正在看一本以中国为背景的小说——《消失的地平线》。这本书我也看过，讲的是云南的大山中的一个世外桃源的故事，"香格里拉"一词就来源于这本小说。我跟他议论了几句这类外国作家笔下的中国，他说他还看过赛珍珠写的小说《大地》。他认为中国人信奉的"与世无争"、"知足常乐"这些生活信条很有道理。不过今天到处打仗，恐怕中国人不能再过平和的日子了。

我在开远接受军事训练，学会使用各种武器，手枪、带望远镜瞄准的步枪、火箭筒、投掷手榴弹……我最不喜欢练习收发电报，滴滴答答的莫尔斯电报信号总是记不清。我的美国教练发现我的手指比脚趾还笨，宽慰我说，学不会没关系，我们每个战斗组都有正式通讯员，你只要学会发SOS求救就可以了，那可是救命信号。同美国大兵一起轻松愉快。当头儿的也不端架子，常同下属开玩笑。有一回去野外作业，中午在外面休息，自己做饭。他们叫我到附近一个村子里去买些鸡蛋，我已经走了很远，一个美国人在后面喊，叫我再带回点儿什么，我没有听清，气喘吁吁地往回走，想问清楚。"农场主"对我大声喊："快走吧。他跟你开玩笑呢。他叫你从村子里带一个blonde（金发女郎）回来。"

我最喜欢的训练项目是野外作业。小组四五个人开一辆吉普车，在乡下乱跑。经过桥梁、小火车站，看见停在铁轨上的机车，就研究如何进行爆破。该用多少数量的炸药，如何把炸药固定在爆破物上，等等。最重要的是，要知道被爆破物的关键部位，什么地方最脆弱。比如说，要炸毁一辆机车，最好炸它的汽缸。铁路致命的地方是铁轨转辙器。小组长很想教我们爆炸飞机，可惜开远附近一带没有机场可以供我们实地研究飞机构造。

有很多次我们乘吉普车外出只是在外面闲荡，"游山玩水"。有一天下午，我们想不出要去什么地方，我建议到山区少数民族村落去看看。我听本地人说，离开远市几十里外的山区住有彝族人。美国人不同意去，他们说路太远，而且路况太坏。我想他们说得很对，进山后多半无路可走。又有一次，我提议去开远南面百十里路的个旧。我知道那是中国有名的锡都，锡产量占中国一半左右。个旧县城保存完好，据说西南联大曾在城里建立过分校。这次美国人听从了，但是吉普车开到城门口，却被两名美国宪兵拦住，叫我们掉头离开。因为这一带离国境线不远，越南已为日军占领，美国军方不允许自己的士兵到处乱跑。我在美国部队期间，发现他们严守纪律，行动不敢越轨。有一次外出作业，归来经过开远市街。我因为天天在美军部队食堂吃淡而无味的美国罐头食品，很想吃一顿中国饭，换换口味，就邀请他们停车同我一起去一家面馆吃碗面条，我的美国同伴不肯。原来不在市街上吃中国饭也是美军禁令之一。

在开远受训期间，有一天我住的帐篷里又来了一位中国客人，他告诉我他叫关国华。这是他当时的化名。在以后我们相互交往的十余年间，我一直叫他这个名字。关比我年长十余岁，原籍辽宁，曾在日本留学。后来潜入关内，到国统区参加抗日。他在国民党海军部任职，这次派到 S. O. 来是为了观察美国援华新式武器情况。关为人爽直，与我又是同乡，所以很快就同我无所不谈。我从离开老家，进了"社会大学"以后，已经受了不少教育。特别是在国民党青年军入伍几个月，对中国的现状开始有了认识。在昆明听几位西南联大教授的演讲，对我也有所触动。这次与关相识，两人随意聊天，他却有意为我分析了国内抗战形势。我逐渐了解，自从日寇入侵，除国民党部队和一些非嫡系部队在主战场抗击日军外，广大敌占区还活动着上百万游击队。这是由中国共产党领导的力量非常雄厚的一支大军，牵扯着敌人不敢大举进攻重庆。关对我说，我现在参加 S. O. 去敌后进行破坏，很可能要到共产党打游击的地区，我必须对形势认识清楚。如果同游击队遭遇，一定同他们搞好关系，枪口一致对外①。

当时我们究竟是初识，有些话关国华说得还不透彻，但是话里话外，我已明白了他的弦外之音。看来中国存在着两股力量。眼下大敌当前，双方一致对外。将来把敌人逐出国门，彼此如何相处，该是一个很严重的问题呢。关国华在开远只停留了五六天就匆匆离去，但在他走前，我们相互留下通信地址，约定今后保持联系。1946 年浙大复员回杭州，我路过南京的时候，曾在他的住所——国民党政府海军宿舍寄住了十来天。他仍旧单身，我在他的宿舍里打地铺，晚饭后聊天，两人无所不谈。分别已近一年，我的思想有了很大变化。抗战胜利后，蒋介石坚持一党专政，并积极准备打内战，引起全国人民公愤。爱国人士闻一多、李公朴在昆明被暗杀，更加暴露了国民党的反动本质。民主爱国学生运动在全国院校风起云涌。我复员回浙大后也积极投入各种民主活动。在与关国华通信中，我不时告诉他我的情况，他也不断寄给

① 关国华提出一个很有意思的问题。OSS 派出的行动小组，如果去的地方是共军控制地区，与当地游击队遭遇，结果如何？双方是否会协同作战，抑或美方人员受到钳制？当时我没有政治头脑，对这个问题无从作答。今天重新思考，想来这应该由 OSS 与中国共产党关系好坏来决定。近读 Mao Chun Yu（美国海军学院副教授）著英文本 OSS in China（耶鲁大学出版社 1966 年），对此有所阐述。自太平洋战争爆发后，美军为获取更多敌方情报，急欲与延安方面建立联系，另一方面，共产党也希望得到美国军援。双方几次在延安会晤，商谈 OSS 在游击区建立情报网以及与共方开展军事合作事宜。1944 年 11 月 3 日，OSS 高级军官 John Paton Davies 和 David Barrett 应邀赴延安，听取叶剑英、周恩来提出建议，美军能否在共方配合下在连云港进行一次欧洲诺曼底式的登陆战，重创日军心腹地带。12 月 14 日 OSS 另一高级军官 Willis Bird 又去延安会谈，与中国共产党达成八点军事合作协议，包括在延安建立特别行动训练学校及为两万五千名游击队员提供武器装备等。这些会谈决定虽未实现，但是足以说明 OSS 与中国共产党的关系一度是良好的。但在日本投降前几个月，双方关系紧张。1945 年 5 月发生 OSS 四名美国人在 Fuping 被共方扣押一事。日寇投降后，OSS 成员 John Birch 在山东半岛共产党控制区被枪杀。美国 OSS 驻华机构于 1945 年 9 月宣布解散。

我上海、南京出版的进步报刊。这次在南京重逢，我同关国华相处时间较长。他在了解清楚我的思想状况后，向我透露了他的身份。原来他早已加入共产党，在国民党政府海军部任职只是伪装，实际上他一直在做地下工作。他劝我回北平后，一定要找到党的地下组织，积极靠拢。中国是没有第二条出路的。关国华一直留在南京工作。1946年底，国共和谈破裂，共产党代表团撤离南京。又过了一段时间，关的处境多半出了问题，他给我写信，叫我在北平为他设法从北平进入冀中解放区。我替他把事情办妥了。1947年秋天（或次年春）关同他的新婚夫人来北京，在我家住了几天，我介绍他同北平地下党接上头①，平安投奔解放区去了。

新中国成立后，我同他偶尔相互问候，但没有再见面。"文化大革命"中，关所在的组织（我想是解放军海军大院）先后有两次来人找我调查关的历史。第一次外调，来人问我问题实事求是，态度也比较和缓。第二次来外调的人却有如凶神恶煞，恨不得当场就逼我供认关是"美蒋双料特务"。"你们俩不都给美国情报机构干过事吗？在云南开远密谋过什么？"我无法把事情跟他们说清。这几个在红旗下长大、入伍不到几年的"小年轻"对抗战史和中国历史知道多少？谁能为他们上几堂基础历史课？这两次外调后来都没有下文，我再没听到关国华的任何消息了。乱世已经过去，是非颠倒、黑白不分年代留下的团团乱麻有多少还未解开？我连自己的档案里有什么未解之谜都弄不清，哪里有暇过问别人的事呢？但话是这样说，有时候想起这位我在云南偶然认识的朋友，我思想上的启蒙人，一直不与我联系，还是怅然若有所失。

---

① 关于新中国成立前我与北平共产党地下组织的关系，我在《出亡记》中有简单交代，这里不再赘述。

我只能祈祷上苍，让他平安渡过"文革"这场浩劫吧！

8月初，这时我在开远受训已近一个月，我所属的行动小组终于接到执行战斗任务的命令。再过十天，我们将与一连中国部队配合，潜入日本占领下的越南，破坏某一军事设施。但在投入战斗前，小组还要携带武器、装备演习一次负重行军。我们需要熟练在丛林中作战的本领：辨识路径、选择地形以及露营、野炊等技能。这时我们小组已经又派来一个美国校官任组长。我的同伴们说，这人原在海军陆战队，在太平洋岛屿争夺战中积有丰富的战斗经验。这位组长不喜欢在大热的天气里，背着沉重包袱在丛林中走路。他决定把旱地行军改为走水路。我们营盘边上的那条大河，当地人有的说是红河上游元江的支流。组长想探索一下这条河通不通红河，能否沿河而下，直达河内。他带领我们砍了二三十根粗壮的竹子，又弄来装汽油的直径近半米的空铁桶和一捆捆铁丝。我们用这些材料制成一只长方形的竹筏，可以负载小组五六个人同武器设备。我们每人选了一根长竹竿当撑杆。就这样在一个晴朗的午后，脱下军服，每人只穿背心、短裤，全体登上竹筏，开始远征。开始一段路，漂流非常顺利，我们把竹筏划到河流中间，深处最浅也有两米多，可以说畅通无阻。在一两处河流转弯的地方，水流湍急，竹筏有撞到岸边岩石的危险。我们都及时用撑杆把筏子从石崖边撑开，没有倾覆。但是大约一个多小时以后，河水逐渐变浅，经过一个浅滩时，卵石不断摩擦船底。又走了一段路，遇到更浅的一片河滩，几块大岩石突出水面，竹筏下的铁桶也不断剐蹭大大小小的卵石。耳边只听到卵石同汽油桶撞击时发出的一片叮叮咚咚的声音。终于，在嘎嘎声响中，捆绑汽油桶的铁丝有的脱落、有的断裂，两三只汽油桶同竹筏分了家，我们的水上运输工具搁浅在乱石滩上，一点不向前移动了。

幸好竹筏还被几只汽油桶托住，河水没有完全漫过筏面。我们只好把筏上的物品一件件搬到岸上，找到一块干燥的坡地，搭起帐篷，准备宿营。因为找不到正路，第二天身负重担，兜了大半天圈子，直到黄昏，才狼狈不堪地回到营地。我们总算完成了一次伟大的行军演习。

休整了两天，马上就要奔赴战场，形势突然发生了变化：日本宣布无条件投降了。消息是 8 月 15 日传来的，实际上从 8 月上旬起，日本战败就已成定局。8 月 6 号，美国在广岛投下第一颗原子弹；9 号，在长崎又投下另一颗。苏联百万红军在中苏、中蒙边境 9 号向日本关东军发动全线进攻。10 日下午重庆中央电台就已经播出日本通过瑞士向盟军乞降的消息。但是直到 14 日，日本天皇在皇宫内召开了御前会议，才宣读《停战诏书》，正式宣布无条件投降。抗战八年，中国军民伤亡三千余万，财产损失巨大，无法计量，但终于把侵略者逐出国土。举国上下，扬眉吐气，欣喜若狂。胜利消息传来没过几天，驻在开远的 S. O. 营地即行撤离，我参加的战斗组也宣布解散。我随着美国人回到昆明，领到一笔复员费，回到遵义继续读书。我的抗战梦从此结束。

结束语

1944 年年底，在我告别大学生生活赴四川入伍前，与我同居一室的汪积功同学送我一本日记簿。他在簿子的扉页上写了几句临别赠言，并摘录了作家萧乾的一段话："青春原是一枚酸杏，一阵疟疾，一匹自天上飞来的瀑布。它迷茫、莽撞，谁能捉得住它？只是一瞬，而这金色的一瞬又有多少人为它闪得睁不开眼而任它飞去呢?"①

　　当时我刚刚二十岁出头，正是青春晃得睁不开眼的年纪。我已经挣脱家庭羁绊，在外面漂泊了一段日子，其后又重进大学读书。一方面我感到生活空间如此辽阔，任我扑扇翅膀，另一方面我又苦闷、焦灼，不知奔向何方。同两年前离家出走时的心情一样，我又开始厌恨自己的平凡、无能，不是读书的材料。身体虽然坐在课室里，灵魂却不知遨游到什么地方去了。这时，日本人又逼近了。湘桂大撤退，学校停课，政府号召青年从军，用美国援华的新式武器训练，进行反攻，收复失地。我心旌摇摇。在硝烟弥漫的战场上接受一次洗礼，未必不是一条出路。再说，当年我逃离沦陷区的初衷，就是要参加抗战，打日本鬼子。就这样，没有经过太多考虑，就同两个要好的同学（他们同我一样，老家也早已沦陷）一起在参军的报名册上签了名。萧乾的比喻暗合我的心境：我正在咀嚼一枚酸杏，渴望尝味一下人生的苦涩吧。可惜事与愿违，由于当政者对青年军的规划和两颗原子弹的投掷导致战局骤变，我白白做了一场战地梦，枪林弹雨始终与我无缘。日本投降，美军在中国设置的作战机构解散，我也重返学校，再拾起扔掉的作业本和英语教材。一场折腾留下了什么？大概只留下几条小辫子，供日后政治运动中叫人抓在手里审查、批判，以之定谳吧！

　　倏忽间，六十余年已经过去。六十年的风风雨雨早已把年轻时的激情和冲动洗刷殆尽。如今再追写那一时期的陈年往事，我还能写些什么呢？只是这样一篇平平淡淡的记述，一些还没有从

---

　　①　此处引文与1982年重印的《梦之谷》（载《萧乾选集》，四川人民出版社）中文字略有差异。

记忆的网眼中漏掉的碎片而已。是的，我写了一些人的名字，一些我到过的地方，除了生活上几次变化外，还穿插了几件趣事，那只是想给呆板的文字增加些活气而已。我本可以再写几个人，几件事，比如说，我还可以记述我在昆明郊区岗头村等待领取遣散费时认识的一个叫姜学濂的人。他比我更早参加了 S. O. 做译员，曾被派到敌后破坏日军一个飞机场。我非常羡慕他戴在手腕的一个铝片打制的手镯。我跟他要，他却不肯给我。原来那是他的一件战利品——用被炸毁的日军飞机上的金属废料制作而成。姜学濂是个肌肉发达、身体健壮的小伙子，同我一起住在岗头村营盘里等待复员。自从在昆明分手后，我在北京还见过他几次，后来就再没有消息了。没想到的是，三十几年以后，我客居伦敦时竟和他不期而遇。我因为给英国广播公司写广播稿，需要不断去公司总部，姜早已移居英国，也在广播公司当雇员。我们相遇的时候，他已经退休了。我们也谈了些往事，只是我没想起问他那个当年让我羡慕的铝制手镯的去向。另外一个我可以记载的人，是与我同住一顶帐篷的王姓中央大学学生。他作战归来带回一枚没有使用过的手榴弹。美制手榴弹体积小巧，形状像一只不大的菠萝，我们在军中就叫它菠萝（pineapple）。我和王同住，他闲来无事，冒着很大危险把这只菠萝的盖子拧掉，一点点把炸药取出，再恢复原状，让它成为一只钢铁小菠萝。撤离开远时，我再三乞求，他终于割爱，把小菠萝给了我。这是我参战的唯一纪念品。但新中国成立后不久，美帝国主义成为中国的头号敌人，我不想再留着这些与美帝国有关的物品，找不自在。在一次派出所收缴居民手中残存武器时，虽然那枚手榴弹只是个空壳，毫无杀伤能力，我还是把它连同我在美军服役时的钢盔一并上交了。

类似这样的与我参军、当译员有关的人或事，不少我都省略未记，因为话说多了，就难免有自诩之嫌。我怕人说我"投笔从戎"多么爱国，也不想把我参加美军战略部看成多么需要胆量的冒险行动。其实这都是出于我的不守本分的性格，年轻时鲁莽无知，控制不住青春的血液在体内躁动。当然了，还得感谢那个时代。战火纷飞、动荡不安的日子给当年许多年轻人制造出横冲直撞的机会，让他们过一段"迷茫莽撞"的日子。如今战乱年代早已过去，我沐浴在落日余晖里写了这样一篇大事记似的回忆文章，只是希望年轻时的凌乱脚印在时间的沙碛上多留一些时日而已。

（2012 年暮春完稿）

出亡记（上、下）

上　篇[①]

　　早已立秋，晚上坐在户外感到一丝凉意。夜已深，庭院寂寂，草丛传来一只蟋蟀的孤寂鸣叫，不由平添了些许凄凉感。五十五年前逃离家园的一幕无端地又回到记忆里。

　　也是秋季，我同女友 D 徘徊在景山公园山后的树林里。荒草芜蔓，虫鸣唧唧。我同 D 心头沉重，两人都沉浸在凄恻悲凉的心境中。我们正在商讨一件大事：或者阔别，或者共同逃亡到异地。平稳的大学生活即将中断，前途茫茫。我们能否驾驶着生活小舟，平顺地越过波涛险恶的海洋，停泊到某个港口？两人都心中无数。

　　1948 年，国内内战方酣。国民党统治区学生民主爱国运动如火如荼，我和 D 都积极投身到学生运动里。两年前，我从内迁贵州的浙江大学返回故乡北京（当时还叫北平），在辅仁大学复学。D 是辅仁历史系学生，比我低一年。我们同另外几个同学组织了一个读书会，研读进步书刊，讨论爱国学生运动形势，由此相识。由于思想相投，接触频繁，感情日深。这一年暑假，因为 D 的家在外地，受战火阻隔，即迁居到我家里。8 月下旬，国民党为了镇压爱国学生运动，成立了所谓的"特别刑事法庭"，并在报纸上

---

　　① 上篇写于 2003 年。

公布了北平各大院校共约 280 余名学生的一份名单，声称这些人都是"共匪学生"，准备进行大逮捕，D 的名字也列入名单中。我这时已转学到北京大学，尚未受到反动当局注意。D 经常在我家，她是否已被特务追踪？我住的地方特务是否调查清楚？一时尚无法弄清。但是在我们看到报纸上公布的名单后，便立刻采取了对策。为防万一，D 必须隐蔽起来。离我住家不远的地方有一家私人开设的医院——鼓楼医院。我同其中一位大夫相识，就把 D 带去，假称她身体不适，要住院检查。这种私立医院，以赢利为目的，对就诊病人，自然来者不拒。把 D 暂时安顿好以后，我立即去找几个我深知同共产党地下组织有关系的同学，联系逃往解放区的路子。

我首先到北大去找施和徐。施是教育系的一位女同学，她同我及另一位从台湾来北大求学的学生经常会面——可以说是一个松散的三人学习小组。每次在施的宿舍聚会，或者议论解放战争发展形势，或者交换个人思想情况。施的年岁稍长，思想成熟，偶然还会介绍我们阅读解放区出版的文件和小册子。有一次，她无心又似有意地问我：如果有机会，你是否愿意到一片新天地里锻炼自己。可惜我当时对书本——或许也对女友过分眷恋，未能领承她的好意，叫她对我失望。这次我找她，说明来意，她的回答也叫我感到失望。干革命不一定去解放区，她说。我完全理解她：她怎么能介绍我带着一个她不知底细的女性，到那神圣的土地去呢？我又去找徐。徐是我的同班同学，曾介绍我参加了一个进步的文艺社团，还约我为一份学生刊物撰稿。有一段时间，我迁入他的宿舍，同住一个寝室，夜间促膝谈心。更重要的一件事是，我曾把一份国民党特务组织调查的进步学生黑名单转给他，托他递交给地下组织。这份名单是我同 D 的一个共同朋友—— 一个为生计所迫投进国民党警察学校的青年人偷偷抄来的。徐也认识 D，我们曾一起郊游过，因为徐那次摘了不少酸枣，所以 D 取笑他，叫他"酸枣"。徐很乐意帮我们的忙，只是因为这时国民党正在全市进行大逮捕，联络受到破坏，所以我们必须等待。徐嘱咐我，暂时叫 D 隐蔽一下。

从北大出来，我走到当时位于西安门南面不远的私立华北学院，在华北学院读书的 J 是与我和 D 关系最密切的一位"战友"，也是我最有把握的通往解放区的一条路子。J 的地下党员身份早已不向我俩保密。就在这一年春天，我的进步思想的启蒙者、一位多年在白区工作的老同志，就是经我介绍，由 J 安排投奔到冀中解放区去的①。我是 J 在华北学院宿舍的常客。但是这次我去找他却过于鲁莽——差一点自投罗网，被国民党反动派的魔爪抓住。J 的两三个同屋看见我走进屋子，个个面露惊惶神色。一个平日我较熟悉的同学低声说："你怎么还往这里跑？没听说昨天夜里这里出事了吗？他们带走了三四十个人。J 因为拒捕还挨了打。你赶快走吧！"我立刻转身出去。快走到校门的时候，发现有两三个身穿便衣的人在附近徘徊，我进来的时候并没有注意到。我非常镇静地径直走进校门内一侧的一处公厕，在里面待了两分钟，定了定神。然后一边系着裤子上的风纪扣，一边从容不迫地从那两个人旁踱出大门。他们只是侧目看了我一眼，未加阻拦。就这样我平

---

① 1945 年 6 月—7 月，我以译员身份，在云南开远随美军援华一支特遣部队受军事训练，准备空投敌后作战。已潜身国民党海军多年的共产党地下工作者关国华（当时化名）也被派来研究美军新式武器。是他开导了我，叫我逐渐认识抗战形势和国共关系。从此我的思想发生变化，积极投入爱国学生运动，1946 年我复员北上，经过南京，住在关的海军宿舍，关向我透露了他的身份。我回北京后，一直与他有联系。1947 年秋（或 1948 年春），关需去解放区，一时与党联系中断，是经我介绍，J 在北京为他安排出走行程的。

安地逃出了鬼门关。

去解放区一时没有希望，在医院避风也不是长久之计，所以这一天我约 D 来到景山公园僻静处商讨出路问题。D 提出她可以绕道先回冀东老家，然后设法出山海关，到解放区大连去找一位女友（就是前文提到的那个在警察学校受训的青年人的姐姐）。我认为这样走道路险阻。当时国共两军仍在铁路沿线对峙，封锁极严。我决不放心叫她一个单身女性冒这种风险。想来想去，最后只有一个办法，到南方江浙一带避避风头。抗战后期，我去浙江大学上了三年学，有不少志同道合的朋友。战后浙大复员回杭州，我的同学有不少已经毕业，在江浙一带工作，我同他们中个别人一直保持着联系，只要找到其中任何一个，就能寻到一个避风港。但是 D 不认识这些人，事出仓促，我也无法事先打招呼，我必须同 D 一起走。万一到了那边联系不到熟人，我就同 D 暂时过一段飘零生活吧！从大局看，东方已经显露曙光，反动派的黑暗统治是维持不了多久的。

日近黄昏，D 必须赶回医院，免人生疑。我俩在短短会晤后又须分手。敌人正虎视眈眈地立在身旁。我同 D 每一次分开都可能是长期阔别。这也是为什么我决心同她一起走的原因。

她在公园外面上了一辆人力车回医院，我则沿着景山东街缓步向家中走去。这时候一辆美制十轮大卡车从我身边风驰电掣地驶过去。在匆匆一瞥中，我认出来立在车厢中的十几个青年男女中有我认识的孙氏姐妹。她俩也是辅大的学生，家在北京。看来反动派在搜捕完住校学生以后，正把魔掌伸向校外。我同 D 商定好计划，必须立刻行动，不能再拖延了。

两天以后，从天津码头驶往上海的招商局致远号轮船上（这是一艘货轮，但也搭乘了一部分旅客和溃散南逃的国民党士兵）

出现了一对年轻男女乘客。女客烫了头发，身穿一件不太合身的华丽旗袍，男的身着长衫，提着两件简单行李。在杂沓的人群中并没有人对这两个人十分注意，因为当时京津一带比较富有的人正纷纷南下，躲避战火。在海上颠簸了两天两夜后，这两个逃亡者终于踏上了上海外滩。

从天津码头登轮到次年 5 月上海解放，头顶上阴霾廓清，我和 D 重返家园，还有不少可以述说的故事，例如在上海阁楼中蛰伏，在奉化县中两个月执教生活（想一想，"共匪学生"竟然潜伏到蒋介石的老家教课，真是绝妙的讽刺！）。一个在陶行知创办的育才学校工作的好友替 D 在他那里谋得一份教席。一个好心人对我示警，叫我离开奉化。我丢弃行装潜往上海与 D 会合……这些故事如果一一写下来又要浪费许多宝贵篇幅。那就留待另一次再写一篇《出亡记》下篇吧！但是在结束本文前，我还想增记一件小事。1996 年我再次去江南漫游，曾专程从杭州去奉化寻旧。我如丁令威化鹤回辽东，只不过奉化不仅人物已非，就连往日城郭也非复旧观了。倒是奉化市第一中学（前身即我曾执教过的县中）的校长听我说明来意后，接待我极为热情。临别前，他送给我一本学校成立九十周年纪念册。抵家后翻阅了一下，竟在《历任教职员工名录》中发现了我的名字。半世纪以前的足迹并未完全被沙尘掩埋，令我感叹不已。

（2003 年春）

下　篇

　　几年前我曾写过一篇短文，记述北平反动当局如何逮捕进步学生。我同 D 为暂避风头，登上一条驶往上海的货轮。现在我续写《出亡记》（下篇），回忆在浙江、上海时近一年的流亡岁月。时光荏苒，距离当年逃亡已经过了六十余年。文中个别细节或有不够确切处，但我写的确是半个多世纪前两个爱国青年亲身经历的纪实。我希望通过我和 D 两个人的遭遇，呈现给读者一个走向消亡的旧中国的社会剪影。

　　最终我和女友 D 是在天津海河码头登上一条驶往上海的轮船。当时，内战炮火已经延烧了将近三年，决定东北战局前途的辽沈战役即将打响。其他很多他方也都硝烟弥漫，南北交通阻隔。要想从平津一带南下，只有极少数有钱有势的人乘得上飞机，平头老百姓只能走海路，要么就得冒生命危险穿过犬牙交错的战区。我和 D 决定逃避到上海，事出仓促，根本不清楚该在何地乘船，误以为须到海河河口塘沽。及至到了塘沽，才知道那里只偶然停泊货轮，旅客是根本上不了船的。我们不得不找一个旅店过夜。塘沽当时破烂落后，没有档次稍微高一些的旅馆，我和 D 随便住进一家小旅舍，一夜惊魂，没有合眼。虽然我们住的是单间，半夜里却有一只大手三番五次捅破窗户纸伸进室里。如果不是我警觉，每次都大喝一声，我们随身带的一点儿家当早就不属于自己所有了。第二天我们又回到天津。打听了一下，天津也没有定期轮船航班。由于战局吃紧，有钱的人争先恐后南下，偶然有一条客轮驶往南方，船票早被达官贵人买去，普通老百姓只有出高价，寻门路。正当我们在码头上徘徊，走投无路的时候，我碰见了救星。一个我在北京就认识的跑单帮的人（我从他手里买过旧英文打字机）从对面走过来。这人姓曲，每个月都要跑两三次上海，倒腾洋货。听说我们要去上海，这位姓曲的朋友答应替我们想办法。他认识一艘货轮上给船员包办伙食的大班，这艘船次日就要起航去上海，而且姓曲的自己也要坐这艘船南下。问题就这样解决了，我和D当晚就上了招商局的货轮致远号。毋庸讳言，我们掏出了很厚一沓法币由姓曲的朋友转到那位大班手里。第二次世界大战结束后，招商局买了好几艘美国海军服役期满的舰艇，经营长江内航和沿海航线。致远号专跑天津—上海线，偶然也远驶东北葫芦岛。虽然是一条货轮，也不能不搭载少量旅客。有钱有势的头号人物不敢得罪，国民党部队溃散的士兵强行登船，阻拦不住，船上的职工自然也私搭几名乘客赚些外快。我和D离开北京，为了逃避国民党特务缉捕，都化了装，穿着也尽量装成富家子弟。D烫了头发，穿着花旗袍，脚穿长筒丝袜。我穿了件质地讲究的绸子长袍，而且特别买了一双锃亮的黑皮鞋。但是虽然如此，还是很难逃过明眼人的眼睛。怎么打扮，我俩也不像为逃避"共产"躲到南方去的少爷和小姐。致远号启动后不久，同曲先生熟识的轮船二副就托他向我们提出请求，能不能帮忙把这次强行登船的百十余名国民党逃兵登记造表，再分成若干小组。轮船去上海要走两三天，每天都要供应他们定量饮食，分组易于管理，而且可以防止他们打架斗殴甚至盗窃船上物品。我相信曲先生不会向船上的人透露我们的大学生身份，但是我和D都会读书识字，这是无法隐瞒的。我倒也乐意做这件事。借着登记姓名，我可以同这些国民党士兵闲聊几句话，做一些调查。哪里的人？在家乡做什么？怎样被"抓壮丁"？上没上过战场？回家以后打算做什么？等等。至今我还记得其中一个人的叙述。这个人是个国民党老兵。他是四川某个地方的人，为了赚取一笔不小的安家费，他冒名顶替一名富家子弟当的兵。两次同解放军交锋，两次举手投降，安安逸逸地当了俘虏。每次都从共产党这边拿到一笔遣散返乡费。跟他们谈话，听到很多有意思的故事。我问他回家以后做什么？他回答说："当兵哟，只要有仗打就有钱赚。"我暗自思忖，解放战争越打下去，国民党士兵被俘获的数目也越多，想必其中有不少是这种生财有道的"兵油子"。

致远号的船长姓曹，是一个文雅、英俊、三十岁出头的年轻人。在我蹲在甲板上同国民党士兵谈话，登记他们姓名的时候，他走了过来。开始，他站在一旁听了一会儿我们谈话，后来就跟我唠起嗑来。"谢谢你帮了我们一个大忙，"他说，"船上的人手实在不够。这些人吃起饭来像打架似的。"我客气了两句，表示我很愿意干这件事。跟这些大兵说话倒也很有意思。"听你同他们讲话，你也会说四川话?"他问我。我告诉他我说的不是地道四川话，我过去在贵州待过，这两省方言很像。同船上的人讲话，我很小心，尽量掩饰自己的身份。但有时候还是不知不觉暴露了一些真情。我告诉他，这次去上海是找原来在浙江大学读书时的老同学，谋个差事。"是的，华北的形势很不稳，"姓曹的船长说，"有一点办法的人都往南走，但是依我看，南京、上海将来如何，也不乐观。"过了一会儿，他又说："我弟弟也在这条船上。他已经拿到去美国读书的签证，到上海以后，很快就要出国了。我可以介绍你们认识认识。"我自然表示高兴。没有想到的是，船长介绍我和D认识的，不只是他弟弟一个，他弟弟的未婚妻，一位漂亮的小姐也跟他弟弟一起去上海。她也要出国，可是根据美国法律，只有配偶才能拿到入境签证，所以他们决定要在轮船上举办婚礼。主持婚礼的是一位四五十岁的中年人，说是一位基督教牧师，是他们临时找的（不太可能吧！）还是预先约请来的，我就不知道了。为了叫婚礼办得更像样一点，还需要一位女傧相。他们看中了 D，D 能不能帮这个忙？我同 D 虽然没有立刻就同意，但也实在找不出理由拒绝。再说，我们在船上的地位已经提高；我们带的两件简单行囊已经从船员集体宿舍里两张简易床上被搬到一个小单间里，另外一张大红请帖，虽然是临时写的，也已放在茶几上。看样子，我们被派定的角色，不管愿意与否，只能演下去了。幸好再有一天半时间，轮船就要靠岸，这出戏也就落幕。船长、二副、新婚夫妇和船上所有职工，我们就都将挥手告别了。以后再想见面恐怕也不可能了。遗憾的是，D 的化装很不成功，除了身上的行头外，多一件漂亮衣服也没有。再加上她从不擦胭脂抹粉，什么化妆品也没有，只能将就着借用新娘的凑合一下。婚礼在第二天下午举行，非常简单，倒是晚餐的菜肴很丰富，不少海鲜是我在北平家里从来没有吃过的。第三天午后，致远号平安到达上海，在黄浦江东岸一个货运码头靠岸。我跟船长说好，同 D 在船上多住一宿。趁时间还早，我乘轮渡过江去找已在上海工作的几个校友，我要听听他们的建议，下一步我和 D 该如何安排行止。

1943 年年初，我离开沦陷的北平，奔赴大后方，直到 1946 年夏才重回故里。其间，我曾在内迁贵州遵义的浙江大学读了两年多书。抗日战争胜利后，国民党发动内战，暗杀爱国人士闻一多、李公朴，民不聊生，我深受触动，思想发生变化，积极投入反对国民党独裁统治的民主爱国学生运动。在遵义求学最后一年，与思想相投的一批同学创办油印小报《浙大日报》，向市民宣传从解放区广播电台听来的战局消息，结识了不少志同道合的朋友。我回北平后，与他们继续保持联系。我因两次转学，毕业时间推迟，但我的一些学友，多数都已毕业，走上工作岗位。在上海一地就有好几个同学在属于善后救济总署的农业机械公司工作。我联系到他们中间的两三个人。第二天，他们就为我和D在虹口区借到一间空闲的住屋，并为D办了一个假身份证，把我们安置下来。D从此改名林仪，两个月以后，她在育才学校找到一个教学工作，学生们也一直叫她林姐。这是后话，此处暂时不提。

且说我们逃到上海的这一年，国民党不仅在军事上接连失利，战线逐渐从东北南移，经济上也面临崩溃。只靠开动印钞机器，发行接近天文数字的法币，万难支持庞大军费开支。8月19日，蒋介石命令国民政府颁布财政经济紧急令，发行了名为"金圆券"的新货币。金圆券与旧法币的兑换率为1：300万，老百姓手中持有的旧法币以及黄金、白银、外国货币都必须在指定期限内兑换。与此同时，又实行了暴力"限价"政策，打击投机倒把、囤积居奇活动。反动政府这种空前通货膨胀和在老百姓身上敛财的政策导致民怨沸腾，市场一片混乱。我们到达上海的时候，正值蒋经国在上海坐镇，开始一场打击巨商、富户的"打虎"运动。报纸上天天刊载又有多少人因触犯法令被逮捕，若干商号因囤积居奇被吊销营业执照。我们在上海停留不到一周，已看到市面萧条、人心惶惶的衰败景象。任何人都能看清，蒋家王朝已经到了穷途末日了。

上海的形势非常紧张，我和D仓促外逃，没有带任何表明资历的证件，根本无法找到工作。我们决定到杭州浙江大学去看看那边会不会有什么机会。浙江大学还没有开学，但是我很容易就找到了外语系留守系内的陈建耕老师。当年我在浙大求学时，陈老师还是助教，同我的关系不错。现在他该早已升为讲师了吧。不管他是助教还是讲师，我到浙江大学来还是来对了。原来浙江省中学当时聘请教员有一个传统渠道，常常给省内几个名校写信，提出各自的要求。碰巧接到来信的学校，在本届毕业生中有适合招聘条件的人，愿意应聘，招聘与就业两方面的应求就都解决了。我见到陈建耕老师的时候，他手头正有两封招聘函。一封来自奉化县中，一封来自浙江西部山区某一中学。两封信都聘请英语教员。陈建耕老师建议我去奉化县中。那里离宁波很近，交通方便，条件比山区好得多。我有些犹豫。奉化，那不是蒋介石的老家吗？肯定军警森严，外来人口能不惹人注目吗？但转而一想，我的姓名又没有上国民党逮捕的黑名单，再说，反动派的特务组织松弛、无能，并没有警犬那种敏锐的嗅觉，有什么可怕的？想了想，我同意去奉化。陈老师办事很干脆，当天就拟了封电报稿，由他署名，交给我发出。我看了看他的电报措辞，对我很是吹捧，什么"学校的高才生"啊，"品学兼优"啊，等等。只是没说明我已经离开浙大，这次是从北方来的。第二天县中发来回电，叫我立即前去报到。

我同 D 在杭州又见了几位老同学，同他们吃了顿饭。午后，我们抓空看了看岳庙、灵隐寺，就乘车回到上海。我们的行李还搁在借住房子里。从上海去宁波乘海轮非常方便。码头在十六铺，傍晚开船，次日清晨就到宁波了。

自 1948 年 9 月初到 11 月中，我在奉化潜居了两个多月。蒋介石的老家虽然是奉化，但当时只有他的故里溪口镇才建设得比较整齐。奉化县中在县城西门外，城墙多半塌毁，只剩下两扇残破城门。市肆也只有一条比较像样的大街，在北门外锦溪江大桥一端。街上有两三家饭馆和几家卖百货的杂货店和粮店。我和 D 到达后，学校替我们在城内居民家租了间住屋，每天我出西门去学校上课，D 到北门外市场买菜，准备两顿饭食。县中没有高中，只有初中五六个班。校长顾礼宁、教职员十几个人对我都不错，不以我这个北方来的外地人为异类。我任课的班级中有几个学生跟我熟了，放学以后竟不请自来，到我的住处要我跟他们说说北边的事。他们对解放战争的形势并不清楚，误以为我来自解放区。我对他们说，北平现在还是国统区，他们想知道的事我同样也不清楚，实在"无可奉告"。我心里说，自己初来乍到，必须谨言慎行，千万别惹麻烦。县中的教员里有一个邵姓年轻教员，家在宁波，单身住在城里。有时候我俩放学后同路回家，从他嘴里我听到不少县中的情况。邵说，前几年，师生组织过一个"奉中剧团"，公开演出过《雷雨》。后来又筹划上演陈白尘写的《结婚进行曲》，就受到当局阻挠，几个出头露面的学生还被开除。现在学校从表面上看风平浪静，实际上还有暗潮，只不过外人觉察不到而已。邵的话多少透露了一些他的想法，但是我还是决定不应轻信人，他说什么我只是听着而已。

在奉化生活了两个月，感受最深的是这里美丽的自然风光，真称得起山清水秀。在老家北平，要看风景只能去北海公园或者颐和园，园中的亭台楼阁虽然雕梁画栋、金碧辉煌，庄严壮丽，但未免宫廷氛围太重。就是园林、湖泊也不免有些人工匠气。在奉化，随便走出城门数十步，就是看不尽的青山绿水，秀媚灵透。10月中，学校组织了一次秋游，去溪口镇参观，年纪幼小和体弱的可以乘车，其他人步行。这时，D已离开奉化去上海教书，我就同多数学生和老师一起爬山越岭，徒步前往。一路美景不断，宛如走进一幅百里江山长卷。当晚，奉化县中师生借宿在溪口武岭中学里，第二天参观了雪窦寺、千丈岩，吃了溪口远近驰名的千层饼……让我认识到奉化确实是个人杰地灵的宝地。我对自己说，本来是出来避难的，却误打误撞地到这里来过了一段田园生活，只能看作是命运的巧安排吧。

反过头来说说Ｄ应邀去上海的事。我在浙大读书时，同系有一个同学，徐行，比我低一年。不仅学习勤奋，思想也很进步。很可能在校期间就已经入地下党了。他没有像我似的东奔西跑，只是按部就班地读书，所以在我们南来时，徐行已经毕业，而且开始在上海育才学校教书。我同Ｄ经过上海时，没有来得及同他见面，但是我曾写信给他，托他为我们寻找工作机会。我们到奉化以后，没过多久，徐就写信来，告诉我们育才需要聘请一位女性教员，教课不多，但需兼顾女生生活管理工作。他向学校推荐了Ｄ，并介绍了我们的情况，学校表示欢迎。我和Ｄ一致认为这是个好机会。育才学校是民主主义战士陶行知先生于抗战时期在陪都重庆创建的，收留战时难童，实行一套有异于传统教育的教育制度。他提倡"生活即教育"、"教学做合一"等教育原则受到关心中国教育改革的人士普遍支持。育才学校建立后，周恩来同志曾亲自到校为师生演讲抗战形势。抗战胜利后学校迁至上海，陶行知先生虽已逝世，学校却仍然办了下去。Ｄ决定稍做打点，就动身赴沪。我自然也替她高兴，但想到我们不得不暂时分离，难免有些怅然若失的感觉。刚刚建立起的小家庭立刻就要解体。战火不久就要燃烧到长江以南，浙江很多城市都可能为火海吞噬，我和Ｄ会不会长久分隔两地？但是我又想，一个多月前在北京，如果去解放区的道路没有受阻，Ｄ也早就不在我身旁了。再说了，我现在在奉化教书，只是暂时安身，奉化岂是我们久留之地？她能先走就赶快走吧！就这样，我在第二天就向学校请了半天假，把Ｄ送到宁波，看到她上了轮船，挥手告别。

Ｄ走后，我退了租住的民房，住进学校为我安置的一个睡觉的地方。奉化县中在城内一处祠堂里占用了四五间房，有的做仓库储存东西，有两间住人。一间住着一个老校工，另一间就是我前面提到的那位邵姓老师的宿舍。现在他们又把一间储存稻米的屋子用苇席隔开，后半间仍然存米，前半间临窗给我做卧室。我同邵住在一个院子里，接触的机会更多，关系也变得更密切了。特别是两人常常一起到外面去吃晚饭。走出北门，过了桥，桥头有一幢二层小楼，我们在楼上找了个临窗的桌子，一人要一盘炒河粉。邵爱喝酒，每餐都少不了半斤绍兴黄酒，有时候我也陪着他喝一小碗。几两酒下肚，他的话就多起来了。谈自己的家庭，谈学校的教学，哪个老师认真负责，哪个敷衍了事，他都了如指掌。甚至某些人的私事，他好像也都知道。不止一次，邵提到他的一个中学同学，在奉化县政府工作。他听到的消息，有些就是那个人透露给他的。那位朋友跟他说的话很多，有些话还跟我有关系。我摸不透他的本意，是随便说说呢，还是带有警示含意。比方说，他称赞我爱看书，课间空隙总看见我在阅览室翻看报刊。说我认识的人一定很多，传达室常常有我的信件等我领取。这些话叫我提高警惕，我这个外来户是不是很引人注意，会不会被人盯上了？有一个星期天，我的一个学生给我借来一辆自行车，陪我一起去海滨一个小渔村。那一天，我回来得比较晚，邵第二天问我那天我到哪儿去了，他等我一起吃晚饭一直没等到我。我告诉他我去了一个学生的外婆家，我还从来没去过渔村呢。邵听我解释后，摇了摇头笑着说："你可真爱玩。那地方我知道，往返四十多里路呢。"过了两天，我们又一次一起吃饭、闲聊，邵用随随便便的语气对我说："傅老师，你大概不知道，我们这里不兴老师跟学生关系太密切。这是习俗，其实没什么道理。不过还是注意一点儿好。"我这回明白了邵对我确实很关心，他告诉我言行必须谨慎。但是直到他明确帮助我请假去上海，我才确认他是我在奉化教书期间的一位保护神。

D去上海转瞬已经一个月了。她早就写信来告诉我她去那边一切都好，只是担心我一个人生活是否习惯。我在她走前已经嘱咐过她，来信只报平安，不必过细叙述育才的情况。我当然很想念她，恨不得马上飞往上海。11月，学期将有期中考试，考前停止新课，各科都进行总复习。我很想利用这个机会请一周假，又担心学校不批准。多少天来，我的情绪波动得非常厉害。同邵在一起，他高谈阔论，兴致勃勃，我却心神不定，话语不多。他自然知道我的心事，叫我放心。他说，请假的事，他会替我去说，不会有什么问题。他自己也要请几天假，回宁波家中看看，到时候我俩一起走，暂时不必跟别人说。我听从他的劝告，安心等待。果然，在停课复习前一周星期五晚上，他兴高采烈地走进我的屋子，对我说："准备行装吧，顾校长已经批准了。明天下午咱们一起去宁波。"我高兴得使劲摇动他的手，一句话也说不出来。他又嘱咐我几句话："轻装上路，除了必要的东西，什么也不必带。你的衣物都留在这里，我会替你看管。但是留下来的东西你还是仔细看看，有没有什么别人看到不太方便的。无论做什么还是仔细一点儿的好。"第二天吃过午饭，别的人都在午休，我和邵却提着行装，悄然离开奉化。我俩在宁波长途车站握手告别，邵没有表示再迎接我回县中，我自己也并不知道，下一次再来这里将是几十年以后的事。事实是，直到20世纪90年代后期，我已退休，到江南来旅游，为了寻找旧日足迹，才又一次从宁波汽车站搭车去奉化。

上海育才学校当时设在大场镇外一块荒地里，离上海市中心大约有十几公里路程。每天都有六七趟郊区班车来往行驶。我按照D来信中的提示，很容易地就乘上一辆摇摇晃晃破旧的大客车，来到学校。从外表看，这只是一座普普通通的农村学校，甚至比农村学校更寒酸。除了一座小礼堂和两幢营房式的大房间当作学生宿舍外，学校的建筑物只有三四排和分散到不同角落里的平房。这些平房分别用做教室、办公室和教师住房。倒是校园后边有一大块菜地和几间茅舍，那是学生的劳动场所。我同 D 已经分别了一个多月，再次见面，自然无法抑制内心喜悦。D 告诉我，我的老同学徐行，就是把她介绍到育才来的人，已经去了解放区，学校现在需要一位英语教员，希望我能留下。这自然是我求之不得的事。两天以后，校长马侣贤和教导主任杜君慧跟我正式谈了一次话，我转到育才来工作的事算确定下来了。这两位领导自然也给我介绍了一下学校的现状和创办人陶行知的教育思想。育才建立于 1939 年，正值民族危难之秋。校址选在四川合川。陶行知的教育思想，最主要的一点是培养手脑并用、全面发展的人。中国几千年漫长历史，一向认为"劳心者治人，劳力者治于人"，陶行知却主张劳力者也要劳心，劳心者必须劳力，打破统治者与被统治者的界限。为了发挥学生的特长，学生被分到美术、音乐、新闻、科学几个大组里，既上语言、史地、数学、外语等共同课，也学习各自的专业课。关于陶行知的生平，不用他们介绍我也略知一二。晚年他积极从事救亡运动，成为坚强的民主主义战士。因为反对国民党独裁，受到当政者忌恨。在爱国人士李公朴、闻一多被国民党特务暗杀后，据说下一名就要轮到陶行知了。他曾毫无畏惧地说："我等着第三枪呢！"但他最后是在 1946 年夏天因过度劳累死于脑溢血的。育才学校有一间陶行知纪念室。在陈列的展物中，我读到他撰写的若干文章，《创造宣言》《手脑相长歌》等。他留下不少箴言，警句，至今我还记得两条，一是关于陶的无私人生："捧着一颗心来，不带半根草去。"另外一条是关于他的教和学思想。他说："千教万教教人求真，千学万学学做真人。"这同巴金老人的谆谆教诲"要说真话"都是我们应该铭记于心的至理名言。

大局已定，下一步必须做的是向奉化县中辞职，取回我的行装。我准备在上海再待两天，在我请假期满前一天再回去。D却无论如何不叫我去，万一学校把我扣住不放呢？但是在这样兵荒马乱的年代，我怎能让她一个年轻女性，代我单身远行呢？我俩究竟谁去，一直争执不下。其实D不要我自己去，理由也很充足。既然邵几乎已把事挑明，我的行踪正在受人监视，如今有机会逃开，我又何必自己投入虎口呢？我辩驳说，我已经在奉化待了快两个月，也不见他们有什么动静，现在再去一趟，办完事马上就走，估计是不会有问题的。D说，他们以前不下手，是在放长线，你没有听说"引而不发"这个词吗？现在他们知道你要远走高飞，岂能放你自由。D说的话是有道理的，育才的两三个朋友也觉得我不该自己回去，就这样，这一艰巨任务最后还是决定由D肩负起来。我给邵写了一封信，连同写给学校的辞职信一起交给D。我嘱咐她，到奉化以后，先去找邵，了解一下那边有什么新情况，辞职的事，看看邵能否代办，自己能不出头露面最好。至于我留在奉化的物品，只需取回那些重要的衣服、字典等等，被褥等笨重的东西都丢弃了吧。

D走后，我一直惴惴不安，当时淮海战役已经打响，去宁波和南方其他港口的船只人满为患。去的时候，她没带行李还好，回来要拿着我的不少沉重的东西，能挤得上船吗？我提心吊胆地过了三夜，直到第四天她提着我的行囊回来，我才把心放下。D这次冒险出征，是1948年11月后半月的事，不出半个月，上海的大小报纸，全都在头版头条刊登了一则新闻，读后叫我们感到后怕。招商局驶往宁波的一艘轮船在海上出事了。12 月 3 日晚，江亚号客轮从上海驶出，在行经吴淞口外黄龙港海面时，突然发生猛烈爆炸，因轮船超载过重，很快就沉入海底，搭乘这只船的旅客 4000 人，生还者不足千人。报上说："经专家勘查，该轮船为触雷被炸，但无法查出雷从何来。"但也流传着一种谣言，轮船是因为有人偷运大量黄金，严重超重，因而吃水过深，导致船底触礁才沉没的。不管是什么原因，这样一桩惨烈事故，我想就是在世界海难史上也会有记载的。

D 和我分别从 1948 年 10 月和 11 月中开始在育才任教，1949 年 5 月末上海解放，我俩一直工作到学期结束，才回北京。工作期间，学校只供膳宿，并无工资。教师每个月发给两块"袁大头"当零花钱。生活虽然艰苦，但是精神愉快。学校工作人员，从校长到教师，思想相投，关系融洽。校长马侣贤和教导主任杜君慧都是民主派，杜君慧在上海解放前就假道香港北上解放区。我们回到北平的时候，她已经就任北平第二女子中学校长。育才的学生原来多是难童或出身贫寒家庭，学习勤奋，几个年纪较大的，在业务上已经崭露头角。杨秉逊后来几次参加国际小提琴比赛都获了奖。杜鸣心创作的歌剧《鱼美人》，新中国成立后也曾在全国各地演出。我们在那里的时候，师生一起生活，学生称我们傅哥、林姐，亲如一家人。另一方面，从 1948 年冬季起，解放军发动总反攻，反动政府节节败退，崩溃在即。1 月底，北平宣告和平解放；淮海战役国民党军队 55 万余人被歼。蒋介石在 1949 年 1 月发表《引退声明》宣布下野。4 月下半月，解放军渡江，占领南京。国民党汤恩伯残余部队，退守淞沪地区，摆出一副保卫大上海的姿态。尽管谁都知道，上海迟早会解放，但也无法估计会不会要先经受一场炮火洗礼。

育才学校在大场，这一带也有可能沦为战场。学校为了保护师生生命安全，于 4 月初撤离原址，搬到市内四川北路一幢楼房里。这幢楼房是宋庆龄女士设法为育才学校搞到的。马侣贤校长告诉大家，宋庆龄女士热心关切少年儿童，对育才给予许多物质帮助。究竟帮了些什么，我当然不知道，也不便问。但是至少我可以举一个全校师生有目共睹的例子。育才学校有一个医务室，负责医疗、管理药物的人是傅姐，一位受过训练的专业护士。她曾经同 D 共住一间宿舍。傅姐不像其他老师那样只有零花钱，她每月领取金额很高的工资，而她的工资就是宋庆龄福利基金会支付的。

育才学校在大场的时候，我和 D 每月只到市区一两次，主要是用学校发的零花钱买些食品，一铁罐奶粉或者偶然买一桶乳酪下饭用。这些罐头食品都是美国的战时剩余物资。为了节约，我们来往都步行，非常辛苦。自从搬到四川北路以后，到市内繁华地区变得方便了。有时候吃过晚饭，溜溜达达地就走到南京路一带闹市。我们对这个畸形发展起来的城市，逐渐看得越来越清楚了。虽然国民党权贵、大资本家和外国商人大多外逃，市街上仍然一片灯红酒绿。但在来往行人中却夹杂着不少衣衫褴褛的难民、讨饭的人和三三两两从前线上溃散下来的士兵。大英帝国在外滩上建立的高楼大厦仍像过去一样傲然屹立，设立在大厦里的银行、酒店却很早就大门紧闭，守门的印度警卫（人们叫作红头阿三的）也不知去到哪里。阴暗的角落已经成了强盗和小偷出没的地方。同霞飞路一带一幢幢花园式小洋房构成强烈对比的是一般市民居住的湫隘弄堂，闸北区工人麇集的棚户区和靠近郊野的破烂茅草房。但是穷苦人对居住条件要求不高，只要有个遮风避雨的地方就够了。要紧的是越来越难吃饱饭。不要说外来户，就连上海本地居民生活也大多陷入困境。偶然听说哪家粮店有平价米卖，门前立刻就排上几百人长队。头年8月底，我们初到上海的时候，国民党刚刚进行了币制改革，发行金圆券。等到进入11月，不到两个月时间，金圆券和美元的兑换率已从4：1降到20：1，币制改革彻底失败。转过年来，更是需要一百、数百金圆券才能换一个美元，哪个人手里也不想存放这种形同废纸似的货币。外滩附近的高楼后面就有两三条小街成为兑换银圆和美钞的黑市。贩子们个个手掌里掀动着五六块银圆，叮当作响，口里吆喝着："换大头啦，大头要哦？"我同D拿着学校发的几块银圆，挤在人群中，换成纸钞，再去另一条街买点食品和一些生活必需品。离开南京路，再往前走两条，就到了福州路，当时人们都习惯叫四马路。四马路上有二三十家大小新旧书店，走一个来回，我总能找到几本值得买回去的书和杂志。国民党政府的书刊检查制度虽然很严，但是这时候面临崩溃自顾不暇，已经非常松弛。像《文萃》《观察》等左派刊物都摆在摊位上公开发售，偶然还能买到翻印过来的解放区刊物。有一次我拿到手一个小册子，翻开一看，竟是赵树理的小说《李有才板话》，只不过封面上印的是一个改换过的书名。商人唯利是图，不管书籍内容，只要能赚钱，什么都敢印。就连早已列入禁书名单的某些古代淫秽小说居然也夹杂在一堆言情小说里，爱淘书的主儿喜欢到这些陈列杂乱无章、内容鱼龙混杂的书店去，很多有意思的书都是在乱书堆里寻寻觅觅碰到的。写这篇文稿前不久我闲翻一本杂文选，其中一篇文章提到一本名字叫《方生未死之间》的小册子，我突然想起来，这本书我客居上海时读过，书就是在四马路一家书店偶然买的。作者是谁一时想不起来了，书里讲的是新中国诞生必须经过流血奋斗，经历分娩前的阵痛。我可以说亲身经历了腐朽政权死前的挣扎、抽搐，但是在学校教书——尽管育才可以称为上海的一块净土——能算作革命工作吗？我们是否为新生儿出世尽了什么力量？我和 D 做了些什么？我们能做些什么呢？

有一件事倒是值得提一下。1949 年春，我们任教于育才学校时，曾做过一件自认为对国家、对个人都有利的事。我同 D 伪造了一封家书，寄给当时正在台湾桃园机场国民党空军雷达班服役的我们的一位好友 R，谎言他的母亲在苏州病危，要他回来探视。R 拿着这封假信，请准假，回到上海。两个月后，上海解放，从此 R 不止成为新中国一名科技人员，而且不久又同他早在北京就认识的女友 K 重续前缘，结了婚。我们做的这件事虽然谈不上是什么革命工作，但多少应算作一件好事——根据当时的思想认识，也兼顾了私谊，为新中国拉过来一个有学识专长的知识分子。没有想到的是，十几年后，国内刮起了一场大风暴，是非黑白一切都颠倒过来。为了爱国千里迢迢从海外归国的游子，只因为某种说不清楚的海外关系，被列入审查对象。R 是货真价实从国民党空军中飞回来的，自当接受"刮骨疗疾"般的审查，妻子儿女也因之受累，全家人吃的苦头说也说不尽。这类冤假错案在"文革"中比比皆是，不要说 R 是我同 D 两个无名小卒帮助回来的，就是在听了周恩来总理 1952 年号召，为爱国心驱使从海外回国参加建设的留学生，又有多少人后来能幸免于难？这件事过去已经不断为人议论过，我这里也就不再多说了。现在还是说一下我们帮助 R 回来的经过吧！

我和 R 在上初中的时候就是同班同学，那时候我们都是十五六岁的毛孩子。一起读书，一起胡闹。长大了一点儿以后，又学会了听音乐，逛商场买唱片。R 的母亲很早就去世，父亲远在内地，几间空旷屋子，足够我俩早晚在里面折腾。就这样我同 R 成了形影不离的伙伴。中学毕业了，我俩都考上辅仁大学，只不过他学物理，我学外国文学。不久我去了大后方，R按部就班地读书，1946年在物理系毕业。我从后方回来了，书还没读完，继续上辅仁，但是我的思想和精力主要放在爱国学生运动上。我和一些进步同学组织读书会，积极参加各种运动。R和后来成为我女友的D都是读书会成立后最早的会员。读书会里还有D的一个好友K，她们俩既是同乡，又是多年同学，关系同我和R一样，密不可分。R和K互有情意，只不过R毕业后一直找不到工作，所以两人并未明白确定恋爱关系。为了解决饭碗问题，R后来不得已投考国民党空军雷达训练班。经过短期培训，被分配到台湾机场工作。我同D在上海育才教书的时候，R在台湾桃园机场雷达站服役，虽然中间隔着一条海峡，但双方一直音信未断。1949年入春，解放大军即将渡江，我和D深恐江浙等地解放后，与R分隔两地，不但多年好友从此无缘相会，他和K也将成为路人，那将成为最大的憾事了。我和D一直为此感到忧虑。3月底，我们同两三个同事周末去苏州游玩，晚上，我和D在一家小旅店的单间里从旅店账房借来笔墨，伪造一封给R的家书。谎言他的母亲病危，叫他回苏州看望一下。这封信第二天从苏州发出，不只用的是老式信封、信笺，而且信封上赫然盖着苏州邮戳，货真价实，不容生疑。R请假被批准了，又沾了在空军服役的光，4月初就飞到了上海。这以后他脱下军服，换上便装，隐伏下来。上海解放后，新成立的上海市政府招收旧社会军政中留下的技术人员，R报名经过考试，从此就开始为新中国服务。我们两家人——我和D，R和K——可以说是最亲密的朋友。"文革"后R的问题虽然得到澄清，但这些年遭的罪，家中成员求学就业受的不平待遇，只能自认倒霉，不会有人与你算这个账的。只不过我同D两个事端的制造者，有时想起R一家的遭遇，心中还很不是滋味。在我这篇文章还未写完的时候，噩耗传来，我的好友已经在虎年春节后不久因心梗去世。我这篇文章记下的这个小故事就算作我献给好友 R 的小小纪念吧！

再说 1949 年上海解放的事。国民党汤恩伯部队剩余 20 万人返守淞沪地区后，解放军从浦东浦西两路阻敌退路。1949 年 5 月 22 日，扫清外围，逼近市区，23 日发动总攻，国民党占据苏州河北部被消灭。27 日战役结束，上海宣告解放。有些地方的市民，早上起来，竟发现街头房檐下睡着一排排军帽上别着红星的解放军士兵。大上海一夜间更换旗帜，社会秩序稳定，城市未受破坏，水电供应如常，全市人民皆大欢喜，育才师生更是欢欣鼓舞。用不着说，解放后的十几天二十天，大家都很忙碌，学唱解放歌曲，学跳秧歌舞，参加军民联欢会演出。我和 D 抓紧时间给亲朋好友写信，报告上海解放后的种种新生气象。在兴奋中，我们也在考虑，有时还同几个好友商量我们的前途。离开家一年，我俩有些想家了，特别是 D，母亲已经年迈，只身住在乡下，已经有三四年没有和她见面。回到北平，她甚至可以把母亲接出来一起生活。另外，我俩的思想都不怎么适合潮流。许多年轻人，热血沸腾，毅然抛弃学业，投身革命。我们对大学生活却总眷恋不舍。特别是我，对异国文字、世界文学好像着了迷，甚至暗中做出决定，有一天要把自己喜爱的那几本外国名著译成祖国语言。学校领导几次挽留我俩，继续在育才教书。上海解放了，全国都将解放，新中国即将诞生。社会制度，自然也包括教育制度都将革新，一切都将发生翻天覆地的变化。陶行知的教育思想会得到关注，发扬光大，为什么我们不珍惜这个机会，在教育事业上施展自己的才能呢？这些话说得很有道理，也很有诱惑力。但是我和 D 经过认真考虑，最后还是决定回北平念完最后一年大学。建设新中国工作，是我们终生的事业，我们还是多念一年书吧！就这样，7月中旬一天炎热的中午，我们登上一列到南京北上的火车，向江南挥手告别。

（2011 年夏）

我的俄罗斯情结

父亲（傅鼎新，字子伟）生于清末光绪末年，长大求学专业是俄语，毕业于北洋军阀外交部设立的俄文专修馆。专修馆为中国培养出不少俄语人才，革命家瞿秋白、早期俄国文学翻译家耿济之等人都是俄文专修馆毕业生。但我父亲一生只是个普通公务员，没有做出任何值得一提的大事来。毕业后，他先在库伦（今天叫乌兰巴托）待了一段日子。蒙古人民共和国成立后，中国人都被撵出蒙古，父亲也迁居哈尔滨，从此在中苏合办的中长铁路（长春至满洲里）理事会翻译文件。一待十余年，直到九一八事变日本入侵东北，不久又把中长铁路从俄国人手里掠夺过去，他才退职。父亲死得很早（1940年），从来没有同我谈起过年轻时为什么学习俄语，也没教过我一句俄语。小时候我会说俄国话完全是从生活中学来的。我生在哈尔滨（南岗春明街门牌4号），八岁以前一直生活在哈尔滨。俄国闹革命，对敌对阶级残酷镇压，贵族、富商和众多知识分子纷纷外逃。多数人逃往西欧或远航美国，住在远东地区的人则往南走。离开俄国边境后的第一站就是哈尔滨。有钱的人到哈尔滨只是借路，继续南下去青岛或上海。但也有不少人就滞留当地，在哈尔滨安家落户，做各种营生。哈尔滨一时成为一座国际都市。

我家住的是铁路局分给的公房。一幢宽大的长方形房子，从中一分为二；我们住一端，另一端住着一家俄国人。春明街住着很多白俄，俄国小孩是我童年时期的游戏伙伴。我们在宽敞的院子里骑着童车奔跑。我骑一辆四轮小汽车，叫骑三个轮儿的孩子看着眼红。童车在我们眼里是一辆辆公交车，院中几株高大白杨树成为汽车站。我们用俄语互相呼喊："到站了！""开车了！""买票了！"小车横冲直撞，直到有一辆撞到树上翻了个儿，驾驶员号啕大哭，游戏才收场。我的俄语说得同俄国孩子一样流利。俄语不仅在外面说，家里大人说话也夹杂着俄国字。面包叫"列巴"，汤叫"苏普"。家里有什么活儿要找工人，就说雇个"老伯台"去。这些词儿都是俄国字的译音。

吃过晚饭，父亲把我打发到住房另一端那家俄国人家里。这家有两姐妹。妹妹妮娜，一个十八九岁的漂亮少女，是我的俄语教师。她把着我的手教我写俄文字母，给我朗读俄国童话，读完就练习问答。要是我回答对了，她就叫我"张嘴"，"闭眼"。我张开嘴，于是嘴里就塞进一粒糖果。她还带我去过道里（哈尔滨的商业区）逛街。有一回她给我买了本带插图的《渔夫和金鱼的故事》，这是我读的第一本俄文书。

哈尔滨冬天很冷，白雪皑皑。自从下了第一场雪以后，街上的积雪整个冬天一直不化。冰雪铺路，马车都改成了"耙犁"（雪橇）。赶马车的有不少是旧俄军人，甚至是沙皇时代的骑兵。我不知道那些驾辕的高头大马是不是他们过去的坐骑。父亲上班有一辆俄国人赶的马车，冬天也改成耙犁。父亲很严厉，但是有时候我还是壮起胆子求他带我坐一回耙犁。我穿上厚重的大氅，裹着围脖，脚上换了毡靴，爬到座位上。赶车的用他的皮袄把我双腿盖住。我很暖和，也很开心。耙犁奔驰起来，跑得飞快，有时候甚至超过一辆汽车。我不怕翻车，就怕被拉回家里。

我的身体里流淌着俄国人的血液：一个俄国妇女用她的奶汁哺育了我几个月。我的生母身体极弱，没有奶水喂我。父亲雇了个俄国奶娘。奶娘不懂中国话，在我家只能同父亲交谈，而且说的是俄语。母亲很不舒服，过了几个月，就逼着父亲把她辞掉了。临走前，她留下一张照片——一个年轻俄国女人扶举着几个月大的一个女婴，她自己的女儿。不知道是怎么回事，历尽沧桑，这张照片一直保存下来。照片背面有两句俄语："你的小姐妹送给秦格（我的乳名）留念。祝永远健康、善良。记住，生活中没有永恒的事。""世界上没有不散的宴席"，是给一个无知幼儿的留言，还是给别的一个什么人写的，就不必深究了。

我的性格既有羞怯、懦弱的一面，有时又狂野不羁，胆大妄为。我既老实规矩，又富有冒险精神，做出些逾越常规的事来。我柔顺、服从，又有叛逆倾向。酷爱自由，总想自己掌握命运。这在20世纪五六十年代是非常危险的。幸好我性格中柔顺的一面制约着我，叫我没有把脑子里的那些浪漫主义想法发挥尽致。俄罗斯人爱走极端，我却没有。我的性格是我自己的，不是俄罗斯的。如果有一点儿，那也只是修正过的、削弱了的俄国人性格。是不是这样，我不敢说，还是让知我者评定吧。

在离开哈尔滨以后，我很快把俄语都忘在脑后了。中学快毕业的时候，有一个爱好外语的朋友给我做伴，两个人从一位北平图书馆馆员那里又开始学了一段俄语，但并没有学下去。1943年初，我告别大学只身离开沦陷区。在冒险带走的十几本书里仍然有一本俄语语法书和一本俄文字典，可见我学习俄语之心一直未死。

又拾起俄语课本来，已是新中国成立前夕了。1949年夏，我从南方流亡归来，在北京大学复了学。这一年（到1950年夏），我非常忙，要在北大听课，参加考试，又要在女二中兼课，每周改四五十本作文簿，但我还是争分夺秒，自学俄语，最后借助字典开始读屠格涅夫的《初恋》。读完这篇名著，看了看日历，正好是我再次拾起俄文那天的一周年。

有了俄语基础知识，在 20 世纪 50 年代中苏蜜月期间，我尽情享受来自境外的俄罗斯文化。听俄国专家讲课（这时我已经在北大当助教），参观俄国画展，看电影。陀思妥耶夫斯基的《白痴》《白夜》，普希金的《上尉的女儿》，莱蒙托夫的《当代英雄》，甚至托尔斯泰的长篇巨著《安娜·卡列尼娜》都已改编成电影，在中国也都能看到。

1959 年新中国成立十周年，苏联派来的莫斯科大剧院演出团到中国来祝贺，我沾了教外国留学生光，在人民大会堂看了一场芭蕾舞《天鹅湖》。歌剧《叶甫盖尼·奥涅金》没能看到演出，只能从唱片上欣赏了。

我喜欢俄国和苏联音乐大师的作品。别人不说，只讲肖斯塔科维奇这位大音乐家，他的十五部交响乐我已经陆续买齐了。《第七交响乐》，一名《列宁格勒交响乐》拍成了电影。在这个已成废墟的英雄城市里，演奏家从各个阶层来到一起，有人还抱着提琴来自炮火纷飞的前线，合奏一曲英雄史诗。法西斯敌人的战鼓声声逼近，而普通老百姓却以更大的音响抗击着入侵者。《第七交响乐》叫人灵魂震撼，表现出俄罗斯人的顽强不屈。

我受益最多的是在外文书店买到的大量俄语书，书价低廉，内容无所不包。1954 年，我的第一本翻译作品出版了，这本匈牙利剧本《战斗的洗礼》是从俄语翻译的。十年以后，我译一部分量沉重、文体艰涩的德国长篇小说，亨利希·曼的《臣仆》，也得助于俄文译本。英美只推崇托马斯·曼，对他哥哥亨利希·曼，另一位杰出作家，并不注意。据我所知，亨利希·曼的小说并无英语译本。但苏联却有两个德国文学翻译家把《臣仆》译成俄文。

两个译本我都在外文书店买到了，译这本书时，一些疑难句有两位俄国教师为我解释。

我对俄罗斯的了解一直是从书本、从绘画、从电影中得来的。"文革"后虽有机会出国，也总是到西欧国家。直到 2000 年，我已经活到七十七岁，才有机会踏上这块早已神往的土地。这一年6 月，我参加了人民大学几位退休俄语教师组织的赴俄旅游团，登上飞往莫斯科的客机。旅游团在俄罗斯和乌克兰逗留了两个星期，游遍莫斯科、圣彼得堡、基辅等地的名胜古迹。我们甚至从基辅乘机飞到敖德萨海港，远眺滚滚波涛的黑海。两周旅程，日日都在享受丰盛的文化大餐，久已萦回于心的旅俄愿望终于成为现实。

离开莫斯科的前一天，我一个人徜徉在老阿尔巴特街，向莫斯科告别。多年前阅读过的许多诗人、作家的名字，赫尔岑、果戈理、莱蒙托夫……又回到我的脑海里。我找到了普希金的故居。1831 年普希金在同美丽的娜塔莉亚·冈察洛娃结婚以后，在阿尔巴特街门牌 53 号一幢房子底层住过几个月。房前街头上伫立着这对年轻夫妇的青铜铸像。我在铜像前站了一会儿，想起他一首名篇中的几行诗：

假如生活欺骗了你，
不必悲痛，不必气愤。
在苦闷的日子里需要克制，
相信吧，欢乐的日子就要来临。

我已经遵奉诗人教导，用"克制"度过一长段"苦闷"的日子，但是我等到"欢乐"了吗？

我戴上了诗人桂冠

在历次政治运动中，一个眼神、一句招呼语、一声称谓，都成了判断一个人政治地位和处境的晴雨表，多年经验告诉我，早在1966年席卷中华大地的一场风暴发生前，我的地位已发生变化，处境越来越不妙了。平时见面总要跟我打招呼的人遇到我常常把头一扭，视而不见。喜欢到我的办公室翻翻我书架上几本英文企鹅丛书的教师，也逐渐都不露面了。另一个明确的信号是，教研室决定要我开一门英美文学选读课，但开学已久却没有下文，我继续坐在资料室里编书目。这也好，我在书海里漫游，自得其乐，尽管外面战鼓敲得越来越响，莫忘阶级斗争的口号声喊得越来越高。但我不能与世隔绝，偶一抬头，我仿佛看到头顶上悬着一把系在马鬃上的利剑。我是古希腊的达摩克利斯[①]。

阴霾压顶。《海瑞罢官》受到批判，"三家村"被揪了出来。平时喜欢舞文弄墨的人神经都绷得紧紧的。我不写文章，只搞翻译。我自我宽慰地说，我的最大罪名无非是宣扬西方资产阶级思想，谅还不会成为这次文化运动的靶子。

有一天，暴风雨终于爆发了。一张大字报诞生了千百万张大字报。大字报铺天盖地。锋芒所向，从走资派到小爬虫，从反动学术权威到漏网右派，牛鬼蛇神几乎无处不在。朗朗中华霎时变

---

① 希腊神话中叙拉古王迪奥尼修斯请他的宠臣达摩克利斯赴宴，在他的座位上方用马鬃拴着一把利剑，使他知道自己随时有生命之虞。

得天昏地暗，成了魑魅魍魉的世界。我自然也不能幸免，有的大字报还在我的名字上打了红叉。但给我戴的仍都是那些旧帽子，算的仍是老账。我自觉心安。

一天上午，革命群众都到兄弟院校去看大字报、取经，校园里出奇的安静。我一个人坐在资料室心不在焉地翻报纸。突然门开了。一个知道我的名字被打了叉仍敢对我挤挤眼睛的年轻教师走了进来，低声说："没想到你还写诗。"

"我是个俗人，从不写诗。"我说。

"去看看，大礼堂左边靠墙的一张大字报。说你写反动诗。"

"那就奇了。这顶帽子我可不敢戴。"

"开帽店的哪管你戴着合适不合适。先稳着点，小组要讨论你的问题，也许我能知道点什么。"

怕有人发现我们谈话，他匆匆离开资料室。几天以后，年轻教师来还一本书。书里夹着一张字条："笔记本，遗失后归还，诗歌残句，含沙射影。"看过后，我当然立刻把字条消灭。但我马上恍然大悟。

一年多以前，上海一家出版社计划出一本纪念德国 1848 年资产阶级革命的诗集，约我为他们译十余首德文诗。对封建统治者的指责，对人民受奴役的怨愤，指的都是 19 世纪德国现状，同当今的中国风马牛不相关。我接受了这一任务。在人像机器一样昼夜不停运动的日子里，我自然不会有多少自由支配的时间，我的办法是，晚上上床前背一首诗，次日上班，开会也好，或做其他事情也好，一边默诵一边打腹稿。偶然脑子里迸出一两个妙句，恐怕事后遗忘，便随手记在学习的本子里。后来有一天本子失落了。我始终弄不清是否遗失在会议室还是放在办公室桌上突然不翼而飞。又过了几天，系秘书叫我去他办公的地方领东西。他拿出我丢的笔记本，问是不是我的。我把本子拿回来。我做梦也没想到，在遗失的三五天里，我的笔记本已被仔细审查，据说——这是若干年后才知道的——其中某几页还被拍了照，存入我的档案。一顶诗人桂冠——虽然被看作是"反动"的——就这样无形地戴在我头上了。

经过申诉，经过长时间的调查，这件"反动诗"案后来总算澄清了。幸好我还保留着出版社的约稿信、德文版原书以及一极有力的见证——老翻译家孙用（《裴多菲诗集》译者）为我修改译稿后写的一封讨论诗歌翻译的信。不知过了多久，系里的革命领导小组找我去谈话，宣布"反动诗"一事已经解决，但我的问题还没完，我仍要继续劳动（这时我已是牛鬼蛇神劳动大军的一员了），仍要交代反动思想。"诗虽然不是你写的，"一名领导小组成员厉声说，"但你翻译的时候是怎么想的？就没有共鸣吗？"我本想反问，即使我有共鸣，难道1848年的革命思想今天已成为反动思想了吗？但这个问题只是在我脑子里转动了一下，我没有把它说出来。

为我摸情况、通风报信的那位同事早已不在国内了。他是1964年分配到学校来的一位年轻法语教师，热爱文学，曾经野心勃勃想把普鲁斯特的巨著《追忆逝水年华》译成中文。他已译了一部分，常常找我谈论翻译问题。"文革"期间他是逍遥派，后来去南方大串联，认识一个从柬埔寨归国的华侨姑娘，结了婚，70年代中同妻子一起到比利时去探亲，从此再没有回来。我倒想知道他在欧洲是否实现了翻译法国名著的夙愿。

这个一度梦想当翻译家的年轻人恐怕早已把"文革"中的一件小事忘在脑后了。我却不能。而且我至今一想起这件往事，仍怀着对他的感谢之情，如果没有他，不知道这口黑锅我要背多久。

我又想：为"阶级敌人"传递消息要担很大风险，不是很多人能做到的。但当一个人在某次政治运动中已成众矢之的，如果你知道他本来就清白无辜，对他说一句抚慰的话，递一个温存的目光，也许不需要多大勇气吧。可是这对身处危难的人是多么宝贵啊！人们会发现，正义同良心在世上并未泯灭。

往事

—— 回忆孙用

一、第一次听说沙皇时代俄国有个诗人叫普希金，普希金写过一本小说叫《甲必丹的女儿》

我父亲是学俄文的，从我懂事起，他就在哈尔滨中苏共管的中东铁路上做事，但是他很少跟我说"老毛子"（当时中国人对俄国人的称呼）那边的事，更从来没有谈过俄国文学。普希金写的那部小说的名字是邻居两个小孩儿告诉我的。当时我十四五岁，混沌无知，但对外部这个陌生世界充满好奇心，很想多知道点什么。我怎么会同毕姓两兄弟成为邻居呢？要把事情说清楚，还得回到20世纪30年代去。1935年春，九一八事变后的第四年，苏联政府把中东铁路单方面卖给伪满洲国，我父亲同铁路高层管理靠俄语吃饭的人全部被解职遣散。我们是满族人，老家在北京（那时候还叫北平），父亲就携家带口迁回北京了。我们住进什刹海北岸一所祖遗的老房子里，这所房子很大，前后三进一共有三十多间屋子。我们家住正院，前院是门房，住着厨子和一家借住的远房亲戚。搬进后院一排北房的是同我父亲一起从哈尔滨铁路上退职的同事，名叫毕慎夫。他比我父亲略小，我叫他叔叔。这位毕叔叔有四个孩子，两姐妹年纪还小，两兄弟大的一个和我同岁，弟弟小我们两岁。开始的时候，我们三个男孩儿并不熟。后来七七事变，北京沦陷，孩子们都辍学在家，只到附近一所小学校补习点英文、数学，就整天一起厮混了。互相借阅各自从家里翻腾出来的小说闲书，彼此说故事，东拉西扯是我们那时候最大的乐趣。偶然看到一两本供青少年阅读的进步刊物，对国家、社会的大事也逐渐了解一二。像鲁迅、巴金、老舍、冰心等这些大作家的名字，大概都是那个时期印在脑子里的。我们家因为有些产业，不愁生计，所以我父亲回北京以后没有再找工作。他在家练书法，看古书，还钻研中医。几年以后，居然通过卫生部门考试，取得中医行医执照。但他的医术显然没有学到家，后来连自己害病也没治好，中年就去世了。邻居毕家原籍山东文登，在北京没有恒产。所以毕叔叔客居北京还必须寻求谋生之道。除了在外面教几节俄语课外，另一条道是做笔耕翻译。我家北房的后窗户正对着他的书房，偶然掀开窗帘一看，总能看到他端坐在书桌后面写东西。我问两个毕家小伙伴，毕叔叔翻译什么，他俩摇摇头。他们父亲的书房，不许孩子进去。但是后来在我的怂恿下，有一天趁父亲外出，两个孩子还是溜进去了。不但进去，还翻看了整整齐齐摆在柜子里的一沓沓稿纸。谜底揭开了。毕叔叔翻译的都是有关铁路管理的规章制度，但是也有几本稿子是例外。那是一部小说——《甲必丹的女儿》。"甲必丹"是什么人？他女儿怎么了？我们自然都一无所知。作者是谁？毕家兄弟只知道是个俄国人，名字也说不清楚。我逼着兄弟俩问问他们父亲，他们却不敢。一问父亲，偷看译稿的事就露馅了。我也不敢问我父亲，这是孩子间的秘密，最好别叫大人知道。最后，我还是托我大表姐把"甲必丹"探听清楚了。我的大表姐因为同继母不和，自少女时代就住在我家，她叫我继母"姑爸爸"，按照满族人称谓，姑姑叫姑爸爸，早已成为傅家的一员，而且家里人只有她能同我那性格有些严峻的父亲搭上话。事情弄清楚了。原来"甲必丹"是一个俄文词的译音，是军队中一个军衔，中文大概是大尉或上尉。后来我学了英语，才知道这是个国际语（英文是 captain），很多语言中都有。表姐还为我打听出这部小说的作者，一个 19 世纪俄国的大诗人，不到四十岁就在决斗中被人打死了。这人叫普希金（表姐当时说的只是俄语发音，肯定不是这三个字）。岁月飞逝，自那以后，我的生活有很多变化。前面说了，当时我只有十四五岁，又过了十几年，我终于读完大学。不但学了一些西方文学，而且靠查字典也能阅读俄语原著了。但是俄文书我读的是屠格涅夫，是契诃夫，普希金的作品一直没有登上我的阅读榜。20 世纪中叶，我有幸认识了我国一位老翻译家，没有想到的是，我在他的藏书室里竟和久别的"甲必丹"相遇。《甲必丹的女儿》已经印制成书，扉页上赫然印着我小时候称叔叔的毕慎夫的大名。为把这次邂逅的事说清楚，就需要追述一下我同老翻译家孙用的交往了。

二、认识了孙用，登堂入室，孙用为我修改匈牙利诗歌

我是 1942 年考入辅仁大学的，但因为总是心有外骛，不肯专心读书，所以岁月蹉跎，直到 1950 年夏才拿到一纸大学毕业文凭。在跻身高等院校，从事外国留学生汉语教学工作之后，已近而立之年，我决心搞一点文学翻译——以免时日虚度。我有一个在浙江大学求学时代的校友，周文博，当时在《文艺报》当编辑。因工作关系，他认识不少文艺、出版界知名人士。我请他介绍我认识一两位翻译家，传授给我一些翻译技巧。就这样，周文博在

某一个假日（时间大约是 1953 年）带我走进孙用先生的寓所。孙用这个名字，今天国内对老一代文学家感兴趣的人大概都听说过。"文革"期间一度大批特批"裴多菲俱乐部"，裴多菲就是孙用在 20 世纪 30 年代初引进中国来的。孙用年轻时家境贫寒，未能升入普通高中，只好在邮局当个小职员。但他自强不息，潜心文学研究，又自修了英文和世界语。他译的第一部作品，裴多菲的长诗《勇敢的小约翰》得到鲁迅先生好评，并蒙鲁迅推荐，上海一家书店于 1931 年初版。其后，孙用继续翻译了波兰、保加利亚等多部作品，仍然是秉承了鲁迅倡导的译介弱小民族文艺作品的传统。新中国成立以后，冯雪峰邀请他参加《鲁迅全集》编辑工作，1952 年迁入北京。除编辑鲁迅作品外，孙用仍不断翻译外国文学。我登门拜访时，孙用住在东城无量大人胡同（现已改名红星胡同）人民文学出版社职工宿舍。论年龄和资历，孙用都是我这种初出茅庐人的长辈，但接待这些年轻的不速之客，他却谦恭和蔼，一点没有架子。谈起话来，好像在叙家常，不断给对方插话和提问的机会。他同我们谈新中国成立前的文坛往事，谈鲁迅作品中的浙江习俗，偶然也谈到旧社会谋生与从事文学活动的艰辛。他说话带有浓重乡音，有时我听不太懂，带我去的好友也是浙江人，就为我翻译。我最初同孙用见面的几年，国内一切欣欣向荣，对这位已年过半百的文学工作者（孙用生于 1902 年）来说，正是大展宏图的日子。今天反过来查阅一下孙用一生的成就，几部有分量的翻译——如《裴多菲诗选》《密茨凯维奇诗选》和两部域外史诗——都是从 50 年代中期起陆续完成的。我当时也在译一本反映匈牙利人民解放后新生活的剧本，遇到有关宗教、文化和现实生活的许多问题，孙用先生自然不可能一一解答。他曾表示，翻译现当代作品难度也许更大。文化差异，生活隔阂，有时甚至构成无法逾越的障碍。这方面的困难，我在 80 年代后转向翻译西方现当代作品时，体会更深。这里就不多说了。

人民文学出版社职工宿舍坐落在胡同中间路南，是一座有六七排平房的大院。孙用的寓所在中间一排，坐北朝南，只有两间半房。靠西的一间内室住人，中间和东面半间打通，是孙先生工作和会客的地方。因为他的古今中外藏书非常丰富，所以出版社在他住房的后一排又拨出两间屋子专门供他藏书。最初是为了找一本什么书，他带我去过。我同他熟悉了以后，他就让我自己去他的书室看书，不再陪我了。就是在一次随便翻看他的藏书时，我注意到角落上有一个书架，摆着新中国成立前友人赠他的书刊同他自己早期的译作。我发现了那本我几乎早已忘在脑后的《甲必丹的女儿》就夹在一排旧书里。这已经是半个多世纪以前的事了，为了验证我的记忆，写这篇文章前，我又查阅了一下《中国翻译家辞典》(1988 年中国对外翻译出版公司出版)。在介绍孙用主要译作的词条内，有下面几行字：［俄］普希金《上尉的女儿》(初版名《甲必丹的女儿》，东南出版社，1944 年初版；文化生活出版社，1947—1949 年重版；人民文学出版社，1956—1959 年新版)。我不记得我那时看到的版本是不是东南出版社最早出版的一本，但毕慎夫的名字印在扉页上却是千真万确的事。那文字是：毕慎夫译，孙用校。可惜当时我同孙用先生关系还不那么熟，没有细问。孙用后来是不是抛弃了原译，又另起炉灶重译，我就说不清了。这只能靠有兴趣的人去研究了。

我同孙用先生交往，从初识直到"文革"前一年，延续了十余年之久。见面比较频繁是在 1954—1957 年，这对我走上翻译道路，影响很大。50 年代初期，在我教的外国留学生中，有一个匈牙利派来的学生，名高恩德 (Calla Endre)，原在国内任大学助教。高恩德精通德语，同我不仅有师生之谊，而且后来成了比较亲密的文友。我翻译匈牙利剧本《战斗的洗礼》（1954年冬上海新文艺出版社出版），得到他很大帮助。孙用到北京后，在《裴多菲诗四十首》一书基础上，扩大内容，出版了《裴多菲诗选》（人民文学出版社1954年），也得到高恩德大力支持。

1956—1957年，经高恩德推荐，我同他合译了匈牙利著名诗人尤若夫·阿蒂拉（1905—1937）的三十余首短诗。尤若夫是一个工人阶级出身的革命诗人，在匈牙利享有很高声誉，被誉为该国三大诗人之一。我同高恩德首先选定篇目，然后一首一首研读讨论，译出初稿。再交给孙用，请他修改、润色。这本小册子——《尤若夫诗选》1957年由人民文学出版社出版，印了一万册，今天恐怕已经没有什么人知道了。在这本书的《后记》里，孙用对我们三人合作译诗过程，做了简略记述，我当时用的是笔名傅韦。

孙用对我的最后一次帮助是在1964年。这一年，上海一家出版社计划出一本纪念德国1848年资产阶级革命诗选。写信给我，约我翻译二十首德文诗。我译好后送给孙用，请他修改。为此他还给我写过一封长信，探讨诗歌翻译的一些问题。"文革"中，我翻译革命诗被诬为写反动诗，并因此被关进"牛棚"。为了澄清事实，我把出版社给我的约稿信，我的译稿，以及孙用的信，全部交给专案组审查。后来事情虽然澄清，但是我交去的证明材料却没有退还给我。孙用给我的信，他的珍贵手迹，从此遗失，叫我感到心痛。这件事我写进《我戴上了诗人桂冠》，这里就不再赘述了。

为了表彰孙用翻译裴多菲诗作，促进匈中文化交流，匈牙利政府于1959年授予孙用劳动勋章，并邀请他去匈牙利访问。根据

《中国翻译家辞典》记载，孙用去了一个月，但是我记得很清楚，他只在布达佩斯待了两天，拿到勋章就匆匆回国了。他回来不久，我曾去他家拜访，去拿高恩德托他带回的一件小纪念品。见面时，自然谈了谈他去匈牙利访问、匆匆归来的事。1959 年，中国政府已同苏联和东欧国家交恶，大批修正主义，当然不愿意叫一个文化人作为民间使者在域外停留过久。

历史进入了 80 年代，笼罩在头顶的乌云逐渐散尽，人们又重睹蓝天，我也获得到国外工作的机会。1987 年，我应邀去英国一所大学授课，借机游览了欧洲几个国家。我在匈牙利逗留了一周，见到已经阔别近三十年的高恩德和另外一两位朋友，过去他们都来过中国。高恩德陪我参观了布达佩斯市，也去了近郊、远郊几处名胜。在市内一块绿地上，我看到了诗人尤若夫的雕像。不是高立在大理石石基上，而是随随便便坐在低矮台阶上，神态自然，像是置身于阶级兄弟中间，只是诗人眉头紧皱，仿佛正为遭受苦难的人民大众焦灼、忧思。这座雕像非常契合一位无产阶级诗人的气质。我拍了几张照片，可惜我敬爱的导师孙用先生已经在1983 年离开人世，我无法把照片送到他手中了。

冯亦代与《译丛》

对于我国读书界，冯亦代这个名字并不陌生。自20世纪30年代起，他在出版界、文化界就非常活跃。曾与戴望舒、郁风等人在香港办文化刊物。1941年去重庆，创办出版社，1943年组建中国业余剧社，茅盾任社长，冯亦代任副社长。抗战胜利后在上海编译出版《美国文学丛书》，翻译了海明威、斯坦贝克等的文学作品。新中国成立后在外文出版社工作多年。同许多文化人遭遇相同，1957年被打入另册，尘封二十余年，直到"四人帮"倒台才翻过身来。冯亦代在年过半百以后，才又重新焕发了青春。

我同冯先生结识纯粹是一个偶然机会。在解冻的日子里，看进口影片是饥渴群众的狂热。电影院虽然还不能公开放映外国影片，但许多文艺机构和团体都纷纷组织专场，内部放映。1979年的某一天，我得到这样一张入场券，到民族宫礼堂去看两部进口片——《音乐之声》和《巴黎圣母院》。我去得较晚，第一部早已开场，我在剧场前边胡乱找个座位坐下。休息期间，发现身旁坐着一位半百老人，精神矍铄，目光睿智，朴素的衣着掩盖不住一身书卷气。四目相对，相互微笑一下算是打过招呼。交谈之后，我才知道这位邻座就是我早已闻名的冯亦代先生。冯先生当时还住在航空署街东里，同我的居所只隔着一条新街口大街，我们可算得上近邻。自此以后，我就成了听风楼（冯亦代对自己书斋的谑称）楼主的座上客。冯先生这时正在筹划出版《现代外国文学译丛》。

《现代外国文学译丛》一二两集以《献给艾米丽的玫瑰》和《在流放地》为书名以 32 开本于 1980 年出版。自 1981 年第三集起才换成 16 开本，正式冠名《译丛》。

我去冯先生家里又认识了帮助他编辑出书的范、林两位助手和一群青年译者。我在这个小圈子里也凑了个数，提供一些选题。因为当时我还在某一院校担任翻译教学，我的好几个同事和学生都被我拉到冯亦代先生主持的刊物里。

《译丛》聚拢起的一批译者，绝大多数都是年轻人，而且还都是从未在翻译界露过头角的生手。在通过实践后，这一批人都逐渐成熟，不少人后来都可以独立担当译书的工作了。冯亦代自己动手不多，但他对于译稿审定极严。我几次去听风楼，都看见六七个年轻人围坐在冯的四周，讨论修改稿件。为了改动一个用语，修改一句话，常常各抒己见，争论不休。冯先生已故的夫人安娜，英语造诣很深，有时也参加讨论。许多相持不下的问题，常由安娜拍板定案。在《译丛》的编辑工作中，可敬的冯老夫人也灌注了一份心血。

《译丛》自 1980 年 2 月创刊，至 1982 年初，共出版了六期。其后，广东人民出版社羽翼已丰，便把刊物收回自办，北京原来的编译任务从此就结束了。

粗略统计一下，在冯亦代先生主持出版的六期《译丛》中，介绍了西方现当代名作家数十个。有些名字，像卡夫卡、萨特、里尔克、乔伊斯、艾略特、杜仑马特……可能就是通过这份刊物，才首先在国内流传开；有些西方流派，像荒诞派、黑色幽默……过去人们可能只听说过，也是通过这份期刊，读者才读到实际作品。有一次，我去冯先生家，正碰见王蒙先生同冯先生讨论意识流创作手法。《译丛》刚刚发表的英国女作家伍尔夫的名篇《克尤植物园》和《墙上的斑点》正是伍尔夫用意识流写法描写人物内心流动的代表作。我猜想，王蒙先生是否是因为读了这两篇文章才对意识流感兴趣呢？

严寒虽然过去，但冻土并未融化。在解冻的日子里，有时还吹来一股凛冽寒气。《译丛》大力介绍西方现当代文学，自然也听到一些反对的声音。用冯先生的话说："早又有人甩过来不少闲言冷语，甚至少数恶言恶语。"① 但冯先生并未因此有所动摇，他坚持办好这本杂志，坚持引进更多的西方现代思想。冯先生是正确的。要实行改革开放政策，国门就要开得更大一些。古老的中国需要灌注一些新鲜血液。二十年来的实践证明，我们的路子走对了。

附记：此文原系我写的《在解冻的日子里》中一个片段，概述了新中国成立后我国介绍西方现代文学走过的崎岖道路——初被禁止，直到 20 世纪 70 年代末才破土而出。我的文稿准备在某一报刊上发表时编辑可能认为禁忌太多，大加删节，不少稍带棱角的话，也被抹去，连文章副标题《一份民办官出的刊物》亦未获刊登。文章发表时（2004 年 5 月 25 日）我正在伊朗漫游，在 Persepolis（波斯波利斯）古波斯王大流士兴建的宫殿废墟上发思古之幽情。

"盛衰如转蓬，兴亡似棋局"，世事变迁如此，令人慨叹！

（2007 年 6 月 12 日）

---

① 见《译丛》1981 年 1 期《改版的话》。

狷介一书生

—— 记董乐山

乐山兄走了，中国翻译界失去一位驰骋沙场、卓建功勋的老将，我痛失一位良友。

屈指算来，我同乐山的交谊已有二十七年历史了。1972 年春，我所在单位——北京语言学院撤销后宣布并入北京市第二外语学院。同年 4 月，原在茶淀五七干校劳动的两校员工绝大部分撤回北京，"复课闹革命"。就这样，董乐山和我从分属两校、互不相识的教师成为同校、同系的同事。第二外语学院校址在北京东郊，我住在市内，乐山的家更远，在西郊皇亭子新华社宿舍。我俩在校内单身教员宿舍各有一个床位，而且恰恰在一间屋子里。但我们从未住过。我们两人见面、交谈不是在办公室就是在下班返城的长途车上。我同乐山当时还都背负着没有了清的"旧账"，仍被剥夺登讲台授课的资格，所以就被一起塞在资料室里。两名无所事事的闲员，相对坐在办公室一隅，一杯清茶，一支纸烟（乐山是在 80 年代中才因健康原因戒烟的），清谈成为我俩必修的日课。乐山 1946 年毕业于上海圣约翰大学，英语功底深厚。在抗战前的上海孤岛上就已从事编辑写作，且又参与了当时上海戏剧界的活动，写过不少篇剧评，脑子里逸闻、掌故极多。新中国成立后他在《参考消息》工作了八年，每天同国外报刊打交道，对天下大事了如指掌。所以同他谈话，我常常有茅塞顿开之感。我同乐山相识后，最佩服他的是两点：一是他读的书多，知识面广；

二是他在艰辛的处境中，孜孜不倦做学问、搞翻译的坚韧精神。《第三帝国兴亡史》一书的翻译出版是一个典型例子。

《第三帝国兴亡史》是乐山偶然在新华社图书馆书架上发现的，但翻开一读就不忍释手，"许多过去在报刊上读到过而又语焉不详的历史事件——重现在眼前，而作者夹叙夹议的评论洞微察毫，令人折服……"（董乐山：《另一种出书难》原语）。这部千余页的巨著从原书被发现，到向出版社推荐，再到最后统一几个译者的译文，总其大成，可以说是他一人的功劳，但直到1973年再版，书上才署了董乐山的名字。他在一篇短文中这样写道："……出版社让我校订修改。当时出书没有稿费，校订工作足足花一年时间，完全是尽义务……"我在"文革"前后也有相同的遭遇，出书不能或不愿署名，稿费极低或根本没有，甘愿在政治运动中受鞭挞，违心给自己扣上散播封资修思想的帽子，也舍不得丢下笔杆。总想在荒芜的沙漠上，种植几棵青青小草，与人们共享。共同的兴趣和爱好，相似的经历，使我同乐山结识有相见恨晚之感。直到1972年年底，北京语言学院复校，我调离二外，我和乐山几乎朝夕相处，无所不谈。这一时期的频繁来往，不仅加深我们相互了解，而且为以后翻译上的几次合作奠定了基础。

如果说《第三帝国兴亡史》与1979年出版的《西行漫记》两书的翻译，还都是得到批准，不担什么风险，他翻译英国作家乔治·奥威尔的《一九八四》就确实需要一点勇气了。《一九八四》是一部政治寓言，也有人称之为"政治幻想文学"（与"科学幻想文学"相对）。这部书写于1948年，书中描述的是作者对法西斯极权主义恶性发展的预测——人性遭到泯灭，自由被剥夺，思想受钳制，生活极度贫乏、单调。特别可怕的是人性堕落已达到没有是非善恶之分的程度。奥威尔死于1950年，中国革命刚刚取得全面胜利，《一九八四》一书的描述可以说与我国毫不搭界。但书中某些情节却又与"文革"中的一些荒唐情景极其相似。乐山决定把它译介到中国来是颇经一番踌躇的。我当时也热衷于科幻作品，极力怂恿他完成这项伟大工程。《一九八四》最初分期刊登在内部报刊《编译参考》上，我也译了几篇其他西方科幻小说先后在这本杂志上发表。

奥威尔的这部矛头指向极权主义的经典作品至今恐怕仍令某些神经脆弱的人心悸。一个可以说明问题的实例是，直到1997年它还又遭了一次厄运。某一出版社本已经同董乐山签订合同，由他主编《奥威尔文集》上下两卷。上卷包括奥威尔不同题材短文、评论若干篇，下卷包含他的两部小说：《一九八四》及《动物农场》。这里不妨顺便啰唆两句关于《动物农场》这本书。这是奥威尔在1945年写的另一部政治寓言。故事很简单：某一农场的动物，因不堪主人虐待，奋而造反。猪在动物中最聪明，成了"革命"的领导者，但在"革命"成功后猪窃取了胜利果实，替代早年的农场主继续奴役压迫其他动物，自己则过着骄奢腐化的生活。经过血腥清洗，动物中的反对派都被清除，猪儿稳坐泰山。《动物农场》是乐山叫我译出的（据他说几年前曾有一个译本，但译文不够理想）。不想在《文集》出版时，下卷却被砍掉。后来乐山又为他的《一九八四》重找了一个婆家，我译的《动物农场》却仍待字闺中。

乐山同我耍笔杆子都已数十年，但有很多事谁也说不清楚。有的书一时能出，另一时又不能出，一个地方能出另一个地方则不能出，甚至同一出版社已同译者签订合同，转眼便又撕毁。译者的心血就在这样反反复复中，付诸东流。奥威尔的作品只是一例，另一部由我担任主编、董乐山大力协助，并亲自译了一部二十余万字作品包括于其中的《外国当代惊险小说》也几乎遭受到"扼杀"的噩运。第一卷本已打好校样，只因出版社来了位新领导，对惊险小说持有不同看法，便立即退稿。这部三卷集的《小说选》最后是由另一位观点转向开明的大人物最后发了话，才死里逃生，否则编者与译者倾注的心血就都白费了。

我调离二外后，虽然不再同他一起坐办公室，但仍然相互串联，过从甚密。乐山读书非常勤奋，用他自己的话说，得到一本好书就"手不释卷，废寝忘食"。我敢说在当代美国文化、文学这一方面，很少有人能像他涉猎得那么多。我记得当年我去皇亭子他的宿舍串门，常常看到他从当代外国报刊上摘录新名词、制作卡片。正是在他日积月累的几千张卡片的基础上，日后他编辑出版了《（英汉）美国社会知识小词典》（与刘炳章先生合著，1984年新华出版社出版）。我不知道近些年这本书是否有哪个出版社再版过，但我在这里要向喜读当代原文报刊或从事英语翻译的读者推荐，这本五百余页的小词典至今仍是一部非常有用的工具书。早在50年代初，我国的知名语言家（也是翻译家）吕叔湘先生就大力提倡翻译工作都需要有多种多样的知识，应该是一个杂学家。但是任何人也不能读那么多书，博闻强记的人也时刻离不开工具书和词典。《（英汉）美国社会知识小词典》内含的词条大多不是一般语言词典和百科全书所包括的。如果今天能有人积累更多的这类知识性词语，继续丰富这本《小词典》，那对学英语和用英语的人真是功德无量了。

随着新时期到来，"文革"期间种种倒行逆施的措施，经过拨乱反正，逐渐转归正常，文化出版事业也开始了一个比较宽松的时代。知识分子终于可以发挥自己"一技之长"，长期被禁锢的能量得以发挥了。从70年代末开始乐山像一座郁积已久的火山，终于迸发出炎热的岩浆，散发出耀眼的光辉来。我在这里不想、也无法表述他在一生最后二十年的活动和著述。他连续出版的一本又一本的译作足以说明他的旺盛的精力和在译介西方的文化和文学上的巨大贡献。我只想说几句我对这位老友的个人看去。我觉得在乐山一生的最后几年，他已经从一个单纯的翻译家逐渐转向一位文化评论家和社会批判家。他在众多报纸杂志上写的杂文和评论文章不下数百篇，仅结集出版的就有四五册。这些文章一部分是属于历史回忆性的，更多是对中外文化和社会时事的批判性杂文。这些文章不只文笔犀利——正像乐山的性格——而且总是能击中要害，对他攻击的对象丝毫不留情面。自80年代初起，我同乐山都各自忙着自己的事，见面的机会不像"悠闲岁月"中那么多了。乐山前后三次赴美考察、研究、讲学。留在国内的时候，除本职工作外，还参加很多社会活动，并先后主编过几种中文和英文的刊物，工作繁忙，可想而知。虽然如此，我在翻译或其他事情上偶有所求，他总是欣然伸出援助之手。近十余年，我们有过几次合作。一是上文提到的我编选《外国当代惊险小说》，乐山不仅帮我出谋划策，提供篇目，而且亲自译了英国作家勒卡雷的二十万字长篇小说《锅匠、裁缝、士兵、间谍》为这一选集增色。另一次合作是乐山、我和另一位好友梅绍武（由他带头）共同翻译出版的《马克思和世界文学》。这是一位英国大学教授的学术性著作，引经据典，引注比比皆是。乐山担任有关《资本论》的一部分，难度更大。这本书出版后还获得了一个图书奖，我们的劳动并未白费。1991年我同乐山合译了希腊卡赞扎基斯的《基督的最后诱惑》，当时也有争议，乐山为此写了专论，评述此书观点，刊于《读书》杂志上。不久前听说，南京译林出版社已从国外购买了这本书在中国翻译发行的版权。我相信随着时代的进步，偏见的愚昧总会越来越少。乐山如果地下有知，知道此书能冲破禁锢，再版发行，一定也会感到宽慰的。

乐山生于 1924 年，1999 年 1 月 16 日弃离人世，享年七十四岁。从人的平均寿命看，七十四岁也可称为高龄。但当我们看到他的才华，他的卓识，他蕴藏的能量，我们就会觉得他走得实在太早了。如果再想一想这样一个一代学子，大半生岁月蹉跎，只是在生命最后二十年（根据乐山写的《我的第一本书》，他把 1979 年 12 月出版的《西行漫记》看作是他个人的"劳动成果"）才有时机发挥出光和热来，我们就不只要为他逝世感到哀痛，而且也要为我们对人才的埋没与浪费从内心感到悲愤！

（1999 年 2 月）

故人交谊四十年

如果没有记错的话，我第一次踏进梅府大门，是在把国家折腾了十年的"文革"发轫的前一年。当时国内的政治气氛虽然日趋严峻，一般升斗小民却并未意识到即将降临头上的一场大祸，因之也没有完全失去结识新交、拜望世家名流的心境。但我去拜访梅绍武倒并不因为他是京剧大师梅兰芳的后裔，而是对一位卓有成就的翻译家心怀景仰。绍武当时就已有大部头翻译作品问世。他同夫人屠珍女士，时有翻译文章在《世界文学》——"文革"前唯一介绍外国文学的刊物上发表。这次引见我去认识绍武的也正是《世界文学》的一位编辑张佩芬女士（德国文学研究者，她的爱人就是现在已经鼎鼎大名的福克纳专家李文俊，两人当时同我已有交往）。

我从 20 世纪 50 年代初就住在北京西城平安里西侧的一条陋巷里，梅府则在我住家正东、护国寺街的东口。这是一处深邃的四合院，是梅兰芳先生晚年的居所（前若干年已成为纪念梅先生的纪念馆）。从我家到梅府，首先要经过护国寺街西头路南一幢巍峨的建筑，那是梅兰芳生前为弘扬京剧，捐助巨资建起的"人民剧场"。走过"人民剧场"，穿过一个小小的十字路口，只要再走两三百步路就到了梅家。可惜这天去得不巧，正值绍武外出，未能得见他的风采。接待我同张佩芬女士的是他的夫人，落落大方且又健谈的屠珍女士。虽然是第一次登门，我并未感到拘束，参观了绍武的书房，也见到这对伉俪的三个可爱的小子女。从这天起，我同绍武一家就建立起长逾四十年的交谊。

"文革"前及"文革"初期，我去梅家的次数不多。在一场横扫大地的暴风雨爆发后，梅家乔迁到宣武门内另一处老房，不再是我的近邻。我在暴风雨间歇偶尔去坐坐，只是为了互报平安而已。倒是1969年冬我下放"五七干校"以后，每次休假回家，只要绍武也在北京，我总要去他那里借几本外文书。

在干校劳动锻炼还能读外文书？这或许要稍做些解释。我下放的干校就在离天津不远的茶淀，离北京不过半天路程（有一次我还骑自行车到天津去赶火车回京）。我们那里管理不太严格，一年总能休三四次长假。另一个重要原因是，我在干校被分派到远离大本营的木工厂干活。按照工厂的安排，作息非常闲散，且又独居一间宿舍，可以"为所欲为"。时间一长，我又犯了老毛病，二三十年养成的爱看外文书的"恶习"，叫我想找点洋书。绍武那时在北京图书馆工作，不仅借书方便，手头还经常摆着几本正在编目的新书。此外，梅兰芳先生曾到境外访问，也带回不少英文书。这就使绍武家成了当时国内罕见的一座图书宝库，可以源源不断地提供给我精神食粮。借书、还书以致后来发展到译书、评书，这是联系着绍武和我的一条坚韧纽带。

改革开放以后，文艺政策放宽，我们几个搞文学翻译的人不仅重操旧业，而且还大胆引进西方现当代文学作品，甚至引起争论的侦破小说。除了分别研译各自感兴趣的作家、作品，我们这些人也常常合作，共同出版一部集子或者合译一本书。举其大者，我同绍武等人都参加了老翻译家冯亦代同王佐良两位先生各自编选的一本《美国现代短篇小说集》。冯亦代和我都编过《西方惊险小说集》。绍武伉俪也编过《加拿大小说集》等等。这些书使我国一度停滞的译介西方文学事业重又繁荣起来。值得一提的是梅绍武、苏绍亨、董乐山和我合译的《马克思和世界文学》。这是英国学者柏拉威尔教授撰写的一本近五十万字的学术著作，对马克思一生发表的文学评论和美学观点做了系统性的阐述和分析，在西方评价很高。翻译这本书是一件艰巨工程，几乎每页书都有几处需要查对马克思原著，每页书都需要编写若干条注解。初稿译好后，全书的校对、修改以及撰写序言都是绍武一人承担，为此他付出了大量心血。除与他人合作外绍武个人辛勤不辍，在译介外国文学上做出巨大贡献，早已是人所共知的事实。许多国外知名作家，像美国剧作家阿瑟·密勒、小说家纳博科夫等，都是经他介绍才为国人熟知的。绍武这方面的众多成果，我在这里就不细说了。

联系我同绍武的另一条纽带，是我俩对西方古典音乐兴趣都很浓厚。1972年我从干校回来，学校虽已复课，但我因旧债尚未了结，一时仍然没有上讲台的资格，只能在系资料室打杂。工作清闲，时间充裕，班可上可不上。这样也好，我不但有足够的时间看书、会友、逛大街，还把尘封已久的密纹唱片翻出来，重新回到阔别将近十年的音乐世界里。从这时起，我去绍武家更频繁了。此前几年他有幸到英国去做了一次短期访问，带回来一些新唱片，另外还有一台开盘录音机，在国内难得见到。我在山西插队的儿子不久也从太原为我背回来一台国产录音机。我去绍武家主要是欣赏音乐，听唱片和转录磁带。我听绍武的，也偶然带去一些自己从别处找到的。记得有次我从老钢琴家老志诚那里录了卡拉扬指挥的贝多芬九部交响曲，还曾急匆匆地到绍武处献宝。

常去他家的客人自然还有别的音乐爱好者，一位小提琴家姚念庚曾指点过我的小女儿拉琴。另一位在电台工作的严沆泰，不只英文好而且会弹钢琴。他后来去了英国，同我至今仍有联系。我同绍武都不会乐器，但绍武音乐知识丰富，脑子里尽是大作曲家、名演奏家的逸闻趣事，吸引了不少听众。多年以后，有一次我同儿子谈起这位痴迷音乐的"梅伯伯"，儿子居然还记得听他讲过的几则趣事：波兰小提琴家胡伯曼平日练琴总习惯盘膝坐着。西班牙大提琴家帕布罗·卡萨尔斯有一回登台演出，因为过于投入、感情激动，竟把琴弓摔到了舞台下面。

绍武家积藏的音乐资料和那里浓郁的音乐气氛，在当时枯燥的日子里宛如沙漠中的一泉清水，润湿着很多人的心田。当然了，这已是"文革"后期的事。人人摇动小红书，高喊"造反有理"的日子逐渐远去，人们可以稍微呼吸一些自由空气了。

梅老夫人——梅兰芳的遗孀福芝芳女士——那时还健在，正月初二是她的寿辰，每年这一天，我必去梅府，先给老太太拜寿，再给梅府一家人拜年。这一天梅府总是宾客盈门，绍武的朋友多半坐在西厢房他的客厅里喝茶聊天，中午到东厢房吃一顿寿面。因为人多，厨子准备的是比较简单的炸酱面。北京人爱吃炸酱面，这在梅家已成为招待客人的传统。多年以后，梅老夫人已经仙逝，绍武一家离开宣武门迁到另一处新居。我有时去他那里闲坐，仍旧惦记着留下来吃一顿炸酱面。

绍武走了。一个充满敬业精神、不知疲倦的工作者；一个几十年如一日一丝不苟的翻译家和作家；一个既可与之闲谈，又可与之切磋学问的长者；一个乐于助人，讲信义、重然诺的朋友。这样一个人理应享有更长的寿命，在文坛和翻译园地里种植出更多的奇葩。但造物者忌才，更忌妒有才华的好人，竟匆匆把他召走了。作为他的好友，我不仅感到悲痛，有时候还会自问：像绍武这样一个谦谦君子型的学问家，在我们今天的知识界还有几人？

我会见了七十八岁的格雷厄姆·格林

1981年10月16日，应邀赴H旅馆见G.格林先生，晤谈一小时又二十分钟。G在1956年曾来中国访问，远至重庆。

1981年10月19日，收到G邀请赴法信。携信去法国领事馆办理过境签证，仍不获通融。

1981年10月22日，下午四时自爱丁堡返伦敦。G曾赠作品十二册已寄达Y处。伊丽莎白·丹尼斯太太（G先生的妹妹）随书附有短笺。

虽然早已放弃记日记的习惯，但在国外几个月，偶然还做了一些流水账式的记录。主要是把见过的一些人，去过的一些地方的名字记录下来，存档备案，以防日久遗忘。翻阅一下旅居伦敦的记载，同格雷厄姆·格林的一点儿因缘，也就是前面那寥寥几笔，现在想要写下点什么来，很多细节都要像讨取欠债似的向记忆追索了。

同格林通信是1979年春天的事。1978年年底《问题的核心》已经基本译完，在遗留下的一些疑难问题中，有几个看来在国内是查询不到的（记得其中一个是书中人物威尔逊的公开身份——"U. A. C. 的会计"。谁也不知道U. A. C. 是United Africa Company——非洲联合公司——的缩写），不得已向国外朋友写信请教。远在伦敦的热心肠的Y君"贸然"（从我的观点看）替我给格林写了一封信（通过鲍德莱·海德出版社），不久以后，格林先生就回信对提出的问题做了解释。1980年夏，这本书在国内出版后，我给格林寄去一本，并写了一封信，略诉我对这位当代名作家的仰慕之情。可能中国人的姓名、地址对外国人总是困难的，后来格林为国外某一大学图书馆索取另一本《问题的核心》中文译本时，信还是写到伦敦Y君处，Y只好把我送给他的那本转寄去了。这事还是我去年10月到了伦敦以后才听Y君说起的。

去年年初到了德国，又同格林通了信。格林表示愿意同我在欧洲某处相会。我当然不能请他到德国，但自己又无法到他长期定居的里维埃拉去，一直拖到回国前，借去英国的机会才同他见了面。这倒也好，我是在诞生这位作家的国土上和他会晤的，而且见面之前已经在以出产布赖顿棒糖出名的布赖顿住了两天。虽然早已过了消夏季节，但我也像《布赖顿棒糖》里的海尔一样站在皇宫码头上眺望了大海，在堡垒广场上一家小饭馆吃了午饭……一句话，在书本里探索了二十余年格林创造的奇妙的国土后，我已经踏上了其中一个小小的角落了。

像任何一个游历过"格林国度"而着了迷的人一样，自从我在20世纪50年代偶然闯入这个国度后，就一直寻找机会继续在他创造的这一既陌生又亲切的奇境里漫游。"秃鹫扑扇着翅膀飞过一个尘土飞扬的墨西哥小镇的广场，沉重地落在瓦楞铁房顶上……布赖顿的灯火熄灭了，留下皇宫码头上栈桥的漆黑的支架和桥下幽暗的流水……西贡的穿着黑裤子的满脸皱纹的老太婆蹲在小便所外面台阶上聊闲天……弗里敦郊外的红土路在日落时变成粉红色，转眼就被夜色吞噬了。"① 批评家们曾经指责格林太喜

---

① 见大卫·洛奇（David Lodge）的《格雷厄姆·格林评传》。

欢描写人世间一些卑劣、丑恶的东西，甚至认为在作者内心世界中也有这样一个"卑劣"的区域。虽然格林在《逃避之路》一书中对这一指责为自己进行过辩解①，但是谁也不能否认，暴力、犯罪和死亡是经常出现在他作品中的主题。有时我也怀疑，有的读者（包括我自己）被"格林国度"迷惑住，是不是对于世界各地的阴暗面过多地感兴趣，是不是太容易被人世间的辛酸所触动，是不是基于一种不很健康的"猎奇"心理？这倒使我想起同格林谈话时，他向我提出的一个问题。当时我们在谈格林有哪些作品被译介到中国来。我谈起《一个自行发完病毒的病例》已经有人译出，尚未出版。格林说这本书在某个东欧国家竟被评价为"反宗教"的作品。②中国人大概不会这么看吧。"中国人喜欢不喜欢看描写'异国情调'的东西？"格林问。我认为这个简单的问话可能涉及心理学、美学、文学鉴赏等等深奥的问题，远非我所能解释的，我对中国广大读者的爱好更未做过调查。我当时只能回答说，我个人是喜欢蛮荒探险一类书籍的，不过这也可能是童年时代留下的一个"固执观念"，这次到伦敦来还特意买了一本《所罗门国王的宝藏》③。我知道这也是格林小时候喜欢读的一本书，我读过他的《失去的童年》。在那篇散文里，开头的一句话就是："也许只有在童年时期书籍对我们的一生才能有那么深远的影响。"要解释一个作家的生活和创作道路，当然可以从他小时候喜爱的书籍中求得一些解释，但却绝不能从这里得到全部答案。以格林

---

① 参见格林回忆录《逃避之路》（1980）选译，《世界文学》1982 年第 3 期。
② 参见格林回忆录《逃避之路》（1980）选译，《世界文学》1982 年第 3 期。
③ 《所罗门国王的宝藏》是英国小说家赖德·哈格德（1856—1925）的小说。

论，他自己不止在一处谈到他十四岁时读过的《米兰的毒蛇》①对他终生的影响，许多格林研究者对此也津津乐道。但难道这就确定了格林喜欢以"阴谋"作为作品的主题吗？

为什么格林常常把自己要讲的故事放在不十分体面的环境背景中？这是格林著作的研究者的一个课题，而不是在我同他短短的一个多钟头的谈话中所应提出的问题。但是有一点我是敢肯定的：格林绝不是单纯为了猎奇而描写蛮荒、落后的场景。他的新闻记者的敏锐感觉常常把他带到地球上一些"闹乱子"的地方，而乱子出得最多的又常常是那些"残酷"和"暴力"连一层虚伪的文明外罩都脱掉、横行无忌的地方。人生的戏剧——生与死的角逐，善与恶的斗争，只有在那些地方才表演得淋漓尽致。"邪恶在世间横行，至善无立锥之地。"这是《米兰的毒蛇》给予格林的认识格式，但也是同他的世界观和宗教思想相符合的。重要的是，格林的同情心总是在弱小者和无辜受难者的一方面。邪恶的势力尽管巨大，但人类的良心并未完全泯灭，为正义而进行的斗争不绝如缕，但最终到来的不会是一片黑暗；撇开格林的宗教观不谈，在他的作品中，不论"消遣作品"也好，严肃小说也好，总有一些发人深思的东西，一些召唤人追求高尚与善良的东西。也许这正是使格林有别于一般资产阶级作家、特别是天主教作家而跻身世界伟大作家之列的原因吧。

格林问我他的作品在中国有什么反应，可惜我回答不出来。

我只能告诉他一些他的作品在中国译介的情况。《一个沉静的美国人》早在50年代中就出版了，但是这以后除了一个短篇在

---

① 《米兰的毒蛇》是英国小说家梅介里·鲍恩（1888—1952）的一本有关意大利政坛阴谋的书。

《世界文学》发表外，是二十年的冷遇。"天主教作家"这个头衔把当时神经脆弱的中国出版界吓住了。直到最近两三年，随着文艺界真正贯彻了百花齐放的政策，中国广大读者才逐渐知道英国的格雷厄姆·格林。《人性的因素》已经出版了，《日内瓦的费舍尔博士或炸弹宴会》（1980）听说有三个译本，国内外国文学杂志陆续发表了不少他的短篇小说，另外还有几个长篇正在翻译中。是的，中国这几年发生了很大的变化，同外部世界的交往更多了。格林很高兴，中国除了引进技术设备、石油钻台和计算机外，连《布赖顿棒糖》①也进口了。他认识的一个人，最近第三次从中国回来，告诉他北京城出现了更多的大楼，古老的城墙差不多完全被拆光了，四合院也很难看到，一定同格林 1956 年见到的北京大不相同了。那次他来中国，接待他的是 *Rickshaw Boy*② 的作者（他不记得老舍这个名字，《骆驼祥子》这个书名对外国人也太困难了），那个作家对伦敦的情况很熟悉。"我同周恩来握过手，毛泽东我只是从远处看到一个侧影，那是在庆祝中国国庆的晚会上。"看得出来，格林对那次中国之行是很怀念的。但是在他的记忆里，印象最深的还是江面上舢板云集、江边纤夫唱着号子的重庆。四川的烹调似乎也很合他的口味，在重庆的一个招待所里，格林吃到了他终生难忘的中国饭菜。但就是当他和好客的主人享用稀有的佳肴美味的时候，在餐厅的另一角，几位"老大哥"却正在愁眉苦脸地吞咽远从莫斯科运来的罐头食品。"我不知道他们喝的水是不是也从苏联运来？长江看上去是有些浑浊。"格林的一双蓝眼睛里闪现着诙谐的笑容，我也报之以会心的微笑。

---

① 《布赖顿棒糖》（1938），是格林著名长篇小说之一。
② 英语，意为"拉人力车的小伙子"。

格林先生手里捧着的已经是第三杯威士忌酒，我则在啜饮第二杯橘子水。（"只喝一些 soft drink① 吗？中国的茅台可是世界驰名的。"）同这位大作家在一起一点也不叫人拘束。他很健谈，但又绝不把谈话全部垄断，而且时不时地你会听到一两句像上面引述的冷峻的幽默。在谈到中国的时候，你可以感到他对这个古老的国家怀着真诚的感情。年轻时代，格林甚至想到中国来工作。"前途就放在书架上的几个格子里等着孩子选择——领取了皇家特许状的会计师、殖民地文官、在中国经营一个种植园……"② V. S. 普列契特在《格雷厄姆·格林的人情味》③ 中似乎也记载了他想到中国来的愿望。"有没有计划再去中国访问一次呢？"是的，很愿意再去看看从 T. S. 艾略特④ 到萨缪尔·贝克特都已开禁的中国。但是未来的事谁也说不准。年纪太大了，这次到伦敦来是为了做例行的身体检查。虽然 1961 年在莫斯科害过很厉害的肺炎，而且还被一位很高明的苏联专家误断为肺癌，但是身体一直很好。从二十几年前写了《一个自行发完病毒的病例》就准备搁笔了。1966 年离开伦敦准备在法国长期定居的时候，已经把过河的渡船一把火烧掉了。但是有谁会想到"在燃烧的船只的熊熊火光中，又开始了另外一本小说呢？"⑤ 作家的本能总是不听从理性劝告，不愿俯首帖耳地服从生老病死的自然规律。但是写作计划是无法预先安排的。如果说《人性的因素》还在思想里酝酿过很长一个

---

① 英语，意为"不含酒精的饮料"。

② 见格林的《失去的童年》（1951）。

③ 见 1980 年第 2 期《世界文学》。

④ T. S. 艾略特（1888—1965），20 世纪的美英现代派大诗人、批评家，1948 年因《四个四重奏》获得诺贝尔文学奖。

⑤ 见《逃避之路》，另一本小说指 1969 年出版的《随姨母旅行》。

阶段，《日内瓦的费舍尔博士或炸弹宴会》的写作就来得非常突然，可以说是即兴创作。事实上，执笔创作常常是由一个非常微妙的契机引起的，有时候甚至是一个梦境。《荣誉领事》和《这是战场》就是这样产生的。格林在《逃避之路》中几次谈到这个问题。很多评论家都认为梦境同阴谋、背叛、死亡等一样，也是格林的一个"迷恋"①。这个问题且留待研究弗洛伊德学说的人去解决吧。

如果当时我已经读了《逃避之路》，有些问题就不需要提出了。譬如说，今天我已经知道，格林后来不太喜欢《问题的核心》了，虽然这本书一直是最受读者欢迎的小说。他自己更喜欢《荣誉领事》和《随姨母旅行》。根据《逃避之路》，后者是唯一的格林为了"好玩儿"而写的一本小说。常常在写前一章的时候，还不知道故事在后面该怎样开展，但是一种前所未有的轻松欢快的情绪和源源而来的故事情节都叫他下笔挥洒自如。"你知道一个瑞典人怎样评价这本书？"格林对我说，"Galgenhumor!② 你一定知道这个德文词。"是的，在死亡的阴影下开玩笑。有谁不为一位六十五岁的老人（《随姨母旅行》写于1969年，当时作者六十五岁）创作一部七十余岁老妇的喜剧时所流露的诙谐、机智和蓬勃的生命力感到惊异呢？格林还会写出什么来？没有人能够预料。但我们敢肯定说：七十八岁的格雷厄姆·格林的写作生活还没有结束。

格林自己说，幽默只是很晚才走进他的作品。喜欢阅读格林的读者也会发现，除了《随姨母旅行》《我们在哈瓦那的人》等少

---

① 一个叫约翰·艾特金的批评家，甚至计算过格林作品中描写梦境的场合。据他说，截至并包括《一个沉静的美国人》在内，梦在格林的早期作品中已出现了六十三次。

② 意为"绞架下的幽默"。

数几部小说外，他的作品调子是低沉的。似乎格林所要逃避的人世间的恐惧、忧虑反而加倍地凝聚在他的作品中。然而我所见到的格林却是一个侃侃而谈的性格开朗的人，是一个机智而又风趣的人，是一个爱开玩笑的人。我所观察到的是年逾古稀后的返老还真呢，还是同一个陌生来客交际时有意做出的假象呢，或者根本是我的错觉？恕我不能解答。在一次不足一个半小时的会见后，我怕自己只能提出更多的问题而不是做出违背事实的主观的结论。

在通读《逃避之路》并选译了其中一些章节后，我对格林其人及其作品自然又有了许多想法，但那已经不属于这篇会见记的范围了。也许有一点是值得所有看过格林作品和读了他这部回忆录片断的人在闲暇时思索一下的。格林所以把这本回忆录取名为《逃避之路》，是因为"不论我到各地旅行还是执笔写作，其实都是一种逃避"，"逃避"一词从扉页起一直贯穿全书。如果这是他的真实思想，那么我们该怎样看待他的作品与现实生活的关系呢？如果我们不把这话当真，那就是说，我们承认格林和我们开了一个大玩笑了。

（1982 年春）

我热爱写作的奥地利朋友

他是我在火车上偶然认识的，一个和我同代的奥地利人。他是一个从未出版过一本书的作家。他告诉我他爱写东西，但不是 Schriftsteller（德文：作家），只是一个 Schreiber（"作家"的贬义词，也可解作抄写员）。从第二次世界大战结束后他就埋头写作，已经写了几部长篇小说。他也写诗。1990 年冬天我收到他寄来的一部文稿——装订成册的校样，是根据梅里美小说《卡门》改编的诗剧。

他孤身一人，生活简朴得不近人情，唯一的乐趣是写作和偶然去邻国旅行。他使我想起《月亮和六便士》里的画家思特里克兰德。奥特玛·罗伯尔先生（我的奥地利朋友）也是一个被创作欲魔鬼攫住的人。毛姆见到思特里克兰德的怪行后曾自问说："如果我置身于一个荒岛上，确切知道除了我自己的眼睛以外再没有别人能看到我写出来的东西，我很怀疑我还能不能写下去。"但是我想罗伯尔先生并不怀疑。因为他一直乐此不疲——尽管没有一个出版商曾经接受过他的一部作品。

他最后给我寄来的一封短信说："我终于凑够钱买了一台电脑打字机。我正在驯服这个怪物，我要役使它叫它为我抄写修改后的自传三部曲。"

我认识罗伯尔先生是在 1987 年 4 月。我刚刚在希腊漫游了两周。4 月，我想象中的南欧应是歌德在《迷娘曲》中写的："君知南国否？那柠檬花开的地方/金橙似火，在暗绿叶丛中闪光。"但迎接我的却是一场横扫巴尔干半岛的大风雪。我瑟缩着朝拜了雅典的帕特农神庙和雅典女神庙，又游览了伯罗奔尼撒半岛上的几座古城。两周后，我在希腊第二大城市萨洛尼卡登上一趟开往贝尔格莱德的国际列车。

火车进入南斯拉夫国境以后，旅客就非常稀少了。我坐在窗口眺望窗外白雪皑皑的大地和一闪而过的破落市镇。我在一个小站站台上看到南斯拉夫青年参军场面。亲友同入伍的年轻人亲吻、拥抱，我久已不见的红旗，如果再把铜管乐改成锣鼓，我真怀疑是否已经回到遥远的祖国了。一条小虫在啮咬我。我心中装满了太多的神庙、祭坛、半圆形古剧场，逝去的悠悠岁月，我希冀得到一点点人际温度。我把目光转向和我一同登车的一个佝偻的老人。

一顶扁圆的花绒贝雷帽，一身老旧的棕色猎装，半高勒皮鞋鞋尖磨得发白。眼睛应该是碧蓝的，头发应该是金黄的，但却都被流水般的岁月冲洗得褪了色，只有宽大的脑门仍然保留着青年时代的洁净和少许倨傲。我们的目光相对，他对我友善地笑了笑。从上车起，他就不言不动地坐在我斜对面，连一口水也没喝过。我递给他几只橘子，搭话说："您肯不肯帮助我'消灭'它们？这场暴风雪叫希腊的橘子遭了殃。农民一车车地拉到市场上卖。"他有些踌躇，但还是接受了。

"请问，您是到哪去？"我问道，车厢里两个素不相识者初次交谈，十之八九是以这个问题开始的。他告诉我他回家乡格拉茨去，他是奥地利人。他也是刚从希腊归来，我俩自然而然地交换了各自的旅游观感。他在希腊游览了好几个地方，有的地方是旧地重游。因为火车为积雪所阻，他曾在雪中跋涉了十几公里才到达德尔斐。古希腊人认为那里是世界中心，他说，正像你们中国人曾经认为中国处于世界正中一样。据说大神宙斯从地球两极各放出一只鹰，叫它们相反飞行。两只鹰就在德尔斐相会，那里竖立着一块卵形石作为世界中心的标志。

我们谈到中国，谈到奥地利，也谈到文学。他爱读古典文学，喜欢以描写自然景物见长的奥地利作家施蒂弗特。他听说我译过格里尔伯策的小说《老乐师》，非常高兴。"有时候我觉得我就是那个老提琴手，"罗伯尔说，"他连音符都拉不准，我写东西也总犯语法错误，可是我就是爱写，像他一样，着迷了。"他说话很慢，用词斟酌，可能是出于一个作家的习惯。表示提琴家这个含义时，他又用了一个德语贬义词 Geiger，而不是 Violinspieler。谈到为什么一个人对演奏乐曲、对写作着迷，我说这也可能出于自我表现的要求。他想了想说："我从没想表现自己。最初写东西可能只是因为无事可做，也可能是怕忘记。有些事经历以后一直在脑际盘旋，可是又飘忽不定，总要飞走，写下来就放心了。像有些人把东西储存在保险箱里似的……"过了一会儿他又补充说，"现在写作已经成了癖好，我也不知道为什么而写了。"谈话再次中断，他陷入沉思。

罗伯尔是在贝尔格莱德前面一个车站下车的。他说这里有车去格拉茨。分手前他把一个纸条塞在我手里：他的地址。"到格拉茨来看看吧，"他说，"离维也纳只有两个钟头路程。"我向他道了谢，看着他提着旧旅行箱踽踽地走出站台。他身躯有些摇摆，他的一条腿是跛的。

两个星期以后，我站在格拉茨市一条偏僻小巷里，敲开一幢木结构老屋的房门。

罗伯尔的住房只有一间，家具、什物简单得叫我吃惊。一张单人床，一张小写字台，吃饭的方桌，两把木椅。地板是光秃秃的，墙壁上也没有一幅图画或照片。他的唯一家什是写字台上的打字机和摆在桌上的一台老式收音机。我感到惊奇，生活在20世纪物质文明高度发达的西欧，一个人的生活居然这样简朴。

罗伯尔对我的来访并未显露惊喜，但他显然做了准备。他已经把一辆备用的旧自行车擦拭好，他说这是最便利、最经济的交通工具。他要带我各处走走，做我的导游。这天晚餐，他帮助我"消灭"了我从匈牙利带来的肉肠、奶酪和一瓶葡萄酒。比起奥地利来，匈牙利的食品便宜得像白给。在布达佩斯上车以前我把手头剩下的几百福林全买了食物。这天夜里罗伯尔叫我睡在他的木床上。他自己夹着一床毛毯走出去，他不肯告诉我他到哪去过夜。我有些不安，不知道他是否会睡在冰冷的地下室里。

我在罗伯尔家住了三天，游遍奥地利这座第二大城市。州议会大厦、圣埃吉迪乌斯大教堂、象征格拉茨城的钟塔、藏有中国明代武器的施泰尔马克博物馆……逛累了的时候，就坐在市中心广场上晒太阳。一辆有轨电车隆隆地驶过去，广场上的鸽子惊飞起来又落下继续啄食。我从一个卖报的小孩手里买了一份《格拉茨晚报》，翻看本市新闻和剧场、电影院节目。罗伯尔踱到广场一边一排菜摊前面。他和一个女摊主不知在谈什么，我听到女摊主咯咯地笑起来。罗伯尔过的也许并不是全然封闭式的生活，我想，但他的内心世界究竟是什么样子？我和他已经共处了两天，但反而没有像初次在车厢里那样长谈过，更不要说窥探他的内心奥秘了。

临别前夕，他的心扉终于打开了——也许只不过是一条缝。几天来顿顿吃冷餐，我已经倒了胃口。这天我买了鸡蛋、牛肉和各种蔬菜，准备做两个热菜。可是直到菜已下锅，我才发现自己的疏忽，我没有买调料。罗伯尔显然也没有准备这些零碎。"那么盐你总有吧？"我说。"我没有盐。我不吃盐也可以。"罗伯尔说。他认为厨房里没有盐是天经地义的事。这一顿晚餐我们吃的虽然是为肾炎患者准备的无盐菜，但幸好我买了一瓶西班牙红葡萄酒和半打啤酒。啤酒已经喝了几罐，我们开始品尝葡萄酒。罗伯尔的脸上泛起一层少有的红润。他递给我一本书稿。"送给你，"他说，"在火车上打发时间吧！"我看了一下标题：《意大利的太阳》，作者奥特玛·罗伯尔。我向他道了谢，乘机把话题引到他的创作和生活上。

罗伯尔写的三部曲是自传性长篇小说。第二部《意大利的太阳》写得比较满意。第一部题名《圣斯蒂凡大教堂阴影下的孩子》，写的是他的童年和少年时代。1923 年世界性经济萧条叫维也纳一家小客店老板破了产。"孩子"诞生了，母亲却因难产去世。从此他身上打上了双重苦难的烙印——贫穷和没有母爱。勉强读完小学就开始各种苦役：卖报纸、送牛奶、在商店做小厮、在圣斯蒂凡教堂墙根底下给游客擦皮鞋……十七岁进了一家机械厂当学徒。后来战争爆发，服兵役，在军营里第二次受难……在派驻意大利的一支德国空军小分队里当机械兵的生活已经是自传第二部曲的内容了。"相对地说，"罗伯尔说，"在意大利的一段日子我过得不坏，特别是战争接近尾声，飞机都已撤走，我自由自在。什么工作也不用干了，我开始读书，开始自我教育……""你的第三部曲叫什么名字？""还没想好，书也没完全写好，我一直在改。""请允许我问一个也许不该问的问题，"我说，"你有没有过家庭生活？爱情？""我一直独身，"罗伯尔说，"爱情么？我有没有过爱情？……都在这本书里面呢，你自己看吧！"他把桌上摆着的《意大利的太阳》向我推近了一点。

直到这一年冬天我在慕尼黑安定下来才有暇读他的大作。我必须说老实话，我并不欣赏他的作品。这不是小说，它只是杂感、随笔和一段段很少内在联系的小故事的堆砌。除了个别描绘自然景色的片段外，文字也很糟，更谈不上风格了。全书唯一可读的部分是主人公的一段爱情生活——一个羞涩、苍白的奥地利机械兵被一个感情炽热的南方姑娘——"意大利的太阳"熔化了的故事。年轻士兵刚刚喜爱读诗，渴望生活，眼睛上涂满了浪漫主义的蜜汁，而女孩子的感情则过于丰富，不只有一个恋人。她对年轻士兵的好感不无某种虚荣和好奇，或许还受了物质引诱——德国部队的给养是极其充裕的。这段爱情肯定将半途夭折，只是结束得有些突然，多少带点戏剧性。一次，这对情侣正在郊野的小山上幽会的时候，从树丛后面射来一发冷枪。是年轻人的情敌呢，还是姑娘的那个总是阴沉着面孔的哥哥，谁也说不清。侥幸的是，枪弹只打在主人公腿上。等他被送回奥地利，在医院养好伤后，意大利的战局已急转直下。不久，战争全面结束，"意大利的太阳"也永远从主人公的头顶上消失了。

这是一个普普通通的爱情故事。即使对主人公来说，这段爱情也只是托尔斯泰说的那种"从众多的人当中选出一男或一女，然后绝不再理会其他异性的行为"。主人公当时肯定不再理会其他异性，但以后几十年是不是一直没有理会其他女性，我就不知道了。

去年我又去了一次慕尼黑。行前我给罗伯尔写了一封信，告诉他我在慕市逗留的时期和联系地址。我叫他给我打个电话或写封信来。"我还等着读你的第三部曲呢。"我在信中说。我没有收到任何回音，我希望这只是因为他写作太忙，而不是由于别的原因。

牌戏人生

"人生如牌戏，发给你的牌代表决定论，你如何玩手中的牌却是自由意志。"中外哲人文宗对生活的比喻，岂止万千，但印度政治家尼赫鲁的这一警句，却发人深思。是的，一个人的天资、门第、出生地——往大处说，国籍和肤色，以致出生时代，都如一张张发到手中的牌，个人并无选择余地，但在拿到这一手或好或坏的牌后，怎么个玩法，每个人却都有一定程度的自由。我在这里擅自在"自由"一词前加上个小小的限定语"一定程度"，须请尊敬的尼赫鲁先生原谅，因为我认为人生并无绝对自由意志，即使真正玩牌，也要遵循某种规则；玩人生大牌，就更难免要受社会、环境以及种种客观条件的制约了。

以我个人言，出身于旧社会高级职员家庭，物质条件较为优裕（这张牌差强人意），在新中国成立前战乱的年代中虽然岁月蹉跎，终能读完大学，但我资质愚鲁，注定一生无大建树。我早有自知之明——用一句俗话表达，知道自己是怎么一块料。虽忝列大学教席多年，却未敢跻身学林，虽性喜文学，也从未觊觎过帕尔纳索斯山上的圣地。如果说我还孜孜不倦地译出过几本外国文学大部头作品，也只是想尽力把手中的牌玩好，不想把它虚掷。翻译文学作品固然需要一定技巧，但只要勤奋，就能摸索出门道；固然需要时间与毅力，但当一个人的大部分宝贵光阴都为只产生负效应的活动与运动消耗掉的时候，仅仅余下一点点可供自己支配的光阴又怎么舍得虚度呢？

如果再往深里挖掘一下，这种并不轻松的玩牌法倒也需要一定的动力和毅力。须知在那些严酷的岁月里，业余可以打扑克、可以聊大天，但如果想坐在书桌前做点文字游戏，就会被指责为搞自留地，万难中发表两篇译文，出版一本小册子，运动一来，就可能被扣上走白专道路的帽子。我在那些年甘冒大不韪，偷偷摸摸连续译了几本文学作品，动力从何而来呢？我过去曾写过无数检查，批判自己的名利思想，其实都是欺人之谈。想当年大力提倡消灭脑力劳动与体力劳动差别，译著即使出版，稿费也少得可怜。讲到名，我译的好几本书都使用了假名，并不希望别人知道。在那个时代，一个人的名气实在越小越好。当知识分子一再被训诫要夹着尾巴做人的日子，谁又敢把尾巴竖起来挂起自己姓氏的大旗呢？我之所以甘心背负起文学翻译这一沉重的十字架，唯一的动力就是听从了尼赫鲁的教诲，寻求生活中的一点意志自由。

　　每一次政治运动都要踩一段钢索，战战兢兢，唯恐栽入深渊，万劫不复，而运动又来得那么频繁，几乎三两年就来一次。在两次运动之间，也绝无令你喘息的机会。开不完的会，学不完的政治，干不完的劳动活（正业之外），打扫不完的卫生，且不言消灭"四害"时敲锣赶麻雀，站在屋檐下挥旗轰蚊子，大炼钢铁时上山砍柴，困难时期到郊外采树叶……我只觉得自己这个小齿轮随着一架庞大的机器无尽无休地运转，除了生理需求还无法戒除外，几乎难以担当"人"这一美好的称号了。我不甘心只做机器，不甘心总受外力推动运转，我要夺回一点点人的自由和人的尊严。

　　像一个拾穗者，我把被浪费掉的业余时间一分一秒捡拾起来，投入了文学翻译游戏。我做这一选择只不过利用我手中几张牌的优势——会一两种外语，图书馆不乏工具书，我的工作又使我能接触到一些市面无法购到的外国文学书籍。贬低一些，翻译只不过是一种文字的游戏——文字的转换、排列与组合，但这一游戏也需要一点独立思考，一点创造性。在全心投入后，我常常发现自己已暂时成为自己的主人，不必听人吆三喝四了。在乌云压城的日子里，我发现玩这种游戏还可以提供给我一个避风港，暂时逃离现实，随着某位文学大师的妙笔开始精神遨游。多么奇妙的世界！美丽的大自然，田园诗般的乡野，缪斯的音乐，一个感人肺腑的故事（世界上居然还存在着这样的真情！）……即使我翻译的是悲剧，那热辣辣的眼泪也在洗刷着虚伪和丑恶。偶然间，我还会被大师的一个思想火花击中，我浑身震颤，眼前掠过一道耀眼的光辉。我感到惊奇，人居然能有这样的高度智慧，而我生活的现实为什么那么平凡乏味？在那些日子里，我夜间在幽暗的灯下做一点翻译不啻偷食禁果，如果我译的这点东西能够出版，能够叫更多的人从中得到些许快慰啊！这种游戏一直继续到刮起一场史无前例的大风暴，飓风不仅把个人的小天地完全刮走，把千千万万的人——从小百姓到大人物——刮倒，而且把做人的最后一点尊严也刮得无影无踪。

　　噩梦过去，我同不少历劫的人一样，发现自己居然活过来，又可以继续玩牌了。我突然发现，过去的许多清规戒律逐一消失了，便急忙拾起笔来，把一些自己比较喜爱、但过去一直被列入禁区的外国文学书翻译过来。一本天主教徒作家质疑教义的宗教小说《问题的核心》，一个灵魂永不安宁的天才画家的故事《月亮和六便士》，几部伴随我度过"文革"中苦难岁月的惊险小说。直到1990年，我还和老友董乐山共同译了《基督最后的诱惑》，据说此书出版后引起了一些争议，很难再版了。我的翻译生涯至此已近终结。时代变化了，过去那些热心在文学作品中游历大千世界、探索灵魂奥秘的读者群日益稀少。文坛冷落。我也决心封笔，不再玩这一文字游戏了。

我手里的牌都将打尽，也许最后的一张——寿命，也随时可能被发牌者收去。但目前它还在我手里，我正摸索着这张牌的玩法，我要玩得自在一些，潇洒一些，我也希望我玩的游戏能与人同乐，使那些赞赏我的游戏的同道与我共享乐趣，这就需要小小的谋划，也要付出一定的精力。偶然读到明代诗人的一首小诗，虽不见佳，倒能表明我的心迹。现把它抄录下来，结束此文：

吾身听物化，化及事则休。

当其未化时，焉能弃所谋。

（1993 年）

第二辑

| 耕 作 |

在乌云压城的日子里， 我发现玩这种游戏还可以提供给我一个避风港， 暂时逃离现实， 随着某位文学大师的妙笔开始精神遨游。 多么奇妙的世界！美丽的大自然， 田园诗般的乡野， 缪斯的音乐， 一个感人肺腑的故事（世界上居然还存在着这样的真情！）……即使我翻译的是悲剧， 那热辣辣的眼泪也在洗刷着虚伪和丑恶。 偶然间， 我还会被大师的一个思想火花击中， 我浑身震颤， 眼前掠过一道耀眼的光辉。 我感到惊奇， 人居然能有这样的高度智慧， 而我生活的现实为什么那么平凡乏味？

关于乔治·奥威尔和《动物农场》

乔治·奥威尔这个名字，最初是从我去世的好友董乐山那里听说的。20世纪90年代我翻译《动物农场》更是应乐山兄之约才决定动笔。在一次交谈中，乐山提到有两部预言社会前途的作品很值得译介。一本是A.赫胥黎的《奇妙的新世界》，另一本就是乔治·奥威尔的《一九八四》。这两本书描述的内容尽管不同——一本偏重科技进步，一本重在社会制度和政权性质，但两书主题相通，都可以称为警世小说，警诫人们必须关注人类前途，免遭灭顶之灾。"文革"结束后，乐山应《编译参考》约请，翻译发表了《一九八四》，我才有机会阅读这一名著。但奥威尔写的另一部寓言《动物农场》，在此之前我就读到了。

"文革"前我因工作关系认识了一位精通英语、热爱西方文学的年轻朋友。他积攒了不少英文原版书，都是海外亲属托人辗转带进来的。"文革"中期，这位朋友由于某一特殊机缘，获准出国探亲，行前把一部分藏书赠给我，其中就有一本薄薄的小册子——英国企鹅版丛书《动物农场》，读后令我"大为震骇"。《动物农场》情节非常简单，讲的是英国某处一座农场中的动物，因不堪人类场主虐待，奋而造反的寓言故事。但在动物革命成功以后，在新领袖猪的领导下，发生了一件件不可思议的事，却同我们经历过某一特殊历史时期的情景极其相似。粮食年年增产，口粮配给却越来越少。动物日夜苦战却不见成效。风车遭暴风雨摧毁并非质量问题，是有坏人潜入破坏。更令人毛骨悚然的是为清除内部敌人而展开的屠杀。受猜疑后要坦白罪行，许多无辜的动物因莫须有的罪名惨遭杀害。难道这个寓言故事是影射中国吗？读者不禁要问，其实这个问题只要翻一下原书的扉页就清楚了。《动物农场》是在 1945 年由一家英国出版社——Martin Secker&Warburg 首次印刷发行的，自 1951 年又收入企鹅丛书，不断重印。1945 年，中国革命尚未全面胜利。作者死于 1950 年 1 月，中华人民共和国那时刚刚成立几个月。《动物农场》同中国的事务毫无关系，这是不言而喻的。既与中国无关，看来作者撰写这个故事是以苏联斯大林当政时期发生的一些事为蓝本了。人们甚至可以说，拿破仑影射了斯大林，被驱逐出农场的雪球是托洛茨基化身。小动物惨遭杀害就是苏共清党的缩影。我们知道，自从人类历史上出现了第一个社会主义国家以后，被压迫、被剥削阶级固然视之为人类的希望，资本主义世界却对苏联展开一场围攻。反苏反共作品——或者造谣诽谤，或者夸大事实——矛头都指向这个新兴国家。《动物农场》会不会又是一本这类反动文人炮制的庸俗小册子呢？回答是否定的。近一百年的历史已经叫我们看清，任何一场革命，任何一个革命后的政权，如果失去民主监督，如果没有健全的法制，都有可能走向反面，一度奋不顾身参加革命的广大群众仍然不能逃脱被奴役的命运。《动物农场》讲的不仅是苏联，它讲的是一个概括化的革命异化历程，目的是叫人民提高警惕，防止在革命的名义下出现的极权主义。

岁月无情，离这本书出版时间已经过了半个多世纪，1989 年柏林墙被推倒，苏联和东欧一系列社会主义国家相继解体，离现在也已过了十几年。过去许多神话一一被揭穿，虽然还不能说真相俱已大白，但早年间遮人耳目的迷雾终于逐渐散去。许多不该在社会主义国家发生的事，许多被歪曲、掩盖或粉饰的事，相继曝光，还原了真实面目，有的还得到纠正、平反。看来《动物农场》中描述的革命后掌权的领导阶层腐化堕落，倒行逆施，并非作者给苏共抹黑，凭空捏造。这本书的含义实在远比揭露某一专制国家、某一独裁政权更为深远。这本书写成的日子，正值德国法西斯被同盟国打垮，人们对希特勒的种种罪行，记忆犹新。我们有理由相信，动物农场中发生的事，也不无德国法西斯专政的影子。李慎之先生在评论另一部"反面乌托邦小说"《奇妙的新世界》一文中作过这样的分析："二十世纪最可纪念、最可反思的历史事实是什么？最简单地说，就是左的和右的乌托邦都在很大程度上出现了，结果带来的却是人类空前未有的浩劫。"

　　需要指明的是，奥威尔谴责的极权主义虽然以"左"的为主，但是他绝对没有把德国法西斯和苏联社会主义等量齐观。德国法西斯对德意志民族的玷污，对各国人民犯下的罪行，昭然若揭。希特勒是全人类的公敌，人人得而诛之。奥威尔曾明确地说："在一个法西斯主义和社会主义互相打得死去活来的世界里，任何有思想的人都要选择站在哪一边。"① 奥威尔当然站在社会主义一边。不仅在语言上，而且以行动——参加西班牙内战——证明自己的立场，因为他是一个社会主义者。"我在1936年以后写的每一篇严肃作品都是直接或间接反对极权主义和拥护社会主义的，当然是根据我所理解的民主社会主义。"② 这是作者在《我为什么要写作》中的自白。澳大利亚的一位著名评论家西蒙·黎斯更认为奥威尔首先是一个社会主义者，其次才是一个反极权主义者。

---

①　见《艺术和宣传的界线》，载《奥威尔文集》第132页。
②　见《奥威尔文集》第95页。

他说：奥威尔的"反极权主义斗争的动力来自他对社会主义的信念"①。

当然了，正像作者在"社会主义"一词前所加的限制语那样：他所理解的民主社会主义，就是说，他信奉的社会主义同当年苏共标榜的社会主义或其共产主义并不相同。

他认为苏共领导把社会主义一本经念歪了，出现了反民主、剥夺人民自由的现象，他对这种现象进行了"揭露"、"谴责"，不无规劝和谏诤的意思，希望走上歧路的人迷途知返。他甚至并不认为自己对苏共内部发生的事完全清楚。在为《动物农场》乌克兰文版写的序言中，奥威尔有一段话很值得玩味："我从来没有去过俄罗斯，我对它的了解只是通过读书看报而得到的。即使我有这力量，我也不想干涉苏联内部事务。我不会仅仅因为斯大林和他的同事的野蛮和不民主的手段而谴责他们。很有可能，即使有最好的用心，在当时当地的情况下，他们恐怕也只能如此行事。"② 这段话既说明了奥威尔的实事求是态度，也表明他的宽恕和理解。即使"野蛮和不民主手段"，或许也事出有因，局外人不知内情。

要了解奥威尔如何成为社会主义者，需要介绍一下他的出身、教育和经历。

乔治·奥威尔原名埃里克·布莱尔，1903 年生于孟买。父亲是英国殖民政府驻印度行政机构的一名官员。用作者自己的话说，他的家庭属于"上层中产阶级偏下，即没有钱的中产家庭"。奥威尔四岁时随家庭回英国定居，八岁入寄宿学校圣塞浦里安学习，

---

① 转引自董乐山文章《奥威尔和他的〈一九八四〉》。
② 见《奥威尔文集》第 103 页。

十四岁至十八岁在伊顿公学就读。这两所学校都是为富家子弟开办的，奥威尔家境并不宽裕，本来无力入学。入圣塞浦里安是因为考试成绩优异，减免了部分学费。入伊顿公学，一所"最昂贵、最势利"的学校，则是因为侥幸得到一笔奖学金。在学校读书期间，作者幼小的心灵初次感到人世的不公平。那里穷人子弟备受歧视，社会阶级壁垒森严。从此，他在思想上一直站在受压迫者一边。1921年，时年十八岁的奥威尔从伊顿公学毕业，但因无力入大学，只能投考公务员。他参加了英帝国驻缅甸的警察部队。在缅甸服役五年又是一段很不愉快的回忆。目睹帝国主义给殖民地人民带来的苦难，激发了他在学校读书时就已经萌发的反权威思想。他决心"不仅应该与帝国主义决裂，也应该与一切人对人的统治决裂"[①]。日后他写的长篇小说《缅甸岁月》（1934年出版）就是取材于他这一段生活经历的。1927年，奥威尔辞去警察部队工作，决定从事写作。从1928年起，他先在巴黎，后来回到英国，一直写作不断。他的生活贫困潦倒，有时不得不做各种零工，并曾一度在英国乡间开设小杂货店。1933年出版的《巴黎伦敦落魄记》是这一时期的生活写照，并首次使用了乔治·奥威尔笔名。此外，他还写了《教士的女儿》等作品，但并未成功。1936年，一家左翼出版社约请他去英格兰北部工业区考察工人生活，归来后，写了报告文学《去维冈码头之路》（1937年出版）。考察中他目睹工人阶级的生活惨状，对他的思想变化影响极深。他在一篇文章中说："我之所以成为拥护社会主义者主要是出于对产业工人中比较穷困的一部分受到压迫和忽视的情况感到厌恶。"[②] 这一年

---

① 董乐山为《一九八四》写的序言中引证作者原话，出处不详。

② 见《奥威尔文集》第102页。

7月，西班牙内战爆发，他在年底同新婚妻子一起去西班牙，参加保卫共和国之战。1937年，因喉部负伤，回英国治疗休养。

奥威尔在西班牙的日子，正值西班牙共产党对内部进行大搜捕，西共内部清洗是同苏联国内清党同步的。许多无辜的人被怀疑思想不正统而被审讯、拘捕甚至枪决，罪名都是"与法西斯分子共谋"，这也与苏联的情况相同。奥威尔说："就西班牙而论，我有一切理由相信，这些罪名都是莫须有的。"[①] 他同妻子也在受迫害之列，被怀疑、跟踪，但未被逮捕。后来他把自己在西班牙的所见所闻写在《向加泰罗尼亚致敬》一书里（1938年出版），既报道了西班牙内战，也写了国际志愿军内部左翼各派的相互斗争。他还想用一个故事形式揭露"苏联神话"，语言浅显，使更多的人读懂并易于翻译。这个想法一直在他脑子里盘旋了六年，直到1943年才抽暇动笔，1945年出版。这就是读者现在读到的这本《动物农场》。

第二次世界大战爆发，奥威尔因健康原因未能参军，他在后方参加了警卫队，并在英国广播公司主持对印度广播。战争后期曾任一家报刊驻欧战地记者。1948年，今天早已列入世界经典著作之林的《一九八四》写竣并出版。但这本书给文坛带来的轰动，给作者带来的荣誉奥威尔本人却都没有来得及看到，他在1950年1月因肺病去世，年仅四十六岁。

现在略谈一下《动物农场》一书的翻译和出版。

"文革"后期，我为两个返城的插队知青补习英语，用的教材就是《动物农场》。我教英语仍然使用老式翻译法，每日课后，学

---

① 见《奥威尔文集》第103页。

生都必须把阅读材料译成中文。这两个学生的翻译练习，经我修改成章，也可以算作《动物农场》的初译稿吧。《编译参考》刊出《一九八四》以后，曾有一家出版社把这份译稿拿去，但后来并无下文，甚至连稿子也没有还给我。这是意料之中的事。就连广东花城出版社已经公开发行的《一九八四》，初版也只作内部参考书。80年代末再版时，虽然已经可以在市场上公开售卖，印数却少得可怜，读者很难买到。一眨眼，时间又流逝了十几年，已经到了1996年，这一年春季或夏季，乐山告诉我，他同某一出版社签订了合同，主编一部两卷集《奥威尔文集》，上卷收录作者的散文、随笔和评论文章，下卷收录两部小说，《一九八四》和《动物农场》。这时《动物农场》上海已经有了一个译本，但董兄仍希望我再译一次，我自然从命。一年以后，文集出版了，但只出了一卷，合同中约定的下集小说不明不白地被斫掉了。这是我国出版界现状，我无话可说。只是在悼念乐山逝世的一篇文章中对此发了几句牢骚。

近三四年先后有几家出版社同我联系，有意出版我的译本。其中一家已与我签订稿约并预支了稿费，但不知为什么，始终没有出书。倒是上海译文出版社，2003年重新印行了《一九八四》，在取得那家与我签约的出版社同意后，把我译的《动物农场》附了进去，作为合集出版。

我很高兴，这本小书现在终于能够以单行本形式问世了。倒不是我如何看重自己的译文，在书籍的封面上看到自己名字。我希望看到的是此书能广为流传，在书店里容易购买，叫更多的人读到。一段不愉快的历史，不管它在这个国家或是另一个国家发生过，毕竟已经过去。但是如果有众多读者能在书中读到它，这些事就会继续留在人们记忆里，起着警示作用，叫我们在革命路途上，不致再犯错误，重蹈覆辙。

不久前，有人从国外网站下载了一篇文章寄给我。作者是一个美国人，大概也是《动物农场》的热心读者吧，在文章中，这位作者把美国现状同农场里发生的事进行了类比。他发现美国的许多组织和社团——"左"的和右的，工会和三 K 党，甚至政党或政府，都在使用拿破仑一伙人的伎俩欺骗、愚弄自己属下、会员、选民和群众。恫吓谩骂，危言耸听，暗中修改规章，滥开空头支票，推脱责任，把大小罪责都叫别人承担……我想其实这些同《动物农场》极为相似的事不仅发生在美国。就是在其他一些地方，只要民主与法制不够健全，专制和专横手段未能根除，处于弱势的平民百姓就仍要遭受苦难。看来《动物农场》这本书至今仍未失去它的现实意义。

一首叛逆交响乐

——《六人》译后

《六人》讲述了六个人的故事。他们不是芸芸众生中六个普通人，而是特立独行，有各自追求的世界性人物。除了僧侣达梅尔都斯（德国浪漫主义作家 E. T. 霍夫曼小说《魔鬼的万灵药水》中主角）和游吟诗人阿夫特尔丁根（德国诗人诺瓦利斯同名小说主人公）我们并不熟悉外，另外四个人——浮士德博士、唐璜、丹麦王子哈姆雷特和骑士堂吉诃德对国内读者都不陌生。即使有的人没有机会、没有时间阅读为这些英雄树立丰碑的几部世界文学名著——歌德的《浮士德》，拜伦的《唐璜》，莎士比亚的《哈姆雷特》和塞万提斯的《奇情异想的绅士堂吉诃德·德·拉·曼却》，他们的故事我们也或多或少有所了解。舞台上，银幕上，作曲家的乐谱上，频繁出现他们的身影，叩击着人们的心扉。法国音乐家古诺写过歌剧《浮士德》，柏辽兹写过清唱剧《浮士德的沉沦》，奥地利音乐大师莫扎特写过歌剧《唐璜》（或音译为《唐·乔万尼》）。较近一些，德国作曲家理查·施特劳斯又先后把《唐璜》和《堂吉诃德》谱成交响诗。荣获英皇室男爵封号的著名演员劳伦斯·奥利弗在电影《王子复仇记》里扮演丹麦王子哈姆雷特，使这一悲剧人物牵动了千万颗观众的心。其实这些故事传入中国甚至可以追溯到大约一个世纪以前。我国最早译介国外作品的林纾用文言文译过的《魔侠传》（《堂吉诃德》的节译）。郭沫若早在 1919 年就根据日文本动手翻译《浮士德》。五四时期的爱国知识分子读了胡适或者苏曼殊或者马君武的译诗《哀希腊》，不禁热血沸腾，引起同病相怜的"亡国恨"。《哀希腊》就是浪漫主义诗人拜伦所写《唐璜》第二章中的片断，尽管拜伦按照自己的气质已经把唐璜的性格和经历做了修改，远远超越了传统中的浮华子弟形象了。中国的情况如此。在西方，不说也想象得到，这些故事早已经家喻户晓，深入人心。如今，一个德国人又把这些故事讲了一遍。据说，这本书是第一次世界大战中作者在英国某一集中营里的几篇讲演稿，后来集结成书，1928 年在德国出版。他为什么要把这些烂熟的故事再次演绎一番呢？改变了些什么？增添了什么？用之做了哪些宣传？或许这都是值得我们探索的，但是在进行一些剖析前，还是叫我们了解一下作者吧！

鲁多尔夫·洛克尔（Rudolf Rocker，1873—1958）思想家、理论家、作家，工团主义运动的领导者和精神领袖，生于德国美因茨一个信仰天主教的工人家庭里。父母早亡，在孤儿院长成。曾在印刷厂当过学徒工。青年时代受到社会主义思潮的影响，参加工人运动。1892 年被迫逃亡英国。第一次世界大战爆发后，他被英国政府怀疑为德国奸细受拘禁，1918 年被驱逐回国。回到德国后，他参与组织了"德国自由工人联盟"和"国际工人联合会"，成为德国及国际工团主义运动领袖。因积极投身于反纳粹势力的活动，希特勒上台后，他不得不再次逃离祖国，最后定居美国，1958 年去世。

洛克尔一生用德语和意第绪语（即犹太德语）写了大量文章，主要是论述、介绍工运思潮的政论作品，包括对巴枯宁、克鲁泡特金等无政府主义领袖人物的评传。工团主义主张用工人联合形式代替政党，反对政府宗教和各种教义对人的管制。自由并非哲学上的抽象概念，而是充分发挥每个人才智的保障。干预和管制越少，人们才能获得更多自由，个性才能和谐发展，有利于为社会做出贡献。工团主义也叫革命工团主义或无政府工团主义，第一次世界大战前后曾盛行于欧洲某些国家。苏联直到建国初期，国内仍有工团主义者作为"工人反对派"存在，但受到列宁严厉批判。

《六人》是洛克尔一生中写的唯一一本文学书。在叙述几个传统故事时，他紧紧抓住已成为经典著作的几部书的主要脉络，去芜存精，删去大量蔓延枝节，使人物性格更加突出，形象更加鲜明。值得我们注意的是，虽然谈不上"旧瓶装新酒"，洛克尔却利用这几个老故事把个人对宇宙人生的观察和观点融透进去，表达了自己的独特思想。优美的语言、诗情画意的描述同冷嘲热讽互相交织，对崇高追求和孜孜不倦的探索高唱颂歌，对苟安、怯懦的薄弱意志嘲弄、鄙视，用笔极其尖刻。几个情节简单的小故事蕴涵着深湛的思想。从这本小书，我们看到的是作者为自己选择的一条反抗、斗争的独特道路，下面捡拾出几个例子，略加剖析，或许能为上面的评论做一些注脚。

魔鬼施展法术使浮士德博士恢复了青春。浮士德不仅成为翩翩少年，尝味到爱情的甜蜜，而且掌握了魔法，出入宫廷，玩弄王公贵族于股掌之上。但上帝未能使他破解人生之谜，魔鬼同样也未能叫他如愿。当他又一次进入风烛残年，即将离开人世的时候，他终于悔悟。"我看到问题的核心了。上帝和撒旦看来同属一个家族。""上帝和魔鬼是他们共同经营的一家老店的字号。两个老板谁也缺不了谁，不然买卖就做不成了。"最后，浮士德听见远处传来赞美的歌声，他大彻大悟。那声音说："人必须自己解放自己！人必须依靠自己的力量拯救自己！"一点不错，"从来就没有什么救世主，也不靠神仙皇帝"。"大救星"是不能为我们造福的，这是一个真正革命者的信念。

在《唐璜》的故事里，洛克尔仍然按照传统脚本，把主人公写成一个勾引女性，作恶多端的浪荡子。从表面看，这个人藐视礼规、亵渎神灵，为夺取一个佳丽，甚至沦落为杀人凶手。但是如果往深层看，洛克尔只是借用这样一个叛逆性格表达他对权威和礼法的轻蔑。他赞同的是一个造反者的叛逆精神。"血液在他胸头狂舞，灵魂化作一股热流。他像雄鹰一样骄傲，在高空翱翔。"（这几句话会使我们联想到高尔基的英雄诗篇《鹰之歌》）而那些在烂泥中蠕动的小爬虫呢？洛克尔借用唐璜之口嘲讽说：这些"正人君子""发散着正直老实和温文尔雅的气息。""有如训练有素的卷毛犬，冒着规矩、礼貌、品行端正的汗珠。每说一句话，都要深思熟虑，决不违反传统习俗。"世界上这种人难道还少吗？特别是在充满"高压的谎言"的那个时代，哪个人不谨小慎微，战战兢兢，生怕冒犯"权威"呢？唐璜看不起"弱者"（"要是他自己站不稳脚，那就叫他摔跤吧"），他信奉的是"强者"的哲学，也就是敢于向"权威"挑战的反抗斗争精神。他明白宣示："向上帝的权威挑衅是我的精神。上帝可以在激怒之下把我踩成齑粉，但却永远无法挟制我的精神。他可以消灭我，却不能驯服我。"读完了洛克尔笔下的浪子故事，或许我们还寻找到某些值得咀嚼的东西吧！

在洛克尔笔下，堂吉诃德仍然是人们熟知的一位纯真善良的穷乡绅。他怀有济世救人之心，只因为读的骑士小说过多，着了迷，才拼凑了一副破盔烂甲，骑着驽马，到广大世界上去行侠仗义。洛克尔仍然保留了人所共知的一些故事：把一个粗俗村妇看成美女，当作自己的心上人；把酒店当作城堡；把一队小偷、流氓苦役犯看作受迫害的人；把风磨当成巨人，奋起作战……这些荒唐事叫人捧腹，但洛克尔并不满足于重述这些故事，逗人一笑。从堂吉诃德同他的胖仆人（名字叫桑丘·潘沙，这个人是个现实主义者，构成堂吉诃德的对立面）的对话中，作者警诫世人须用更深邃的目光观察世界。他说："我的孩子，你看见的只是眼前的事物，因为上帝没有让你看到更深一层……像你这样的人倒也能平平稳稳过日子……你感觉不到自己负有解除人生痛苦和不幸的责任。"当堂吉诃德把风磨当作巨人，奋力铲除这些妖魔时，仆人提出质疑。他的回答是："你看见的是风磨……原因是，你的眼睛被蒙蔽了。我清清楚楚看见了巨人，只因为魔法迷惑不了我的视力。"作者叫堂吉诃德说的这些话发人深思。在大多数时间，大多数人的眼睛都被魔法蒙蔽，所以黑白不分，是非混淆。什么是"魔法"？也许是习惯势力，也许是礼规教义，也许是圣人的训诫，总之，人们都习于循规蹈矩，不敢越雷池一步，所以大家相安无事，保持一个太平盛世的稳定局面。但总有一些人，尽管人数很少，眼睛却未受蒙蔽。他们看得更深，看得更远。若干时间以后，他们被证明是正确的，被赞誉为先知先觉，但当时却不为人所理解，被讽刺、讥嘲、围攻、谩骂，或甚至遭遇更大不幸，招致杀身之祸。这种例子并不少见。中世纪意大利人布鲁诺就因为真理捅出得过早，被判处火刑。我国近代革命史上，更有无数烈士为维护真理而抛头颅、洒鲜血。他们都是看得更深、更远的人。不久前，在我国一段无序的日子里，还有人敢冒天下之大不韪，把所见的事实真相，直言道出，结果惨遭杀害。中国有一句古话，教导人们"莫为之前，虽美而不彰"，岂止"不彰"，恐怕还要惹祸。不是小祸，是灭顶之灾。看样子我们世故老人的话倒是经验之谈。

翻一遍《六人》，常常被洛克尔的思想火花击中。我们阅读的不是一本为消闲解闷的故事集，而是充满哲理的智者的表白。

《六人》的英译者瑞·E.柴思把这本书比作一部交响乐，开篇是一个介绍主题的序曲，六个故事是六个乐章，结尾是一首欢欣、和谐的终曲。在终曲里，洛克尔用嘹亮的声音唱出心声——他的革命宣言。所有的人，尽管思想不同，道路各异，都必须抛弃"孤军奋战"，必须与他人携手共进。一个人只有同别人一起生活，分担同胞弟兄的欢乐和哀愁，才有幸福。只有通过"我们"全体，才能获得解放。"共同协作带给人类自由的红色曙光，联合起来，真正的自我才能发展。"作为一个革命者，洛克尔不仅憧憬着美好的未来，而且看到每一个人的才智都有机会发展的"大同世界"。这个世界已经近在咫尺。最后，他充满信心地说："新国土的大门打开了。新人类踏上崭新的土地，欢乐的歌声从天空飘来，响彻寰宇。"

大约一年以前，一位文化界友人给我拿来巴金老人早在20世纪40年代翻译的《六人》，问我能否找到德文原版，重新翻译一遍。巴老的译本是1949年上海文化生活社出版的，1985年三联书店又重印过一次，但两版现在都已售缺。我有些犹豫，文学大师巴金在创作和翻译上的丰功伟绩人所共知，我怎敢重译他老人家已经译过的东西，与大师的译本争短长呢？但在我把《六人》翻读后，想法有些改变。这本小书不只叙事优美，而且含义深远，我被深深打动。我想，如果能寻找到德文原书，且不谈最后是否翻译，只是欣赏一下原著的文字，也是一件乐事。原则上，我一向不太赞成重译。除非译本过于蹩脚，糟蹋了原著。重译只是炒冷饭，多不能避免剽窃之嫌（除非经典名著，允许有数个不同阐释不同表现风格的译本）。我决定先找一本原文书看看。我在国外有几个渠道为我购买书籍。我分别写了几封信,柏林的老友穆海南先生①首先为我探询到柏林国家图书馆有这本书的馆藏,只是被编为善本书,既不许复印,更不能外借。穆海南坚持努力,终于在一家旧书店的售书目录中寻到此书,重资购下,后从德国寄来。2003年春夏之交,"非典"肆虐,我闷守斗室,把书反复读了两遍,再次受到触动。我为自己重译此书开脱的理由是,巴金老人是从英文翻译的,与原文比较,多了一层隔阂。经过对照阅读,我发现英文译本同原著多少有些差异和脱落。另外,五十余年的社会变迁,也使我们的语言发生了一些变化。我的译文自然要以巴老的译本做借鉴。如果我能细心推敲,吸收巴老的长处,再撷取大师译本中某些文字精华,或许我的译文会更精确些,也许会更明快些。我是个矮子,但是矮子如果站在巨人肩上,倒也显得比巨人还高一些。巴老的高尚人格和文学成就都是我非常景仰的。我虽然已年过八十,但在文学翻译上,永远是我国翻译界几位老将率领队伍中的一名小兵。我翻译《六人》自2003年5月开始,9月底完成。如果我的翻译能得到读者认可,首先要归功于巴老半世纪前的开创性选题和他首译的基础。

(2004年2月)

---

① Reiner Müller,他同他的夫人梅薏华女士在20世纪60年代前后在北京大学攻读中国文学和历史,后来都成了中国文化专家,两人分别译了丛维熙、张洁等大量作品。

《月亮和六便士》序言

威廉·萨默塞特·毛姆（William Somerset Maugham，1874—1965），英国著名小说家和戏剧家。他出生于巴黎，父母早丧，回英国叔父家寄居，并在英国受教育。在大学他虽然攻读医学，但对文学兴趣颇浓。第一部长篇小说《兰贝斯的丽莎》（1897）就是根据他做见习医生期间在伦敦贫民区所见所闻写成的。从此走上文学道路，并赴世界各地旅行、搜集素材。毛姆最初以戏剧家闻名，自20世纪初约三十年间，共创作了近三十部剧作。早在1908年，他的四部戏剧在伦敦四座剧院同时上演，毛姆之名即已红极一时，但他的主要文学成就却在小说创作上。带有自传性质的《人性的枷锁》（1915）、追述英国一位文坛巨匠往事的《寻欢作乐》（1930）以及这部以一位画家为题材的《月亮和六便士》（1919），都是脍炙人口的作品。毛姆的几部重要著作及近百篇短篇小说大都发表于二三十年代，但直到他已达七十高龄，仍写出轰动一时的畅销小说《刀锋》（1944）。毛姆是英国现代文学史上一位创作力旺盛的多产作家。

毛姆具有敏锐的观察力，善于剖析人的内心世界。他的笔锋像一把解剖刀，能够挖掘出隐藏在人们心底深处的思想活动。他对待自己笔下人物常采取一种医师、"临床"的冷静态度，既不多说教，也很少指出伦理是非，一切留给读者自己判断。他是一位伟大的旅行家，一个"世界公民"；他的小说多以异国为背景，富于异乡情调。他是一个说故事的大师，叙述故事引人入胜。他写了不少貌似离奇的故事，这与他对人性不可捉摸的看法是一致的。事物的发展似在情理外、又在情理中；结尾有时一反常情，给人以惊奇而又回味无穷的感觉。他的作品结构严谨，剪裁得体，就是人物繁多，枝节蔓延的长篇也层次分明、井然有序。

以上对毛姆小说特点的简单分析，亦完全适用于这部写于1919年的杰作《月亮和六便士》。这部小说情节并不复杂，写的是一个英国证券交易所的经纪人，本已有牢靠的职业和地位、美满的家庭，却迷恋上绘画，像"被魔鬼附了体"，突然弃家出走，到巴黎去追求绘画的理想。他的行径没有人能够理解。他在异国不仅肉体受着贫穷和饥饿的煎熬，而且为了寻找表现手法，精神亦在忍受痛苦折磨。经过一番离奇的遭遇后，主人公最后离开文明世界，远遁到与世隔绝的塔希提岛上。他终于找到灵魂的宁静和适合自己艺术气质的氛围。他同一个土著女子同居，创作出一幅又一幅使后世震惊的杰作。在他染上麻风病双目失明之前，曾在自己住房四壁画了一幅表现伊甸园的伟大作品。但在逝世之前，却命令土著女子在他死后把这幅画作付之一炬。通过这样一个一心追求艺术、不通人情世故的怪才，毛姆探索了艺术的产生与本质、个性与天才的关系、艺术家与社会的矛盾等引人深思的问题。小说的主人公性格怪异，有时表现得非常自私（例如他同挽救了其性命的荷兰画家的妻子私通，导致他的恩人家破人亡），但正如作者说的那样：这是"一个惹人嫌的人，但我还是认为他是一个伟大的人"。读者也很可能不喜欢这个画家，但却不能不佩服他的毅力与才能，不能不为他的执着的追求精神所折服。毛姆在这部小说中发挥了他叙述故事的特长，有时直叙，有时追述，有时旁白，插入一点议论，有时又借助第三者的口讲一段逸事作为补充，只要读者将这本书打开，就不由自主地被吸引住，想看个究竟。

《月亮和六便士》中的英国画家是以法国后期印象派大师保罗·高更（Paul Gauguin，1848—1903）为原型塑造的人物，这一点是无可争议的。高更在立志从事绘画前也做过经纪人；高更一生也非常坎坷、贫困；高更最后也到了塔希提并埋骨于一个荒凉的小岛上。但我们必须看清，除了生活的大致轮廓外，毛姆创造的完全是另外一个人物。他把他写得更加怪异，更加疯狂，但也使读者感到更加有血有肉。一句话，毛姆写的是一部虚构的小说，而不是一部文学传记。如果说《月亮和六便士》发表后将近一百年，至今仍然具有极大的魅力，那不是由于毛姆采用的原型——高更如何伟大，而是由于毛姆的生花妙笔创作出一个不朽的画家。

最后想说一下小说的名字，"月亮"与"六便士"究竟有什么含义？一般人的解释（我过去也一直这样认为）是：六便士是英国价值很低的银币，代表现实与卑微，而月亮则象征着崇高。两者都是圆形的，都闪闪发光，但本质却完全不同，或许它们就象征着理想与现实吧！但笔者的一位海外好友——也是一位毛姆的研究者——有一次写信来却提出一个鲜为人知的解释。他在信中说："据毛姆说，这本小说的书名带有开玩笑的意味。有一个评论家曾说《人性的枷锁》的主人公（菲利普·凯里）像很多青年人一样，终日仰慕月亮，却没有看到脚下的六便士银币。毛姆喜欢这个说法，就用《月亮和六便士》，作为下一本小说的书名。"可惜我这位朋友没告诉我这段文字的出处，我想大概是记载在国外无数毛姆评价中的某一本书吧。我相信这个解释，而且这与一般人的理解也并不冲突。让我们都去追求一个崇高的理想，而鄙弃六便士银币吧！

（1994 年）

《寻找一个角色》译后记

一个"场景"出现在一位作家的脑子里。"一个陌生人没有任何明显原因突然出现在一个偏远的麻风病治疗地。"这个人是一个功成名就的建筑师；他厌倦了世情，对事业、对爱情、对宗教信仰都已走到了尽头。这个麻风病治疗地在黑非洲，在"黑暗的中心"，主持人是几个天主教神父。他只身漂流到那里，像河面上的一个漂浮物偶然被什么挂住，就停了下来。作家为了寻找这个人物，千里迢迢地从欧洲飞到刚果利奥波德维尔，又深入内地到一个地图上无法找到的名叫庸达的小镇。他生活在失去足趾和手指的畸形人中间，他乘着闷不透气的小火轮在刚果河上航行……整整两个月，他一直在蛮荒异地、在热带丛林里追寻。这个作家就是据说曾二十余次被推荐为诺贝尔文学奖候选人而始终未入选的英国当代作家格雷厄姆·格林。他在非洲的这一段经历就是一本题名为《寻找一个角色》的薄薄的日记。

1961 年，根据他在刚果观察到的大量材料写成的又一部小说《一个自行发完病毒的病例》问世了。在此以前，格林已经写了十几部作品。一部曲折复杂的惊险小说《斯坦布尔列车》为他的文学生涯奠定了基础；一部写青年人犯罪的小说《布赖顿棒糖》，使他一夜之间发现自己成为"天主教作家"（"真是个可厌的头衔!"），接着是作者自己承认唯一以宗教问题为主题的小说《权力与荣耀》。《问题的核心》出版于 1948 年，尽管作者自己对这部作品并不满意（"这本书一定具有某种腐蚀力，因为它太容易打动读者的软心肠了"），却给他带来了成功和更大的荣誉。评论家们为格林是不是天主教作家争得不可开交。格林恼怒了，"我不是什么天主教作家，我只是一个碰巧成了天主教徒的作家"①。他甚至引用英国一位作家和神学家的话，否认有所谓的基督教文学。② 不只是评论家，就是一些天主教教徒读者，甚至包括一些天主教神父对格林还是不依不饶。他们缠着他向他倾诉自己精神上的痛苦，指望他能够指导他们如何拯救自己的灵魂。格林被这些"宗教上的受难者弄得精疲力尽"。"我没有担负拯救世人的使徒使命，"格林呼喊道，"由于我无能为力，要求我在精神上予以援助的呼吁已经弄得我快要发疯了。"是出于愤激吗？是对那些虔诚的教徒读者的嘲弄吗？不管怎样，格林在这部新作品里写了一个完全失掉了宗教信仰的人。"我已经退隐了……我不知道我是否可以称为天主教徒……神父，假如要我说实话，我根本不信上帝。"主人公一再表白自己说。这一下可使很多一向奉格林为"领路人"的人大为震怒，就连他的好友——另一个英国天主教作家伊夫林·沃③也为此感到痛心。"让我祈祷天主，"沃给格林写信说，"这只是你的一时气愤，莫林与奎里④的绝望的结论完全是小说中的虚构。"格林和伊夫林·沃书来信往，辩论小说的宗教主题问题。如果读者有兴趣的话，不妨翻一下格林自传《逃避之路》对这次争论的记载，这对了解格林的创作观点也会有些帮助的。

对大多数读者来说，《病例》一书之所以有吸引力还在于格林

---

① 见《逃避之路》第二章第四节。
② 同上。
③ 伊夫林·沃（1903—1966）英国天主教小说家。
④ 莫林是格林短篇小说《重访莫林》中的主人公；奎里是《一个自行发完病毒的病例》的主人公。

对一个人内心世界的挖掘；他剖析的也许是一种特殊的精神世界——悲观绝望与重新获得心灵平衡。当然，这本书的主题远远超过了一个"畸零人"的个人故事。通过了这个人的遭遇它引起了读者一系列深思：世俗偏见、愚昧的虔诚直至西方精神文明的危机，故事被安排在非洲的黑暗中心，使人不能不联想到文明与野蛮、白人文明与非洲原始力量的冲突问题。当然了，这一角非洲是"格林国度"的领土，读者像游历"格林国度"的任何一个地方一样被迷惑了：原始森林、蛮荒的习俗、传染睡眠症的蝇子、身体畸形的麻风病患者……但慧眼的读者在这一切异乡情调之后一定还会发现一些更激动人心的东西。

读完《一个自行发完病毒的病例》，回过来再翻一下《寻找一个角色》，我们可以看到一个作家如何严肃地进行创作。虽然这只是创作全过程的一小部分（根据格林自述，《病例》一书共写了十八个月才完成，而日记只是两个月的经历记载，幸好格林在脚注中补记了不少对此书最终的修改），但还是能使我们了解他的一些创作方法：概念的诞生、素材的搜集、人物塑造、情节安排，直到故事的某些片断。

"小说家非常节约，有点像精打细算的家庭主妇。只要是迟早或许有用的材料，不管是什么，他都不肯轻易抛掉。"格林在一则日记的脚注这样写道。我们看到，格林在刚果期间不只利用一切机会了解有关麻风病的种种情况，以求他的作品在医学上真实可信，不只观察、记录当地的风俗习惯，自然风光，而且孜孜积累种种可以用在小说中的材料：一个小故事（希腊店主如何报复与妻子通奸的店员），一条非洲谚语（"蚊子并不怜悯瘦人"），一个标语牌（"小心子孓蝇，睡眠症蔓延区"），土人信口哼唱的一支民歌，甚至非洲人的姓名、说话的习惯，走路的姿势……我们仿佛见到这位文学巨匠在海边不断俯身捡拾贝壳，把它们一粒粒珍藏在记忆的盒子里。正是因为"格林国度"是用作者这样辛勤积累的贝壳装饰起来的，所以它才这样绚烂，又这样真实。

日记记载了在一部作品完成前，作者对每一个段落、每一个情节的种种构思。一段文字落在纸上又被扬弃。一个人物的特点后来又移到另一个人物身上，好像他拿着一件剪裁的新衣，叫不同角色一一试穿，最后才决定该穿在谁的身上最合身。对于故事的开首，他极其慎重，做了不同的尝试。"对于小说作者来说，"他在日记中写道，"如何开始常常比如何结尾更难把握。"在一部书已经写了一两年后，作者与自己的潜意识已经达到默契，小说的结尾常会自己出现，不需要作者如何思索就形成了。但如果"一部小说开头开错了，也许就根本写不下去了"。这使人想到英国一个女评论家，伊丽莎白·鲍温在《小说家的技巧》里的一段话："一篇好故事开头一定要好。它总是从一个使人希望看到下文的情景开始，或至少暗示将出现这样一种情景。"在 2 月 22 日这天的日记脚注里，我们终于高兴地读到这样的记载："我一直感到惴惴不安的关键性的开首几乎已经来到我脑子里了。最后我写下来的是……"这已经非常接近最后的成文了，果然是一个非常"使人希望看到下文的情景"的开首。

我们看到了作者在完成一部名篇时的孜孜寻觅，看到他在苦心孤诣地推敲，看到他独具匠心的剪裁。一部情节并不复杂但却既富于戏剧性又含有哲理的作品就这样诞生了。

格林的某些创作方法或许是我们难以理解的。他怎么会由于一个梦境的触发就写一部小说呢？如果凑巧我们读过《逃避之路》，就会发现促使他写《问题的核心》的是"沼泽地、连绵阴雨和一个发疯的厨师"。这次又是这样：只因为头脑里有一个场景。

难道一部作品会为这样一个简单的诱因而产生吗？也许我们的脑子早已被旧的和新的"文以载道"的理论充塞，早已习惯了写文章必须先立意再布局，如今我们发现一个作家，一个有名气的作家居然是这样着手写一部作品的，就会悚然一惊。但在惊诧之余，还是会进行一番思索的。

读了格林的日记（包括第二部记载第二次世界大战海上航行的日记），还使我们了解到这位名作家的一份阅读书目。最令人感兴趣的也许是他为到西非去过一段"与世隔绝"的生活而准备的一套书，从《圣经》到伊里克·安伯勒的惊险小说，从里尔克诗集到《托尔斯泰传》。制订一份孤岛书目，有多少人在各种迥然不同的形势下反复做过这一既伤脑筋又饶有兴趣的事！在上山下乡的日子里，在下干校的日子里，再往远里一点想，在战争年代流离失所的日子里，每个人的简单行装大概都有一个角落留给他精心筛选的几本书。这几本书也许比一整箱书、比平时的一个小图书室更为珍贵。

（2005 年）

《布赖顿棒糖》校后记

50 年前我作为一名新兵跻身国内文学翻译工作者队伍时，任何出版社出版一本翻译作品都要过"审校"一关，我的译稿自然也不例外。我认为这是一个好制度。如果有人给我校稿，改正错误，提高质量，那是我求之不得的事。老友董乐山在世时，我们有时也谈论这个问题。任何一位翻译工作者，不论资历多深，中文外文底子多厚，也不免有欠缺、失误的地方。我同乐山兄合作编译过几本书，定稿前总是把各人的译稿交换校订。乐山和我在翻译上各有短长，他精通西方文化（他编著的《（英汉）美国社会知识小词典》可以做证），我的北京话说得比他纯正些。稿件互校后都有所获益。我同他的友谊始于"文革"后期，在我初出茅庐阶段，译稿多由出版社内部审校。20 世纪 50 年代中期，人民文学出版社会德文的老编辑是朱葆光先生。我经常到北京二龙路他的住所登门求教，并因此同汝龙先生（与朱葆光先生住同院）有几面之缘。汝龙先生翻译了契诃夫全部短篇小说，分二十余册出版，每一本出版我都没有错过。他的译文朴实无华，在平稳中掌握住恰当分寸，是我翻译实践的宝贵借鉴。同在人民文学出版社工作的孙用和孙绳武两位前辈也都是我的老师，他们对我的热情扶持至今让我不敢忘记。说起这些来都已是陈年往事了，只是因为现在要给别人校稿才引起我对过去的怀念。近二十年，国内出版事业蓬勃发展，大量引进外国文学作品，有些出版单位以"只争朝夕"的精神翻译出书，校阅工作大为削弱，甚至可有可无。其结果是，书虽然出多了，质量却没有跟上去。俗话说："萝卜多了不洗泥。"既然发展是硬道理，大势所趋，只能委屈外国文学爱好者吃几口带泥的萝卜了。

以上所写其实是"多余的话"，之所以啰唆一通是因为这同我校改《布赖顿棒糖》多少有些关系。2006 年夏天，上海译文出版社同我联系，告诉我他们计划出版几本格雷厄姆·格林的书，其中就有《布赖顿棒糖》这部宗教小说。"棒糖"那时候还叫"硬糖"，我捡出十几年前写的一篇短文《异域拾英两则》寄去，一则讲的就是《布赖顿棒糖》。这本小说以替一家报纸做广告宣传的办事员海尔被谋杀做楔子，引入故事正文。小说并未明白交代海尔被谋害的细节，但毫无疑问，他是叫人用一根硬棒糖插进喉咙毙命的。"棒糖"最早曾有人译为"岩石"，显然错误。其实只要查阅任何一本较详尽的英语词典就能弄清楚，rock 一词除有"岩石、石块"的意义外，也指"硬糖"（一般是圆锥形，常带薄荷味儿[1]）。硬糖可能是糖球或糖块，都难做杀人凶器。只有"棒棒糖"才能塞进嗓子眼里杀人。我写的那篇短文除了"正名"外还谈了些与格林这部名著无关的事。我去布赖顿是想看看这座已成为小说背景的消闲城市到底是什么样子。初读《布赖顿棒糖》我是以看侦探小说的心情匆匆翻阅的，读后的第一感觉是"不太过瘾"——没有"疑云密布"，也没有侦探为破解谜团"绞尽脑汁""辛苦奔走"，更无"警匪斗法"。这也难怪，因为《布赖顿棒糖》根本不是一本侦探小说。这是一本以探讨"心灵中一个奇怪、狂暴、鄙陋地区"[2]为主题的宗教小说，对我这样一个没有宗教信仰、对天堂和地狱漠不关心的人来说，自然有些格格不入。后来

---

① 可查《简明牛津词典》rock 一词第 3 个释义。

② 见格林《逃避之路》第二章，第四节。

还是在翻译格林自传，读到他的一句自我表白："熟悉某一类人的精神状态要比了解一个国家需要更长时间"①，才对这位大师从写侦探小说转写宗教小说的良苦用心有一些了解。格林奉以为师的亨利·詹姆斯也认为小说应该集中描写性格，不必在故事上多费心思。虽然如此，我喜欢《布赖顿棒糖》仍是格林认为本来应该有勇气删掉的前50页②。这里面既有故事，又有人物，而且人物被安置在一个引人入胜的场所。说也奇怪，我读格林常常被小说开篇吸引住。《问题的核心》中威尔逊坐在一家旅馆阳台上，呈现在他眼前的弗利敦港口景象。《权力与荣耀》中醉醺醺的牙医坦奇走到码头上去取罐装乙醚。《一个自行发完病毒的病例》中一艘非洲内河小轮船上的孤独旅客，他在日记上写了一句模仿笛卡儿的话："因为我感到不舒适，所以我是存在的。"……这些小说的开始篇章读后就在我脑子里定格，逼迫我不停地读下去。这样一个人，身处这样的情景中，以后还会发生些什么事呢？

话已扯远，再回到《布赖顿棒糖》的译本上。我建议译文出版社找一部姚锦清的译本。姚是我20世纪80年代初在语言学院教翻译课的学生。毕业前在翻译上就已崭露头角。我给学生介绍了弗吉尼亚·伍尔夫的意识流代表作《墙上的斑点》和《克尤植物园》，后来他就把这两篇都译成很不错的中文。当时我国老翻译家冯亦代先生正在为花城出版社编一份外国文学刊物。姚的译文都在上面发表了。以后姚又先后译了美国侦探小说雷蒙·昌德勒的《小妹妹》和这本《布赖顿棒糖》，多半也是受了我的一点影响。后一本书出版时，我正在国外，没有读到。我相信他的译笔不错，于

---

① 见格林《逃避之路》第二章，第四节。

② 同上。

是叫出版社找一本看看。几周后，书寄来了，但不是姚的译本，是另外一位翻译家的大手笔。我翻了翻，感觉很不够味儿。再对照原文看了几页，就决定不必往后读了。我仍然请出版社费心找找姚锦清的译本。这回找对了，这本书编在冯亦代主编的"兔子丛书"中，1987年由浙江文艺出版社出版。英文本和中文译本都摆在桌子上，我开始对照一句句读下去。读了两三章后，我认为已可对译文做出评价。这是一部合格的翻译。译者对英文理解准确，译文严谨，顺畅可读。唯一的瑕疵——如果必须挑剔的话——是译者为经验所限（翻译这本书时，姚锦清还是一个二十几岁的年轻人），有时过于拘泥原文，不敢大胆变通，另外又有个别地方，译文须要收敛一些，不应太放开。但这是任何一个走上文学翻译之路的人爱犯的通病，不该指摘。我再次同出版社联系，建议他们不必再找人重译，我愿意把姚译加工修改一下，再版出书。就这样我就承担了一项既有义务做又需要花费不少精力才能完成的工作。

应该说，我有不少为别人改稿的经验。小至给学生改翻译练习，大至为别人定稿出书。冯亦代先主编《外国文学译丛》时，我给他当了两年助手，每期都要看、改四五篇译稿。从我的经验看，校改工作大致可分为两个层次。第一层次——必要的，也是简单的——是改正译文中错误。当然了，这还要看改稿人的语言、文化水平，有无挑错本领。第二层次较深，从为译者选择更恰当的词语到修改、润色语句，前一项工作看似简单，实际上却同自己翻译没有差别。为找一个合适的词有时要搜索枯肠、绞尽脑汁，正像鲁迅先生比喻寻找一把开启箱子的钥匙那样困难。后一项更多地牵涉"直译"和"意译"问题。改译稿与改文章不同，不只要理顺句子，而且要照顾原作风格。另外还须注意，每个译者都有自己的独特文风，改不改，改多少，也要谨慎对待，不能越俎代庖。以姚译的这本书为例，他喜欢用"啥"字代替"什么"，用"娘"字代替"妈妈"。我认为还是不用方言为好，"啥"和"娘"也不是社会下层人的用语，所以我还是改过来了。但这只是一个简单的例子，重要的仍是"直译"和"意译"问题。偏重"直译"，译文会流于晦涩，"意译"过分，又损害了原著的生动与鲜明。如何把两者调节好，是对译者能否把握合适的分寸（或称火候）的考验。但这是理想的翻译境界，很少人能够做到。

我校改《布赖顿棒糖》，绝大部分是在第二层次上下功夫。属于第一层次的纠错，除了格林在1970年再版选集自己更改过的不多带歧视意味的词（如"犹太女人""黑家伙"等）[1]和一两个人名需要做相应改动外，译者误译的地方实在不多。有些词语我做了改动，也可能是由于我和译者对原文理解不同并非原译绝对错误。下面略举几个例子。小说开始，海尔要带艾达外出，酒吧里的人都劝艾达别跟这个陌生人走。艾达说："I wouldn't trust myself."姚译是"我可不上当"。我的理解是"我可把握不住自己啦"。我想"trust oneself"不会有"上当"的意思吧。另一处当宾基掏出20镑钱给他的律师普瑞维特，叫他远走高飞时，律师说："It would go only a little way."我想这句话的意思应该是："20镑钱花不了多久"，而不是姚译的"只能跑一点路"。还有一些译文，我认为选词不够恰当，也做了改动。这应属于改编的第二层次。比如，作者描写艾达，说她"……有点羞怯，有点朴实，其乐陶陶"（a bit sly, a bit earthy, having a good time），我怀疑原文shy可能是sly之误，因为艾达性格并不羞涩，而是开朗，爱耍些小聪明，所以我大胆改成"狡黠"。"朴实"同"其乐陶陶"也不恰当，

---

[1] 参见英文本序言。

这里不该突然出现一个半文半白的词语，我改为"有点狡黠，有点世俗，要享受点人生"。另一处艾达吹嘘自己不论做什么事总要干到底。姚译作"钉住不放"。有人得罪了她，她"钉住不放"；她自己干一件事，"钉住不放"。我的修改是：对某些人"她不会轻饶他们"，做一件事"她要干就干到底"。另一处，在小说开始，宾基与海尔对话，"他（宾基）突然咯咯一笑，好像是刚刚悟出一桩丑闻的要害似的"。我把后半句改为"好像是刚刚弄明白为什么一个黄色笑话这么逗乐似的"。

说老实话，给别人看稿是一件头疼的事。这不同于当年我和老友董乐山互校译稿，遇到疑难的地方会互相商量或甚至争论，弄个水落石出。如果以高人一筹的姿态给人改稿，落笔即成定局，我自己总是嘀嘀咕咕，生怕自己改得并不好，或甚至把对的给改错了。这是我的牢骚话，但也是真心话。只有一点我心里比较有底，我很注意译文的语言风格。我不是一般地反对译文中夹杂有文言成分和四字成语，只是觉得翻译现当代作品应该非常谨慎。说一个卖手表的小贩"动辄恼怒"就不如说大白话"动不动就发脾气"好，说一个人"郁郁寡欢"地把报纸一摔不如说"好像怀着怨气似的"把报纸一摔。若干年前，我写过一篇短评，批评《问题的核心》一书的台湾译本（书名为《事情的真相》）译文走入误区。我提出了一些可商榷译例。一个印度占卦人不该译为"算命先生"，小镇上的房产主 wealthy and guilty 不该译为"为富不仁"，另外译者滥用"汗颜"、"恋栈"、"挂齿"、"强邻压境"、"波及无辜"等陈旧词汇，也是弊病。或许台湾的翻译界同人比我们更迷恋古汉语，但用这些词翻译格林作品显然是不对的。特别应该注意的是小说中人物说话时使用的语言必须同他的身份、地位甚至性格相符。姚译本文中宾基有一次对罗斯说了句话，英文虽然用了一个成语，但我觉得姚的译文就有些过头。为了哄骗罗斯的爱情，宾基说："We suit each other down to the ground."姚译为："咱们是天生的一对，地造的一双。"这样说是不是有失油滑，不适合宾基性格？倒不如译得平淡一点儿，"咱们两个人在一起再合适不过了"更为妥帖。与此相关的是人物的职业名称：旅馆中的 boy 是"童仆"、"小厮"还是"服务生"？餐馆里的"waitress"是"女侍"、"女服务员"，还是"女招待"？都需要慎重对待。我自己也拿不定主意的是英语里的一个盗匪行话 bogies 是否就译作"雷子"？英文本序言中说艾达是个 demimondaine，如何翻译也叫我挠头，在我们社会里大概还没有这个行当，至少还没有给吃这行饭的女人起过什么名字（艾达还称不上"交际花"，再说"交际花"也不一定依"交际"为生）。我看改译本花了足足两个月时间，改的地方不少，但是否改得比原来更好一点，我不敢说。还是叫出版社和读者（如果这本书能够顺利出版）去评论吧。

最后要说的是，本书译者，一度与我有师生之谊的姚锦清君自从 20 世纪 80 年代末去加拿大同我就失去联系。我向译文出版社推荐他的这个译本后曾经托他旧日同学打听他的消息。据说，有人从因特网上查到他曾在渥太华《中华导报》（*Canada China News*）当过总编，但是我托人发过两封电子信件，始终没有回音。没有经他允许我就贸然改动他的译作，希望能得到他的原谅。我盼望着有一天他能看到这部校改后的译本，能够同我在信中或更好是像二十几年前那样，同我坐在一起讨论一下我的改动有没有不妥当或错误的地方。他完全有权利恢复译本原貌。

（2007 年）

外国惊险小说漫谈[①]

惊险小说是今天国外拥有最广大读者的一个文学品种。英美两国每年出版的小说，估计有四分之一是犯罪—侦探—间谍小说。在法国，据最近《法国在读书》做的一次调查报告，喜欢读侦探小说的占全体读者的百分之三十五。第二次世界大战后，日本也掀起了推理小说的热潮，1977年推理小说的销售量达到两千万册。尽管在大多数文学评论者眼里，惊险小说只是一种消闲、娱乐作品，不属于严肃的文学，但是世界各国不少知名的作家，却在这方面显过身手，并试图利用这种形式，表现严肃的主题。从毛姆到格雷厄姆·格林，从马克·吐温到福克纳，都写过远远超过商业化惊险小说水平的间谍、侦探作品。瑞士当代著名的戏剧家、小说家杜仑马特，不只写了非常出色的犯罪、侦探小说，还公开声称，反映犯罪问题是研究社会的唯一有效的方法。他的话说得可能有些绝对化，但是我们不能不承认，要想认识今天的西方世界，要想了解资本主义社会面貌和人民心理，惊险小说确实为我们提供了许多材料。第二次世界大战后，从侦探小说衍生出来的间谍小说在西方大为流行，出现了一批红极一时的间谍小说作家。其中有不少优秀作品，不仅情节曲折、紧张，构思严密，而且在一定程度上暴露了华约与北约国家间的钩心斗角的间谍战，

[①] 1978年，我应上海某出版社之约，主编了一部三卷本《外国当代惊险小说选集》，于1979—1981年出版。此文为该书代序。

反映出争夺世界霸权的激烈斗争。

在惊险小说这个总名称下，包括犯罪、侦探、追捕、间谍、推理等性质和题材不完全相同的各个品种。在西方专论这类作品的论著中，名称并不一致，更无细致的分类。但是所有这类作品，起源最早的还是纯以侦查、破案为内容的侦探小说；从某种意义上讲，其他品种都可以说是侦探小说的变种，不论作品的布局（提出一个悬案再一步步地进行解决，或者先把悬案的解决摆出来再追溯故事的发生等）、写作的手法（故布疑阵、逻辑推理、一环扣一环的紧张情节、时间、地点所起的关键作用等）或是主人公的刻画（英雄式的人物，英雄＋流浪汉或海盗式的人物，用一个有些傻气的助手衬托破案主角的精明等），都是从侦探小说脱胎、演变而来的。为了了解国外现代惊险小说的大概情况，不妨先对侦探小说的兴起和发展做一个简单的回顾。

1794年英国出了一部名叫《卡列布·威廉斯》的长篇小说，写一个出身寒微的年轻人，发现自己的主人几年前曾经杀害了一个邻居，并使一个无辜的佃户和他的儿子蒙受不白之冤，被处绞刑。主人害怕自己的秘密被泄露出去，便对这个年轻人百般迫害。这部小说共分三卷，采用了倒叙的写法，第一卷首先描写的是对年轻人进行紧张的追捕的场面。《卡列布·威廉斯》的作者威廉·戈德温是当时英国激进运动的一个领袖人物，他写这部小说原意是要阐明法律和政治制度的不公正，宣传自己的无政府主义观点，但这本政治性小说却奏出了侦探小说的几个基调——既有谋杀，又有侦查，追捕故事也是后来惊险小说惯用的一个模式。先写结果，再追溯事件起因，更是侦探小说经常采用的结构。因此，有人把《卡列布·威廉斯》看作第一部侦探小说。但是讲到侦探小说的鼻祖，现在公认的意见还是19世纪上半叶美国作家艾德加·爱伦·坡。

爱伦·坡是第一个以谋杀和破案为小说主题的作家，他写的这类短篇小说有《莫格街的谋杀案》《玛丽·罗杰特神秘案件》《被盗窃的信》《金甲虫》和《你就是杀人凶手》等五篇。有趣的是，这五个短篇恰好为后来侦探故事建立了五种常用的模式。《莫格街的谋杀案》写的是一间门窗紧锁的房间里发生的杀人案；《被盗窃的信》提出为人人忽略的事物常常是破案的关键；《玛丽·罗杰特神秘案件》为后来根据文字或口述材料，运用严密推理破案的小说（这种侦探在西方被称作"坐在安乐椅上的侦探"）创立了先例；《金甲虫》写的是解译密码文字；在《你就是杀人凶手》里既有诬陷，又有侦查，最后还巧妙地安排了死人说话的心理战。在这五篇故事中，有三篇破案的主人公是业余侦探杜宾。爱伦·坡不只创造了这个头脑非常聪慧、性格有些浪漫的超人式的英雄，还把故事的记述者有意写得有些呆滞，作为陪衬。这种以聪明的侦探和愚鲁的助手构成一对搭档的手法，为后来许多侦探小说作家所沿用。不论是柯南·道尔笔下的福尔摩斯和华生医生，克里斯蒂创造的波洛和黑斯廷斯上尉，还是艾勒里·奎恩同他的父亲老奎恩，都可以说是沿袭了爱伦·坡的这一对比的手法。这种写法，不仅能把故事交代清楚，把侦探的思路阐述明白，同时也大大提高了破案人的聪明和机智。当然，爱伦·坡绝不会承认他是个侦探小说家，更是做梦也不会想到他开创的这个文学品种今天竟发展到如此声势浩大的地步。但是，他的这些作品对后世侦探小说的影响确是不容忽视的。

1870年英国实施了教育改革法案，原来无权学习文化的下层群众取得了受教育的机会，这就出现了威尔基·柯林斯在1858年预言的数目众多的"未来的读者"。与此同时，由于印刷技术的发展，长篇小说必须由三卷汇合成编的传统废弃了，出版商大量印刷售价低廉的单卷本小说，而且为了适合群众的购买力，还常把一部长篇作品逐月分期刊印，通俗小报和期刊更如雨后春笋，纷纷创刊。这一切都大大繁荣了通俗文学。英国现实主义伟大作家狄更斯的《荒凉山庄》（一部颇具侦探小说味道的严肃作品）和柯林斯的《月亮宝石》（一部对后来影响极大的真正侦探小说），最初便都是以分章付印的形式出版的。在这两部作品中，都出现了警察的形象。《荒凉山庄》中的探长巴凯特，深通盗匪内幕，为人机智而富于同情心，是狄更斯心目中英国警官的形象；《月亮宝石》中的警官卡夫是侦破被盗的宝石的英雄，据说这个人物是柯林斯根据英国警察厅刑事部一个真实人物塑造的。警察以正面形象出现在文学作品中，既标志着人民心理的变化，也反映了当时的一个事实。原来早期的侦探和警察，不论是在英国或法国，不是洗手不干的匪徒，就是与盗匪有勾结的可疑人物，人民对他们是不信任的。直至19世纪中期，在伦敦、纽约、巴黎和其他一些城市，才陆续成立了在政府控制下的警察厅和侦缉机构。从这时起，警察在人们心目中，逐渐成为社会治安、人民财产的维护者。甚至在对警察有传统厌恶情绪的法国（雨果的《悲惨世界》中的警察沙威尽管代表法律却极为人们所嫌恶），也出现了第一个写警察破案的侦探小说家艾米尔·卡波留。

讲到在世界范围内流传最广、影响最深的早期侦探小说，自然要数英国柯南·道尔的福尔摩斯探案。柯南·道尔一共写了四个长篇和六十几个短篇。最初写的两个长篇《血字的研究》和《四签名》，并没有获得很大成功。直到1891年在销路达三十万份的一本休闲杂志陆续发表福尔摩斯短篇侦探故事以后，才风靡一时。根据柯南·道尔写的回忆录，福尔摩斯这一具有科学头脑的大侦探形象，是根据他在爱丁堡读书时的一位老教授——约赛夫·贝尔为原型创造出来的。约赛夫·贝尔头脑敏捷，善于推理。在他给病人诊病时，不等病人张口，他便能根据自己敏锐的观察力给病人诊断，并猜测出病人的国籍、职业和其他特征。柯南·道尔进一步发挥了贝尔教授的特点，赋予夏洛克·福尔摩斯以非常富于个性的独特性格，通过他生活上种种细小的癖性和习惯，创造出一个血肉比较丰满的侦探形象。直到今天，福尔摩斯诞生一百多年以后，他对人们的魅力仍然不衰，柯南·道尔的作品仍然吸引着千千万万的读者。福尔摩斯探案所以获得这样大的成功，从写作艺术上讲，也许可以归结到三个方面。一是作者善于构思和布局，每一篇故事都有曲折的情节。作者根据故事发展，巧妙地安排结构，引人入胜。二是作者善于描写场景、制造气氛，投合了读者追求刺激和耸动的心理。作者笔下的场景常常既是人们熟悉的现实世界，又写得阴森恐怖，惊险离奇，给读者以身临其境的感觉。三是塑造了福尔摩斯这个既是科学家又是侦探，既是绅士又是超人英雄的艺术形象。读者一方面感到福尔摩斯进行的各种侦探活动合乎逻辑、入情入理，是一个可信的现实人物，另一方面又为他的超人智慧和英勇冒险行为所吸引，把他看作是一个了不起的英雄。此外，福尔摩斯侦探案所以能风靡一时，还不能忽略当时的社会条件。在福尔摩斯诞生的时候，一个拥有资财和闲暇时间读书消遣的中产阶级已开始在英国形成，他们需要一个能够保护自己财产和地位、惩罚破坏社会安定的力量，福尔摩斯就是代表这一势力的超人英雄；他们也需要读到罪恶受到惩罚、正义得以伸张，既给他们带来惊悸恐怖，又使他们得到快感和满足的文学作品。福尔摩斯侦探案可以说是应运而生。但作者柯南·道尔并没有把他写的这些探案小说放在很高的文学地位，他的真正兴趣在于创作历史小说。为了不妨碍自己的"真正事业"，他还一度把福尔摩斯处决，打算就此搁笔。但是广大读者却不愿意他这样做，为福尔摩斯说情的信件从国内国外像雪片似的飞来，柯南·道尔在停止写作十年之后，在 1903 年终于又让福尔摩斯复活了，他的名声至今也建筑在他并不太心甘情愿写出的这些探案小说上。

自从福尔摩斯探案问世并大获成功以后，模仿者风起云涌。有的把福尔摩斯的逻辑推理绝对化，使破案的侦探成为一架"思想机器"（美国侦探小说家雅克·富特雷尔笔下的凡·杜森教授刚刚学会下棋的规则，便运用他神奇的逻辑推理能力在三十步棋内击败了一位象棋世界冠军。这位凡·杜森教授的绰号就叫"思想机器"）；有的故意同福尔摩斯开玩笑，做了类似翻案的文章，叫一个大侦探经过精心侦查严密推理得出的结论最后被证明是错误的（E.C. 本特里的《纯特的最后一个案件》就是这样一部作品）；也还有的撇开推理和物质线索，利用直觉或对罪犯的品性的观察进行破案（这便是写严肃文学的英国作家 G.K. 柴斯特尔顿创作的一套以天主教神父布朗恩为主角的短篇侦探故事）。在第一次到第二次世界大战期间所谓侦探小说的"黄金时代"，英美两国出现了数以千计的侦探小说。阅读侦探故事已不光是有闲阶级的一种消遣，下层阶级的人也竞相阅读。这时，早期这类作品中的浪漫主义气息逐渐消失，谋杀案成为每一部小说必不可少的因素。但是在这些作品中被谋杀者大部分只是一个符号，人们关心的不再是是非、善恶的斗争，而是一桩疑案如何侦破。如果说柯南·道尔不只精心安排故事情节，而且真心相信破案的科学手段（一个例证是，他自己就花费大量时间和精力，运用推理推翻了两例判决错误的案件），那么，"黄金时代"大多数作家却只把他们的创作当作娱乐读者的猜谜游戏。尽管早期作品中那种闹剧式的场景、夸大的语言、性格乖戾的恶汉或阴险狡诈的外国奸细和"劣等"民族，这时已经逐渐消失，但它们中的大多数，远不是反映现实的作品。二三十年代国际国内的主要矛盾：不论席卷欧美的经济危机也好，工人失业和罢工也好，法西斯登台执政也好，风雨欲来的欧洲局势也好，都没有进入"黄金时代"的作品中来。它们只是作家比赛智慧的场地，只是为读者消闲解闷的迷宫式的游戏。有人把这一时期的侦探小说冠以"舒适的"这个形容词，不是没有道理的。

从体裁和技巧上看，这一时期侦探小说有两个特点：一是短篇故事逐渐为长篇小说所取代，一是这类小说逐渐确定了一定的格式。1928年英国成立了一个"侦探小说作家俱乐部"，订立了作家们必须遵从的一些规律（例如小说家不能向读者隐瞒线索，不能靠"神意"、"直觉"、"偶然事件"破案，等等），其目的无非是使这种作者与读者间进行的"游戏"更"公平合理"一些，对侦探小说的创作并没有起到什么推动作用。"黄金时代"的侦探小说家数目众多，风格也各不相同。其中有些作家，如英国的阿加莎·克里斯蒂、陶洛赛·赛伊尔斯、玛嘉莉·阿灵厄姆、爱德蒙·克利斯宾，美国的艾勒里·奎恩、厄尔·斯坦利·加德纳、约翰·狄克逊·卡尔（一名克特尔·狄克逊）等人至今仍拥有广大的读者。

"黄金时代"的侦探小说家有不少人想使自己的作品在形式和内容上有所突破，并做了各种尝试。但是能够在某种程度上反映现实、接近真正文学的作品，还是美国三四十年代出现的"硬汉"

派侦探小说。这些侦探所以被叫作"硬汉"是因为他们侦查破案更多借助于拳头和手枪。这些作品里充满了凶杀、殴打的场面，无论在叙述故事和人物刻画上，与传统的侦探作品都有很大不同。这一派作品在一定程度上反映了社会现实。第一次世界大战后，世界范围的经济萧条对美国打击很深，工人失业，生活贫困，加以政府实施禁酒法措施失当，官吏贪污腐化，更加深了社会的动荡不安。这些现象在美国最优秀的侦探、犯罪小说中都有所反映；作者力图把侦探小说提高到严肃文学的水平，而且取得了一定的成绩。其中最有名的两位作家是达谢尔·哈梅特和雷蒙德·昌德勒。这两人在思想上都比较激进（哈梅特在麦卡锡主义猖獗的日子里，曾因受一美共组织的牵连，被判六年徒刑），对官吏、警察的腐败，黑社会盗匪头子的祸害，他非常愤恨。他们的创作态度比较严肃，在作品里为读者勾画出了当时美国社会面貌的某些真实图景。在他们的作品中，人物不再是为情节需要而安排的 X、Y 数字，侦探本人也不是万能的英雄，他们有自己的弱点，也常常落入非常尴尬的处境。哈梅特小说中的侦探本身就是英雄＋盗匪的角色，昌德勒笔下的私人侦探菲利浦·马洛尽管人品非常正直，也是不断动用手枪出生入死的亡命徒。值得注意的是，在他们笔下，警察常常不再是法律的维护者，侦探也不再专门维护富人的利益。警察常与黑帮互相勾结，而黑帮为非作歹更常常有权势很高的腐败政客作为后台。作品中其他的人物也往往各有自己的性格，一般都刻画得有血有肉，能够给人以真实感。在语言风格方面，哈梅特和昌德勒也把侦探小说大大提高了一步。他们善于使用生动的对话，通过对话描写人物、推动故事发展。他们的作品很少冗长的叙述，文字洗练，情节进展有如银幕上一串快速推动的镜头。他们的文字风格颇有些接近同时代的美国文学家海明威和福克纳。哈梅特的《血腥的收获》（1929）、《玻璃钥匙》（1931），昌德勒的《小妹妹》（1949）、《永远再见了》（1949）等，不只是最优秀的侦探小说，而且是颇为出色的文学作品。可惜的是他们作品中的这一优秀传统后来并未得到继承。第二次世界大战后英美某些红极一时的侦探小说家，只沿袭了这类作品中的凶杀、殴打手法，而且夸大到接近虐待狂的凶残地步。为了吸引读者，又加上了某些黄色场面，而对于暴露社会黑暗的核心反被抛弃了。英国的杰姆斯·亥德利·柴斯和美国的米凯·斯皮兰可以说是这类宣扬暴力的侦探小说家的代表。

在英国以外，还有其他国家的一些作家也力图把犯罪、侦探小说提高到文学水平。法国的乔治·西麦农和用德语写作的瑞士作家弗里德利希·杜仑马特是这类作家中的佼佼者。这两个作家都是既写严肃文学作品，也写侦探小说，西麦农更以侦探小说家知名。西麦农原籍比利时，30 年代就从事创作。他写的以麦格雷探长为破案主角的侦探小说已出版了七十余部，翻译成几十种文字，在国际上享有盛名。这个善于等待时机、运用无限耐心进行侦查的麦格雷探长，口里含着烟斗，奔波在巴黎市街、法国小镇和乡村小火车站之间。通过侦查破案的故事，西麦农呈现给读者一幅幅法国的风土画。在他的作品里，人物、背景、或晴或雨的天气，同整个故事融合成一体。他的作品尽管也写了谋杀和破案，但主要表现的却是人类犯罪的问题和罪犯的心理活动，在西方侦探小说中可说是独树一帜。

弗里德利希·杜仑马特是瑞士籍当代著名作家。除了戏剧小说外，他也写犯罪小说，最有名的是两个中篇《法官和他的刽子手》《抛锚》和长篇《诺言》。杜仑马特利用侦探、犯罪小说的形式揭露资本主义社会的一些本质问题，对资本主义社会中犯罪和道德等问题进行了探索，故事情节既紧张，内容又比较深刻，为当代侦探小说开辟了一条新的途径。

间谍小说是惊险文学中的一个分支，在结构和手法上和侦探小说紧密相连。事实上是，一个重大谋杀或盗窃案件如果不仅是出于个人的目的，而被赋予一个更为重大的动机，牵涉到维护国家利益的民族情绪，再加上势力庞大的国际斗争作为背景，当然会比纯粹的谋杀案更能吸引读者。早在福尔摩斯探案中，就出现了间谍的题材，但真正的间谍小说，问世却比较晚。在第一次世界大战中曾任英国情报官的欧斯金·柴尔德斯，在 1903 年写了《沙之谜》，可以说是第一部间谍小说。第一次世界大战后的英国间谍小说具有强烈的民族主义色彩，作者也大都持有极右的政治观点。在这类作品中，是非界线非常鲜明，坏蛋照例是外国人。曾任加拿大总督的约翰·布坎和笔名萨卜的亥尔曼·西利尔·玛克奈尔是两个有代表性的间谍小说作家。布坎写的间谍小说更像是惊险故事，其代表作《三十九步》就是一部紧张的追捕故事。萨卜写了一套《猛犬特伦蒙德》故事，描写特伦蒙德如何与旨在颠覆英国的外国间谍斗法，情节紧张。但他的作品只是一味迎合读者追求刺激的心理，艺术水平实在不高。以威廉·萨默塞特·毛姆和艾里克·安布勒为代表的另一派英国间谍小说保持了现实主义的传统，他们摒弃了浪漫的爱国主义，并不把间谍活动看作是什么维护国家利益的了不起的英雄事业。在他们笔下，间谍又恢复了普通人的本来面目。毛姆第一次世界大战中曾在英国情报部门中工作，他根据自己的经验，创作了几个《艾兴顿》故事，不以情节取胜，而着重刻画人物的心理活动。毛姆对间谍活动的冷静、超然态度为后来的安布勒·勒卡雷等作家开辟了一条现实主义的道路。具有"左"倾立场的安布勒在《第米特里奥斯的面具》中，怀着很大的同情心描写一个希腊共产党员的活动；在《一个间谍的墓志铭》中写一个人物从社会民主主义者皈依了共产主义。他曾借助作品中一个人物之口表达了自己对战争和间谍冷战的看法："那些有力量打破（国际势力）均衡的人，那些操纵大量资财和货币价值的人创造了战争；为了个人私欲，他们创造了孕育着战争的社会和经济条件。"

第二次世界大战和战后年代里，英国爱国主义情绪高涨，又出现了以依恩·弗莱明为代表的一批继承布坎—萨卜传统的作家。弗莱明创作了十一部间谍小说，代号"007"的间谍詹姆斯·邦德是一个杀人不眨眼的超人式的英雄，是《猛犬特伦蒙德》在50年代的翻版。由于邦德提供了别具一格的新的刺激，给战后的清教徒气氛带来了对肉体欢乐、虐待狂和被虐待狂的讴歌，所以成了轰动一时的人物。自1962年起，弗莱明的小说被陆续改编为电影，影响更大，连市场上许多商品都印上了邦德的代号。

另一方面，继承毛姆—安布勒传统的也有英国现代知名作家格雷厄姆·格林和后来专写间谍小说的约翰·勒卡雷。格林自称他的惊险小说是"消遣作品"，他对间谍斗争采取了冷嘲热讽的态度。在他的笔下，惊险故事的形式常常蕴含着一个严肃的核心。《沉静的美国人》（1955）揭露了一个在越南从事特务工作的美国间谍的伪善面目。成为1978年畅销书的《人的因素》一书通过最后成为叛徒的一个英国间谍的故事，揭露了肮脏的国际间谍活动和英国情报机构的阴险和丑恶（"这些人一边狼吞虎咽烟熏鳟鱼一边谋划如何杀自己的同僚！"）。勒卡雷1963年发表了《冷落后复出的间谍》一举成名。他根据50年代震动英国的几桩苏联间谍案件揭露了间谍战的残酷无情，间谍纯粹沦为这种冷战的工具。勒卡雷后来写的《锅匠、裁缝、士兵、间谍》（1974）和《香港谍影》（原名《一个可尊敬的小学生》，1978）也获得了很大成功。

除了上述一些作家外，六七十年代有名的间谍小说作家还有英国的兰·戴顿，弗雷德里·福赛斯，美国的阿里斯特·麦克林和1951年加入美国籍的女作家海伦·麦克英纳斯等。麦克英纳斯的《恐怖的前奏》和麦克林的《再见吧，加利福尼亚》都被列为美国1978年的畅销书。

第二次世界大战后，日本盛行的"推理小说"，实际上也就是侦探小说。当时，一部分作家认为向来的侦探小说只追求惊险、猎奇，贬低了文学价值，所以提出了应重视作品艺术性问题。小说家木木高太郎提出改用"推理小说"这个名称，但一时未被接受。直到日本实行文字改革，减少常用汉字，"侦"字被取消后，推理小说这个名称才流行起来。

日本推理小说的发展可分为三个时期。1923年日本创刊第一本侦探小说杂志《新青年》，是第一、第二时期的分界线。在这以前日本一些通俗文学家大量译述了西方侦探作品，少数作家也尝试写了一些侦探故事性质的作品。自从《新青年》创刊，江户川乱步（真名是开井太郎，笔名的日本读音即艾德加·爱伦·坡的谐音）发表了《两分钱铜币》，日本侦探小说开始走上自己的道路。正像西方两次世界大战间的侦探小说"黄金时代"一样，从1923年到第二次世界大战，日本这一阶段也有"侦探时代"的名称。当时日本侦探小说主要有两个流派：一是以逻辑推理为特征的本格派（即正统派），代表作家有江户川乱步、角田喜久雄等；一是以科学幻想、变态心理、阴森恐怖和荒诞离奇为特点的变格派，以横沟正史、木木高太郎等作家为代表。这时，日本各流派对侦探小说的内容、定义争论很多，但推理小说奠基人江户川乱步所下的定义还是有权威性的。他认为：侦探小说应该是运用推理逐次拨开疑云迷雾，去疑解惑，描写侦破案件的过程，并以情节引人入胜。

第二次世界大战后，推理小说又有了新的发展。随着战后年代日本社会、政治、经济的变化，推理小说也开始密切地反映社会现实。被称为"社会派"推理小说作家的松本清张、水上勉等人，力图在广阔的社会背景中展开故事情节，作品具有明显的现实主义倾向。60年代崛起的森村诚一既尊重本格派的传统，又重视社会派的特点，把推理小说向前推进了一步。生岛治郎等作家则接受了美国达谢尔·哈梅特的影响，作品富于真实感，有浓厚的生活气息。总起来说，日本战后推理小说固然不乏描写黄色和暴力的渣滓，但是一些优秀的作品却真实地反映了资本主义社会的黑暗面：政治上的丑闻、高级官僚和大企业家的腐败、社会上的暴力组织等等丑恶现象。在思想性和艺术性上，这些作品也不断创新、提高，使推理小说日渐成为日本广大读者喜爱的文学形式之一。

惊险小说不仅具有长久的传统，而且日益成为广大读者喜爱的一种文学形式。这种文学形式虽然主要是为了消遣娱乐，但在消遣娱乐中，却锻炼了读者的思考能力，提供了许多方面的知识，对生活于不同社会制度和风俗习惯中的人民相互了解起了沟通作用。这种文学形式也完全可以运用于表现严肃的主题，探索和揭露社会生活中的重大问题。今天虽仍有不少人对这种文学怀有偏见，但事实证明，它已越来越受到社会的重视。美国现今已有一些大学设置了侦探小说写作课程；英国广播公司在1978年连续广播犯罪小说讲座，并把讲稿汇集成书；日本文坛不仅早已成立了推理小说作家协会，而且设置了鼓励佳作的文学奖金。1978年美国侦探小说作家组织召开了"第二届国际侦探小说作家大会"，参加者有东西方作家三百余人。这一切都标志着这一文学品种的生命力。

编选《外国现代惊险小说选集》的意图，是想介绍一批比较优秀的这类作品，供我国文学爱好者和文学创作者阅读、借鉴。在这套选集里，编者无意也不可能完整地反映这类作品的历史演变和各个流派的面貌。但在选定篇目时，还是尽量考虑到作家作品的不同风格、技巧和手法，而文学性则是首先考虑的一个因素。由于编选者知识的局限和资料的缺乏，这套选集与既定的目标显然是有很大距离的。至于英美两国的作品在篇目中占压倒优势，则是反映了一个客观事实：犯罪、侦探、间谍小说不仅发源于这两个国家，而且它的市场至今仍几乎为这两个国家的作者所垄断。

（1979 年）

"译"然后知不足

自从我译的第一部外国文学作品——匈牙利剧本《战斗的洗礼》1954年在上海新文艺出版社出版，我在文学翻译这条颇不平坦的道路上已经颠踬了整整三十年了。三十年来，在教学的本职工作之外，利用节假日和业余时间，孜孜矻矻，倒也陆续译出了三四百万字东西来。但如果问我从事这么多年翻译，有什么体会，恐怕仍是我在1979年写的一篇文章中概括的一句话："一路颠顿竭蹶，风险频遇。"而且年纪愈是增长，愈感到捉襟见肘，笔不从心。近年来有时为年轻人看稿，往往一眼就看出译稿中的败笔，但如何改好，却常常踌躇终日，不敢落笔。总之，随着年轻时锐气的丧失，才愈感译事之难。1983年应《翻译通讯》编者的敦促，写了一篇供青年文学翻译工作者参考的文章①，提出有关翻译的几个问题。虽然内容大都是老生常谈，却先后接到一些读者来信，对其中一些提法和我进行探讨。现在结合这篇回溯自己翻译活动的文章，稍许举几个实例，再进行一些阐述。从某种意义上讲，也可以算对一些与我通信的年轻翻译工作者的答复。

我在给《翻译通讯》写的那篇文章中曾谈道："……在任何学科上想要自学成才，主要靠的是个人刻苦努力，需要一点儿锲而不舍的精神，另一方面，也要有合适的土壤，也需要灌溉和施

---

① 题为《新青年文学翻译工作者谈心》，载《翻译通讯》1983年第12期。该文未收入本书。

肥。"我自己谈不上多么刻苦，更缺乏锲而不舍的精神，但之所以能够踏进翻译的门槛，却多亏了几位良师益友的提携和帮助。另外，自然也由于我所处的环境给我提供了机会与方便。

从 50 年代初，我就担任了教外国人汉语的工作，使我不得不对汉语和两三种外语下了一点功夫。50 年代正是中国同苏联及东欧国家交往频繁的时期，在外国文学方面，国内除了译介大量俄罗斯和苏联文学外，也陆续翻译出版了波兰、匈牙利、保加利亚、罗马尼亚、捷克斯洛伐克等国家的作品。1951 年在清华大学成立了外国留学生班，最早来我国学习汉语的就是上述几个国家的学生。在我教的匈牙利留学生中，有一位中国名字叫高恩德的讲师，对文学颇有修养。1952 年夏高等院系调整，留学生班并入北京大学，高恩德协助我国老翻译家孙用增订补充了孙用早已翻译出版的《裴多菲诗四十首》。另一本匈牙利著名革命诗人尤若夫的《诗选》，就是我和高恩德译出初稿，再经孙用同志修改润色后出版的。高恩德精通德语，我在大学期间也学过一点德语。我们两人用德语交谈，没有什么语言隔阂。对尤若夫的诗作常常经过反复讨论，才用文字写出。孙用同志早年刻苦自学，踏上文学翻译的道路，对年轻人始终抱着诲人不倦的态度。他修改我和高恩德的译稿总是反复推敲，一字不苟。直到 1964 年我为上海新文艺出版社翻译德国 19 世纪革命诗歌二十首，孙用同志仍为我仔细润色译稿（此书后因"文化大革命"干扰未能出版）。我之能在翻译上迈出步子来，不能不归功于良师和益友（除了国际友人高恩德外，还有不少朋友给了我宝贵的帮助）。前文提到的匈牙利剧本《战斗的洗礼》，就是高恩德极力劝我把它译出来的。我不懂匈牙利文，但侥幸搞到了一个俄文译本。每译出一个段落，都经高恩德根据原文校对。其后我又陆续译了一部匈牙利剧本，一部匈牙利轻歌剧脚本（《小花牛》，1956年曾由中央实验歌剧院在北京演出）及若干短篇，都是从英语和德语转译的。

虽然翻译了几部作品，但是深深感到自己的缺陷。除了语言的障碍外，另外一个隔阂就是与中华民族文化迥异的另外一个民族的文化背景。以《战斗的洗礼》为例，书中有不少涉及天主教的文字，虽然勉强译出，但谬误甚多。剧本出版后，我的一个对天主教素有研究的老同学曾为我再次审阅，提出二十几条不合天主教习惯的词语。如"忏悔"应作"告解"，"节日"应作"瞻礼"，"圣女"应作"童贞女"，"做完礼拜"应作"望完弥撒"，"圣日"应作"主日"，等等。《战斗的洗礼》后来由作家出版社重版，我根据这位朋友的意见做了若干修改。这虽然只是个别词语的翻译，但如果不准确，就损害了原作的气氛。"翻译家必须是杂家"，这个口号吕叔湘先生在50年代初就提出过，早已引起翻译工作者的共鸣。但如何丰富知识，却是每一个搞翻译的人要为之奋斗终生的。通过第一个阶段的翻译实践，我的另一个体会是，由另外一种语言转译（或由精通原文的人口述翻译），不可避免地会使原著精粹的语言风格受到损伤，译者也常常会有"隔靴搔痒"之感。1956年我为了从德文译本转译一部波兰长篇小说（《一个人的道路》，1957年由作家出版社出版），曾发奋突击了一阵子波兰文，基本上达到了借助词典能看懂原文的程度。1957年以后决心专门致力于德国文学的翻译，学到的一点波兰语、匈牙利语就开始荒废了。我深深认识到自己的愚鲁，一门外语尚学不到家，所以也没有什么可惜的。

从"反右"直到"文化大革命"，我曾无尽无休地受到批判，原因就在于从1957年起，我开始认真地译了几部德国文学作品。托马斯·曼的《布登勃洛克一家》是在"大跃进"前后和"反右倾"运动间隙中偷时间译出的（1962 年由人民文学出版社出版）。亨利希·曼的《臣仆》着手翻译不久就赶上"阶级斗争月月讲、天天讲"的年月，完成时"文革"的暴风骤雨已快临头，稿子一直在出版社搁置了十余年才见到天日。在政治运动一浪高过一浪的年月中，要认真译一点东西（特别是长篇的）可真不容易，只能在风浪的间歇中偷一点时间。另一方面又惧于舆论的压力，只好采取瞒天过海的手段。我把要译的书籍拆散，夹在经典著作和笔记本里，在开不完的大小会和学习中间，偷偷觑一眼犯禁的东西，思索这个词、那个句子该如何处理。《臣仆》的大部分，《丹东之死》和两个德语中篇都是这样的违禁产物。

"史无前例的文化大革命"来了，一切事情都出了轨，我的小小的翻译事业自然也翻了车。一搁笔就是十年，等到再拿起笔来的时候，受到环境及条件的影响，我的翻译活动在方向和内容上也发生了变化，应该说这是我从事翻译的第三个时期了。

虽然我在"文革"前就被调到英语专业任教，但直到"四人帮"倒台以后，才获得重上讲台的权利。1978 年第一次为学生开设英译汉翻译课，迫使我临阵磨枪，匆匆翻阅一些介绍翻译理论和技巧的材料。又由于英语荒疏多年，除了给自己补课，尽可能阅读一些英文书外，还不得不自己动手译一点东西。既然要给学生讲授翻译知识，就不能不提供一些实例，而最好的例子莫过于亲自体验过的文字。

接受系领导分配给我的开翻译课的任务，我是多少有一点违心去做的。最主要的原因是，我认为培养翻译能力绝不是依靠在课堂上听老师讲一些条条道道所能做到的。只有通过大量实践，通过亲身体验，才能摸索出一条路子来（当然，这并不排除有经验的人加以指点）。其次，翻译活动是建筑在对两种语言的深厚的基础上的（且不谈还需要其他方面的素养），而多数学生在大学期间恐怕主要停留在语言学习的阶段。其结果，翻译课即使包含了一部分实践，也常常流于为学生讲解观点和修改不通顺的句子。如何改进翻译课，真正担负起培养翻译能力的任务，既不是这篇文章所能概括，也不是这里要讨论的内容。我之所以发了一些感慨，只不过想说明，自从当了翻译教师以后，我才逐渐注意到帮助年轻一代走上文学翻译道路的问题。从1978年起翻译界前辈冯亦代先生为广东主编现代外国文学译丛，我也有幸参加这一工作。除了协助选定一些英国文学选题以外，还陆续校改了一部分译稿。后来我自己也先后编了几本选集，并为几个年轻人审校了若干长短译稿。工作倒也做了一些，但最深刻的体会是：自己才疏力薄，难以胜任。按道理讲，这些稿件应该已经初步达到出版的水平；对英文理解的错误只是个别的，译文通顺可读，只需要略微加工润色。但正是这一最后工序才是整个翻译过程最吃重的工作。如何把一篇已经明白通顺的译文再提高一步，尽量体现原著的风格，这需要极高的手笔。说老实话，有时我宁愿另起炉灶，自己重新译过，而不愿意在原有的基础上修修补补。翻译并不是演算数学题，只有一个正确答案。有时一个词、一个句子会在译者脑子里引出几种可能的对应语。给别人看稿，我总是认为译者提出的不是最佳的选择，需要改稿的人挖空心思，代为寻找。如果说我在翻译的道路上早走了几年，辨识力稍微高一点儿，那我也不幸害了这类人易犯的通病——眼高手低，看别人的译稿不满意，而自己又无力为之改好。本来没有资格为人师，而职业上却逼得自己走上这条路，真是苦不堪言。

目前就在为一位年轻人看一部译稿，伊夫林·沃（Evelyn Waugh）的 *Decline and Fall*（因为尚未最后确定书名，暂时只写英文名字）。这是我向某个出版社推荐的作品，而且前几年还自己动手译了几个章节，现在由某君译完，自然义不容辞，要给全书定稿。应该说，这位年轻译者的中外文水平都已达到一定标准，但是我不得不向他指出，要成为一个有独立工作能力的文学翻译者，仍需要刻苦努力。在审校他的译稿时，我首先发现一点背离原文的，便是译文未能忠实体现不同人物的身份地位。小说的第一部背景是一所英国私立学校。人物有博士校长，有三个教师，一个是从牛津大学被斥退的大学生（书中主角），一个原来是牧师，另一个人是经历复杂、参加过战争的退役上尉；此外，还有一个当了管家的走江湖的骗子。显然，这些形形色色的人物的对话是不能用同一语体翻译的。此外，学校里的小学生语汇，开运动会时一位美国黑人来宾满嘴的美国英语，也各有特色。我们当然不能希望译者（更不要说年轻译者）一切都处理得很好，但起码他应该锻炼出辨识不同语域、语类的"慧眼"。讲到译稿中的错误，确实不多，主要仍是一些牵涉到文化背景知识的问题：兰纳巴城堡是一个 millowner（不是磨坊主，而是纱厂老板）在英国发生 cotton famine（不是棉花歉收，而是由于美国爆发内战、棉花无法出口，英国纺织厂产生了原料危机）时期，利用廉价劳动力修建的，校长穿了一件价值高昂的 charvat（不是沙瓦式样，而是沙瓦服装店的）睡衣，一个女孩子正在留声机上放 Cilbert and Sullivan（不是两个歌唱家，而是一个歌剧剧本作家、一个作曲家，两人在 19 世纪末、20 世纪初写了不少风靡一时的音乐喜剧）的唱片，桌子上摆着 champagne-cups（不是香槟酒杯子，而是一种香槟汽水）……这些问题有的多查几本辞书即可解决，有的却就连说本族语的英国人也不太清楚。譬如说，前边提到的那位上尉（姓格莱姆）因为在前线酗酒触犯了军法，幸而来审判他的人是个熟人，那人一见面就说："God bless my soul，if it isn't Grime of Podgers!"（"真见鬼啦，这不是波杰的格莱姆吗？"）Podger 究竟是地名还是人名？如果是人名，他同格莱姆又有什么关系？必须了解一点英国学校的情况才知道底细。原来在英国某些寄宿学校（多半是 public schools）里，男孩子分属于不同的 houses（可勉强译作寄宿舍），每个 house 有一位 house-master（也可勉强译作舍监、宿舍长），而 Podger 正是一位舍监的名字。弄清楚原文词语的正确含义已不容易，如何把它译成汉语有时更困难。由于两国文化背景不同，一个国家的一些特殊事物在另一个国家是没有对应语的。更要注意的是某些词的内涵意义（Connotative meaning），或者说，不同文化背景赋予一些词的特殊含义。也是在前文提到的那部译稿里，美国黑人的女友评论他说：It's only when he's on his best behaviour that he's so class-conscious，难道能从英汉词典硬搬，把 class-conscious 译作"有阶级觉悟"吗？我的年轻译者在这里又犯了个错误，正像我过去指出的另一个笑话：无所不知先生（Mr. Know-All）在轮船上帮助船员打扫卫生[①]。这些都是把国内情况及用语硬搬到外国人头上。

以上举的一些译例牵涉到词语对译、译文风格、两种文化差异等问题，实际上这些问题近年来已经引起不少翻译工作者注意，许多刊物都发表了探索的文章。这不只对中青年翻译工作者很有帮助，就是对一些较有经验的译者也有启迪作用。由于我们的外语知识不是在使用该语言的自然环境中掌握的，普遍的缺陷是缺

---

① 毛姆短篇故事 Mr. Know-All 中，讲一个乘海船旅客，帮助船员组织娱乐活动，其中一句原文是 "He managed the sweeps." sweeps 这里指抽彩赌博，一位译者却误为（帮助船员）打扫卫生。我在 1983 年写的一篇文章曾举此例。

乏语感，即在辨识外语的感情色彩、社会文化含义和语言风格上"眼力"还不够。对原文"吃不透"，自然要影响译文的质量。提高外语理解能力要下真功夫，途径也决非只有一个，根据我个人的经验，除了大量阅读原著外，学习一点儿语言学，从理性上提高我们对语言的认识，对翻译工作是很有好处的。语言学是一门内容非常庞杂的学科，探讨的领域极其广阔。我个人认为，与文学翻译关系比较密切的是语言风格学、语义学和社会语言学三门学科。这里不需要也不可能对这三门学科进行详细介绍，只就它们探讨的广阔领域中几个与文学翻译有关的问题，谈一下我的看法。

1. 词义问题。凡是从事翻译的人都承认理解（原文）是翻译的基础，语义学研究的对象是语言的意义，提出不少分析、理解语义——特别是词义——的理论和方法，开阔了我们的眼界。奈达的翻译理论就采用（并发挥）了语义学提出的词义成分分析法、语义场、语义层次等理论。在任何一种语言的全部词汇中都有一部分词具有两重意义：所指意义（referential meaning）与内涵意义（connotative meaning），这也是语义学着重研究的一个内容。"内涵意义"并不是一个恰当的译语，所谓 connotative meaning 除了指词的感情色彩（最简单的是褒义和贬义）外，也应该包含词的社会、文化含义。许国璋先生曾在《现代外语》（1981 年）上发表了一篇文章，题为 *Culturally Loaded Words*，列举了 modern、bourgeois、criticism、labour、propaganda、metaphysics 等一系列英语词，阐述说英语的本民族人与说汉语的人对这些词的理解并不相同，或者说大相径庭。我觉得 Culturally Loaded Words 这个词选得很好。王佐良先生在一次翻译座谈会上举出"江南""塞北"两个词做例子，提出某些词对说本民族语的人具有丰富的含义，会引起种种联想，而另一民族的人却只能干巴巴地理解它们的"所指意义"（表层的字面意义），除非他长期沉浸在这一文化中。这些可能是一些极端的例子，也都是一些"大词"，但就是一些日常生活使用的"小词"，又何尝不然？breakfast、lunch、supper 这三个人人每天要说的词在翻译中惹了多少麻烦，引起多少误解？（参见陈忠诚著《词语翻译丛谈》中若干章节）这种例子不胜枚举，每个从事翻译的人在处理单词时都会遇到"词汇冲突"和"词汇空缺"的现象。一个年轻人在翻译中遇到这样一个英文句子：I'll alway remember him as a sportsman. 是查一下英汉词典（或者连查都不用查）简单地把 sportsman 译成"运动员"呢，还是往深里思索一下，译为"讲义气的人"或"高尚的人"呢？还是王佐良先生在《翻译中的文化比较》一文中说的，"不了解语言当中的社会文化，谁也无法真正掌握语言"。语义学，虽然不是解决翻译单词的百宝书，但至少教会我们更加重视词语的含义，更加重视词的格调，有些词文雅，有些词俚俗，有些词委婉，有些词诙谐，有的陈旧过时，有的触犯禁忌……尽管找出一个个适当的对应词还需要译者自己绞脑汁，但可能少犯些错误，可能在忠实于原文这一点上庶几近矣。

2. 称谓问题。一篇探讨称呼问题的社会语言学的文章一开始就转引了一个美国警察和一个黑人医生在街头的四句对话：

"What's your name，boy?" the police man asked ...

"Dr Poussaint. I'm a physician ..."

"What's your first name，boy? ..."

"Alvin."

波森医生追叙他当时的感受时说："我的心怦怦乱跳，我在奇耻大辱中喃喃自语……当时，我的尊严被剥夺殆尽……"不熟悉美国的一套关于称呼的社会语言学规则，就不能理解波森医生的气愤来自警察通过对他的"称呼"进行了两次侮辱。第一次，警察使用了"体现种族的社会选择法"，叫他 boy；第二次，警察不顾波森医生提供的头衔和姓（医生对警察也不够恭敬——没有按警察称呼规则的要求提供自己名字），又一次叫他 boy，进行侮辱。

这一个小小的例子使我们知道"称呼"是一个多么复杂的问题，每一个民族都有自己的长期形成的一套"礼规"。搞翻译的人常常会被种种奇怪的称谓语弄得晕头转向，只以带 old 一词的称谓语为例，*A Concise Dictionary of English Slang and Colloquialisms*（B. A. Phythian 编，1979 年英国 Hodder and Stough ton 出版）就收集了十三个：old boy, old girl, old chap, old dear, old fruit, old lad, old man, old woman, old thing, old sport, old son, old bean, old-and-bitter。使这一问题更加复杂化的是一个称呼语可以用于不同的被称呼的对象。old girl 一般用于丈夫叫妻子，但我在 *Brighton Rock* 一书中还发现这个词可以用来代替"妈妈"（... the old girl might have a word for him.）。old chap 一般用于称呼老朋友，但我在阅读中也发现父亲用以叫儿子的例子。这些称谓语如何译成汉语，实在大伤脑筋。但反过来一想，汉语中还不是同样存在种种稀奇古怪的叫法吗？丈夫如何叫自己配偶（或对第三者谈及自己的配偶）就是一件令人头疼的事："我的爱人""我的老伴"……几十年前倒有不少解决的办法，从"贱内"到"孩子他妈"，或"喂"到"内掌柜的"，有大量用语可以选择。但是随着社会的变化，很多词已经从语汇中消失了。学习外语又何尝不然？

包括在称呼这一研究项目中还有亲属的名称（有哪个英语翻译工作者不为 cousin 一字为难？）和存在于不少语言中的成对的单

数第二人称代词（一个表示尊敬，一个表示亲昵如德语的 Sie-du，法语的 Vous-tu，意大利语的 Lei-tu，俄语的 Vy-ty 等等）。初学翻译的人常常会不假思索地把表示尊敬的代词译为"您"，另一个译为"你"，但是问题绝不这么简单。社会语言学对这一对代词——从历史发展到各个民族的使用惯例——进行了研究，有助于我们如何选择汉语的译词。

社会语言学研讨的领域远远不止一个称呼问题，它研究社会（社会发展）与语言（语言发展）的关系，研究语言由于社会环境不同、由于说话人的社会地位不同而产生的种种差异。有人开玩笑地说，社会语言学研究的只是一句话：Who speaks what language to whom and on what occasion. 倒也不无道理。社会语言学叫我们注意到不同身份地位、不同文化程度（尽管是同一民族）的人使用的言语不同，而且就是同一个人在不同场合（对上级、对朋友、对妻子、对儿女）言语也有差别。翻译工作者有必要注意语言的这些变体。但这一点，我个人认为，也可以归在下面谈的语言风格一项去。

3. 风格问题。同语义学及社会语言学相比，风格学是一门古老的科学。欧洲风格学虽然建立于 18 世纪，但早在古希腊亚里士多德就写过《修辞学》，有人认为风格学就是从修辞学发展而来的。上海译文出版社 1982 年出版了一本不太引人注意的小册子《文学风格论》（印数四万二千册，并不算少），收了歌德等四篇文章，据译者王元化谈，这是他从库柏编译的一本英语《文学风格论》中摘译的。可惜笔者没有读过原书，但想来西欧对文学风格的研究是很有一段历史了，我国《文心雕龙》和《典论·论文》虽然是文学评论的专著，但对文体和风格做了不少精辟论述。《典论·论文》中提出的"本同末异"，用今天的话解释，就是说作家的创作个性与文学体裁要求在统一的文学语言中有不同的变体。但这两部书在谈论风格时，着眼点主要在文章体裁。依笔者的浅见，风格似乎可以分为五个层次：民族风格、时代风格、作者风格、体裁风格和作品（特别是小说和剧本）中人物的语言风格。我不认为这是一个很恰当的分法，因为这几重风格并不是并列的，五重或五重中的几重常常互相叠合，通过最主要的一层——作者风格表现出来。另一方面，在同一层次内又会出现极为复杂的差异。譬如说，同一时代（或甚至同一流派）的作家，其文章风格也绝不会是千人一面。同一作家也可以写出不同体裁、不同风格的作品，甚至在同一部作品或同一章节中风格也可能转换，从庄严转为幽默，在讽刺中也可能突然夹杂着一段抒情的文笔。对于翻译工作者来说，最重要的一点是提高自己的辨识力，首先练就一双"慧眼"，发现原著的风格，进一步再在译文中尽量求其体现。

说来容易，追求译文在风格上的"神似"可能是一个译者毕生的目标。只举一个常见的情况就可以说明风格再现的困难。凡是翻译美国文学的都会遇到黑人讲的美国英语，在译文中该怎样表现呢？读一点社会语言就会懂得，She like him very much. He don't know a lot, do he? 只是与标准英语不同的一种变体，而不是有语法错误的句子。难道能用支离破碎的汉语翻译原文吗？即使不翻译美国文学，英国文学作品中也不乏满口方言的人物。有的翻译家试图用我国的某一地方话来体现原著中的方言，效果又如何呢？可能在读者的脑海里出现的是一个山东大汉或者说苏州话的小娘子，而不是一个苏格兰或爱尔兰的农夫农妇。看来翻译工作者还需要探索出一点比"俺"和"啥"更能表现原文的词语来，但是答案至今还没有找到。

另一个值得探索并且有争议的问题是，译者的风格如何与原作的风格统一起来，每一个从事文学翻译的人都有自己喜爱的词语、句型或表现法，一句话，有自己的文章风格。译者是否应该尽量抹杀自己的个性，以重现原著的风格为最高任务，还是允许译者在体现原作风格的基础上。"呈现"译文的风采，以"便于各种翻译风格的形成……繁荣文学翻译事业"（引自某一探讨翻译风格的论文）呢？可能这个问题一时得不出结论，需要更多的讨论和翻译实践才能逐步解决。但是我想，没有一个认真从事文学翻译的人敢于公开声明：翻译就是再创造，可以撇开原作的风格。

（1986 年）

翻译随感

也不妨把文学翻译工作者比作戏剧演员。同样的脚本和台词，蹩脚的演员上台荒腔走板，神态木讷，叫人看得倒胃口；而优秀的演员却以其精湛的做功和唱功吸引住观众。一个演员的表演是否成功，归根结底，还要看剧本写得好坏，角色塑造得是否真实。一个认真从事表演艺术的演员对于登台演出的机会并不是来者不拒的；他应该也有权选择剧本和角色。文学翻译者同样也应该选择自己要进行翻译的作品。只有本子选对了，才是译文成功的基础。

早些年，我曾写过一篇也算介绍翻译经验的文章①曾约略谈到"翻译什么"的问题。我并不坚持译者只能翻译同自己"气质相投"的作家的著作，"但翻译一部同自己感情、思想格格不入的作品，就常常感到笔不从心"。回顾我自己半生的翻译生涯，从最初作为任务而译的东西到后来逐渐有权向出版社推荐几部自己选择的作品，可以说正反两面的例子兼而有之。惭愧的是，至今我并没有译出较有分量的东西。这只能怪自己的疏懒与浅薄（后者表现在性格与能力两个方面）。翻译界同人中，有人潜心于这一事业，孜孜矻矻，几十年如一日。《浮士德》《少年维特的烦恼》等名著重译本的出版，就是他们辛勤劳动的成果。我既钦敬译者的精诚与胆略，也对出版社认真繁荣文学翻译感到佩服。只可惜近

---

① 《和青年文学翻译工作者谈心》，载《翻译通讯》1983 年第 12 期。

两三年出版事业遭了厄运，不知有多少译著手稿积压在出版社库房里。恐怕我提出的译者选择原作品一说也是书生之见而已。

钱锺书先生曾提出翻译要越过三个距离。其中之一是"译者的理解和文风跟原作品的内容和形式之间"的距离①。这是一个值得每一个文学翻译工作者深思和探索的问题。我对这句话的体会是：译者的理解是针对原作品内容而言，而译者的文风（或曰风格）的对立面则是原作品的形式。从狭义上看，风格主要是通过语言形式体现的。所以这里提出的原作品的形式也就是指原作的风格。钱先生在这句话里既提出译者要理解原作品的内容，也提出译者应使自己的风格接近原作（缩短或消除二者的距离）。但是这句话也可以有另一种解释，即把内容与形式统一起来看，认作是一部作品的风格。德国19世纪一位文艺理论家，威廉·威克纳就曾提出风格是语言的表现形式，"一部分被表现者的心理特征所决定，一部分则被表现的内容和意图所决定"。② 所以作品的风格既包含主观的一面——作者的表现方法和语言特色，也包含客观的一面——作品题材、体裁等。不论如何解释，有一点是明确的，即文学翻译有一个译文与原作风格沟通的问题。近年来，国内有不少人撰写文章，从理论上和技巧上对文学翻译的风格问题进行论述，其中不乏颇富启迪性的见解。我认为作为译者（实践家），虽不必要在理论上对这个问题进行多么深刻的研究，却绝不该忽视原作的风格或甚至置之不顾。文学翻译者最低限度要做到两点：一、辨识原作品的风格，体会作者的语言特色。二、译文

---

① 另两个距离是"一国文字同另一国文字"的距离及"译者的体会和他的表达能力"之间的距离。

② 见《文学风格论》，歌德等著、王元化译，上海译文出版社出版。

尽管不可能重现原作的风格，但绝不能破坏它，应该把一部作品的内容与形式看作一个整体。

文学翻译——从某种意义上讲——也是创作，至少是语言上的再创作。每一个译者都受自己独特的文化素养和创作个性影响而形成了一套习惯性的表达手段。也就是说，每一个译者都有自己的风格。在翻译实践中，最令译者困惑的问题是如何隐蔽自己的风格而尽量体现原作的风格。我用"隐蔽"一词是想说完全摒弃自己是不可能。仍以演员的表演为例（尽管一切比喻都是跛脚的）。即使最优秀的演员、最精湛的角色塑造，观众也仍然能辨识演员自己的声音、面貌，或甚至他的某些习惯性动作。如果说演员——京剧演员是最突出的例子——不只允许而且受鼓励形成某一流派，文学翻译者则绝不能享受这一自由。读者可以喜爱并选择某一译者的译文，但译者在进行"文字表演"时却只能委曲求全，不应该不顾原作风格，只求突出自己。我在这里不妨举一个反面的例子。

1987年，为准备参加一次比较文学会，我曾仓促写了一篇文章，重点仍是论文学翻译中的风格问题。当时我正旅居英国，手头没有任何材料。偶然在伦敦一家卖港台中文书的书店里找到一本英国作家格雷厄姆·格林小说的台湾版译文[1]，对照原文读了几章后，发现了不少可作为我的论文注脚的例子。时过境迁，那次会议我不仅没有参加，现在连论文的底稿也找不到了。但是当时我摘引的一些译例却仍然记在脑子里。我认为台湾译本中第一

---

① *The Heart of The Matter*，台湾译本题名《事情的真相》，译者嵇叔明，志文出版社出版。我自己也译过这本书，取名《问题的核心》，外国文学出版社1980年出版。

类失当的例子是充斥于译文中的短语、成语和固定词组。例如原作小说中的一个印度占卦人台湾本译作"算命先生",一个喜爱文学(有文学气质)的女主人公(literary Louise)译作"文学泰斗",把 wealthy and guilty(修饰非洲一个小镇上的房产主)译作"为富不仁"。我们知道,在任何一国语言的词汇中都存在着相当数量的与该民族文化、历史密切相关的词。这些词不管出现在哪里总会引起熟悉该语言的人某种联想。"算命先生"会使我们想到敲打着小铜锣的算命瞎子;"为富不仁"会使我们想到新中国成立前的财主与劣绅。这些所谓 culturally-loaded words(据我所知,这是我国一位英语界前辈首创的词,我认为远比语言学中惯用的内涵意义 connotative meaning、扩展意义 extensional meaning 等术语更能说明问题)译者在使用时是应该慎重对待的。此外,台湾译本中大量出现的一些成语,如"汗颜""恋栈""挂齿""强邻压境""波及无辜"等,不仅陈旧,也都是与原作时间背景格格不入的。台湾本另一类破坏原作风格的例子是对原作中的比喻过于自由的处理,格林是一位有独特风格的作家,其修辞手段之一就是大量使用各种明喻与暗喻。王佐良先生在三十余年前写的一篇文章中①就曾引用格林的比喻阐述英语中的这一修辞手段,并明确指出"比喻体现了时代精神""在一本小说里比喻的性质是由一定的情节和一定的场面来决定的"。可惜我们的台湾同人在这方面既缺乏认识,态度又极不严肃。通过他的自由主义的处理(也可算作他的"文风"吧),不只使原作的鲜明、生动和时代气息黯然失色,而且使原作的风格面目全非。下面摘引的是一个较突出的例

① 《现代英语的简练》,1957 年,后收在外语教学与研究出版社 1980 年出版的《英语文体学论文集》中。

子。就在小说开篇，格林描写书中一个主要人物时说："他好像晴雨计上的一只落在后面的指针。在它的同伴早已移向'风暴'之后，它却仍然指着'晴朗'。"（原文是：He was like the lagging finger of the barometer，still pointing to Fair long after its companion has moved to Stormy.）这两句话台湾本的译文是："他是暴风雨里迟开的花朵。他的同类已落红遍地，而他还依然鲜嫩姣好。"美则美矣，可惜已不是格林了。

（1990 年）

第三辑

| 行　脚 |

很多人心中都有一座大佛，大佛可以代表许多许多事物。可以指自己的父亲，也可以指对未来的憧憬。理想，信念，崇拜的人，都会成为一个人心中的大佛。正因为有它萦系心头，人生才有了坐标，不再虚度。它逼迫人不断思索，不断追求，不断改变自己的行为方式……年轻人对处境不满，总希望跳出自己的圈子，看看另外一个世界。过去是这样，今天仍然如此。那就走吧，出去看看吧！

我和旅游

由于上帝的错安排，我这个生性好动、喜爱东奔西跑的人，却当了一辈子教书匠，天天被禁锢在狭窄的教室里，晚上还得伏案备课或批改作业。除了趁某个暑假（那还要看这年夏天当政者要不要搞什么政治运动），偶尔到什么地方走走以外，广大世界一直与我无缘。我自幼就渴望去闯世界，艾芜的《南行记》、高尔基的《俄罗斯漫游记》勾起我无限遐思——那该是什么样的生活啊！我不仅想去观赏山川之美，而且怀着莫大的好奇心要窥测这个百相纷呈的社会，想看看老百姓的众生相。我年轻的时候也做过文学梦，总想写点什么，但要写出点东西来就必须走出自己的斗室，投进沸腾的生活中去……文学梦后来当然没有实现，但是想到外面去浪荡一下的心愿却一直隐藏在心坎里，像个小虫似的啮咬着我。

终于盼望到一个比较宽松的时代。1981年年近六十的我第一次迈出国门，到德国一个城市客居一年。其后又连续几次在国外教学，趁机游览了我向往已久的英吉利、法兰西、意大利、希腊……甚至在埃及金字塔下接受了非洲沙漠的风沙洗礼。90年代仍然断断续续出去过几次。1995年到澳洲，1999年在欧洲浪荡了三个月。最值得一提的是2000年夏终于圆了我的俄罗斯之梦。普希金、莱蒙托夫、屠格涅夫、契诃夫……啊，你们这些我自幼奉为神明的文学大师们啊，如今我终于像个朝圣者似的踏上哺育了你们的这块国土了。站在莫斯科阿尔巴特街普希金铜像前头，我的耳边萦回着这位大诗人的诗篇名句。

国外固然充满了异国风光，但国内江山多娇，且条件方便，因之，近十数年来我更多是在国内漫游。我喜欢去一些游客足迹鲜至的偏远地方，独自徜徉。福建丛山中的土楼，江南傍河而建的某个无名水乡……我站在云南、四川边境的峡谷里仰望悬棺，坐在岷江上游羌人的碉楼里饮一杯苞谷酒……

每次出游虽然有个大致路线，但我常是随遇而安，或行或止，只根据兴之所至。有时在路上邂逅一个可意的旅伴，我会被他引至一个我从未闻名的地方，或是僻远的乡野，或是一个边贸小镇。于是我也就暂时变成一个村夫野老，或是挤在杂沓的人群中成了一名赶集人。我坐在小摊上品尝当地佳肴，也许同几个晒太阳的老人坐在墙角抽烟，听他们讲述当地的趣闻逸事。我在村外看见一个建筑式样奇特的木亭，一个老人告诉我，那是当年湘西大土匪龙云飞残害一个小裁缝的地方，因为裁缝常年在他家里干活，他不想给工钱，就诬蔑裁缝同他的一个姨太太干了见不得人的事，在村外被人谋害。这个木亭是当地人盖的，名叫剥皮亭。

背上我简单的行装离开家，同家人道声再见，告别我的小书房，一任书桌上堆满没写完的稿纸和等待回音的一封封来鸿，我登上向远方驶去的火车，感到无比轻松。我自由了。责任、负担、应酬、甚至同老伴之间的龃龉……一切都被抛诸脑后了。车窗外掠过的是变化万端的风景——田野、山峦、农舍、小溪，车厢里响起旅客们的喁喁话语声。他们谈到有意思的事，我也侧耳听几句。要是不想听，就把注意力沉浸在窗外的风景线上。而等待我的将是更大的喜悦。一个我尚未涉足的陌生城市，我将看见什么？遇见什么人？晚上将住在怎样一家小店？店主人会不会是一个好客的、喜欢絮絮叨叨谈论往事的老者？尽管我不能逃脱我在地球上占有的小小空间，可是这个空间却无限地扩大了。我的腿脚会变得更轻捷，甚至有一种要飞腾的感觉……每一次旅游对于我来说都不啻一次肉体枷锁的解脱！

我曾在一篇名为《牌戏人生》的短文中把生活比作一场牌戏。每人手中的牌都是上帝——或者冥冥中任何一位主宰——发给的，或好或坏，你无法选择。但是如何打好这手牌，个人却享有一定的自由。我得到的牌并不高明——资质愚鲁、家资不丰，且大半生都在战乱与动荡不安的年代度过。但是我自信打牌的技巧尚不笨拙——充分利用了我的优势。我的一生并未虚度。如今人已垂暮，手中的牌差不多都已打尽，只剩下最后的一张——不多的几年岁月。我决心还是要把最后的牌打好，在旅游中追寻自由，为我已经变得日渐苍白的生活加添一点色彩。

（2001 年）

心中的大佛

上帝如果爱上一个人，
就叫他流浪，东跑西奔，
溪流、田野、高山和林莽，
穹苍下随处可以安身。

有的人不肯走出家门，
雷雨风雹都令人惊魂，
只在屋里听老婆聒噪，
毕竟那是熟悉的乡音。①

　　小诗是我偶然在一本德文老杂志上读到的。那是在 20 世纪 40 年代末，我已经在北大复了学，正热衷于读德文的时候。我的浪荡生活早已结束，大概上帝不再爱我了。抗战后期，我曾离家，在大后方流浪了好几个省份。当过兵，受过难，后来又在一所学校读了两年书（半心半意），同一个女孩谈了恋爱（真心实意），在我撒够了欢儿以后，还是回到无法彻底舍弃的书本上来了。

　　50 年代以后，我开始规规矩矩地当教师，给学生上课，但是总觉得教室非常憋闷。年轻时浸入肺腑的四川盆地和云贵高原的

---

　　① 作者佚名，疑是模仿 19 世纪初德国浪漫主义诗人约瑟夫·冯·艾兴多夫一首歌谣的戏作。

"野性"，常常叫我坐卧不宁，想干一点儿出格的事。

70年代末，风停雨霁，可以喘口气了。80年代，形势更好，终于又能打起行装，每年到外面浪荡一番。1991年就又有这样一次机会，成都要开个国际会议，讨论科幻文艺作品，我也受邀参加。五天会议过去，我在四川又继续逗留了一段日子，首先游了九寨沟，再回成都南下，去峨眉朝金顶。但在这篇短文里，我要写的既不是科幻大会上如何讨论外星人，也不是上山朝圣的观感。我要讲一个年轻人的故事，他是我年轻时的影子。上帝本来眷顾他，想叫他看看外面的奇异世界，但中途又把他抛弃了。我遇见他那天，正在乐山长途汽车站等车去峨眉山。

我把时间表弄错了。上午的班车刚刚开走，下午一班还要等三四个小时。我犹豫了一会儿，决定等待。乐山大佛已经看过，长途车站在郊外，我不想再回市区。我在空旷的候车室一张长椅上坐下，拿出地图册，查看下午的行程。我坐的这排长椅背后是通道，偶然有一两个旅客走过。一个人影总在我背后晃悠，那人显然在看我的地图。从眼梢望去，我看出那是个穿蓝色服装的年轻人。我把身体向椅子里面挪了挪，招呼他坐下。

年轻人有些拘束，但还是坐下了。他接过我递给他的地图。这时我看清楚了：年纪大约十八九岁，体态单薄，面容清秀。因为脸庞消瘦，眼睛显得很大。我发现他看地图首先看的是四川省，之后又翻到西藏自治区。怎么？这个年轻人要去西藏吗？我有些好奇。观察了一下他的行装，我看到一只硕大的桶形背囊，塞满衣物，背带上挂着水壶和毛巾，那是一个长途跋涉者的装备。我摸不清他的身份：学生，打工仔，外出工作，远地探亲？这时季节是5月，学校还没有放假，他决不会外出旅游。从衣着看，这个年轻人并不富裕。

为了解开心中的谜团，我等他看完地图，开始有一搭无一搭地同他说起话来。事情逐渐清楚了。他是个中学生，从重庆来，要去西藏。去工作还是探亲，我问。都不是，年轻人有些羞涩地笑了笑，只是想去看看，听说那地方挺神奇的。我不好意思问他的经济状况，只是概括地对他说，去西藏不那么简单，要爬好几座高山，路很远。我当然也称赞了他冒险的勇气。年轻人反问我来四川做什么，我说我跟他一样，也是来看看。他想知道我去没去过西藏，我说我没去过，西藏海拔太高，我的身体怕不能适应。四川可看的地方很多，已经够我看的了。这个年轻人虽然家在四川，对本省的情况却知道得不多。已经到了乐山，他居然连乐山大佛也没听说过。我告诉他，这是很值得一看的古迹。弥勒大佛凿在凌云山断崖上，头与山高，脚踏大江，身高 71 米，创建于唐朝开元年间，历时约九十年才完工，堪称世界之最。他好像被我说动了，但又犹豫着，拿不定主意去还是不去。我看了看表，离下午班车发车还有三个钟头，时间充裕。走吧，我说，我带你去看看，不用你破费。年轻人很不好意思，但还是背起行囊，跟着我走了。

我们自然没有走到大佛跟前，更没有攀登悬崖到大佛顶上。我们乘坐一艘观光木船在江面上兜了个圈子，从远处反而能够更清晰地看到大佛全貌。我给何君——这时我已经知道他的姓名了——拍了一张照片，留作纪念。看完大佛，我又请他在一家面馆吃了碗汤面。两人既已熟悉，我听他更详细地向我介绍了自己的情况。

何君在重庆郊区一座煤矿工人子弟学校读书，已经读到高中三年级。父亲就在矿上电机班当工人。他在学校功课一般，但对文学有特殊兴趣，写诗，写散文，还和几个要好的同学办了一份油印小报。暑假快到了，不仅毕业考试是个难关，毕了业，出路也成问题。他既无力上大学，又不甘心在矿上混事。思来想去，何君把心一横，决定离开家到外面来闯天下。

这简直是我年轻时的影子，我想。当年我不也是十九岁，读书读得好好的，突然一阵冲动，离家出走了吗？不甘心憋闷在已经心生厌腻的狭小天地里，渴望挣脱牢牢束缚自己的单调和平凡，只凭仗着青春锐气和无知，就纵身一跃，跳进生活的激流中。如果说我当年出走，还擎着一面参加抗日战争的神圣旗帜，今天何君却没有了这一借口。说穿了，尽管时代不同，我俩弃家远行，实际上都是听从心灵的召唤。如果往深里挖掘一下，多半都是出于不安分的性格。至少我是这样。

当然了，何君中途弃学，还有另外一个说得过去的理由。为了减轻家庭负担。这倒也是实情。据他说，家里几个弟妹都很小，父亲已不年轻，他不忍心天天面对父亲一张愁苦的脸。他跟父亲感情很深，看到罗中立的油画《父亲》，他总想到自己的父亲。后来我们谈到文学，何君最喜欢的是两位四川作家——艾芜和沙汀。这次出来他只带了两三本书，其中一本是美国当代诗歌，另外一本就是艾芜的《南行记》。这叫我感到震撼。国境线上孤零零的一座野店，奔腾的怒江日夜轰鸣，盗马贼和鸦片贩子，长发飘逸的傣族少女……当年我就是受了这样一个绚丽多姿的世界诱惑才跑出来的。难道今天它们还没有失去对年轻人的魅力吗？但是当年西南边陲非常落后，读书识字的人极其宝贵，想找一碗饭吃并不困难。今天哪里还稀罕中学还没有读完的学生仔呢？再说了，何君要去的地方不是云南，而是西藏。高山峻岭，人烟稀少，语言也有隔阂。他能走到旅程终点吗？我很为他担心。可是我不想劝阻他，为什么叫一个年轻人的美梦过早破灭呢？在回长途汽车站的路上，我一直在做思想斗争。最后，离分手的时间已经不多了，我禁不住还是把他西藏之行可能的遭遇向他仔细摆了摆。我最担心的是，他带的钱并不多（他已经如实告诉我，不足三百元），万一中途花完，搁浅在一处荒村野店，该怎么办？我拿出一张纸，给我在成都的一位朋友匆匆写了封信。这人川大毕业后开了家乐器店，人很仗义。我把信交给何君，告诉他，万一遇到困难，他可以去找这位陈先生。陈先生一定会资助他回老家路费的。我乘坐的汽车开出了乐山汽车站，我看见何君走向另一辆长途班车。蓝色的身影在我眼睛里闪动一下就消失了，我们分手了。

我回到北京。一个多月过去，我接到何君从老家重庆寄来的一封长信。不出所料，他离开乐山，经过雅安、理塘，还没有进入西藏地界，旅费已经所剩无几。他改为步行，在公路上迂曲盘旋，走得筋疲力尽，却没有前进多远。后来遇到一个在山中采药的人，带他走上一条山间小径，可以少走些冤枉路。那人不只带他找到山泉，还把自己带的干粮分给他吃。夜晚，两人或者找到采药人搭的窝棚过夜，或者就睡在山洞里。他在信中描述了山间露宿的经历。傍晚，太阳刚刚落到远山后面，千山万壑就被泼洒上浓黑的墨汁儿。奇峰、巨石、参天的大树……什么都隐没不见了。就连脚下的山路也像草蛇似的钻进灌木丛里，无影无踪。不能再往前走了，只好就近找一个藏身之所。他们钻进一块岩石的缝隙里，把所有衣服盖在身上保暖。山风凛冽，寒气逼人，再加上肚内无食，无法入睡。熬到半夜，才打了个盹。好像没过一会儿，耳边就响起不知是什么动物的鼻息咻咻声，而且远处还有别的野兽在吼叫。何君一下子从梦中惊醒。他坐起来，摸索到白天用来探路的一根粗树枝，握在手中。过了一会儿，野兽的吼声没有了，只听见采药人在不远的地方呼噜噜地打鼾。他怕自己被冻僵，就夸着胆子爬到石缝外面，活动一下腰腿。无意中抬头一看，他感到一阵昏眩。千万颗亮晶晶的星斗正在头顶上闪烁发光，而且近在咫尺，仿佛一伸手就能够摘下几颗来。这灿烂的群星，这挂着无数小灯笼的穹庐，如此辉煌炫目，叫何君把饥饿、劳累、恐惧……一路遇到的困难，全都忘在脑后。

正当他的流浪生涯走上绝境的时候，"神奇"出现了。他千里迢迢、吃尽苦头出来寻找的，不就是这类从未想象过的奇遇吗？我不敢说当时他的感觉同我现在写的一模一样，但是从他写给我的信上看，他那几天在旷野荒山中的经历，确实叫他有如走进一个崭新的奇异世界。就这样，何君跟着采药人走了两三天，后来发现那人为了采药，在山中转来转去，有时还走回头路，旅程并未缩短。再说他也不能总是吃人家的东西。于是又独自摸索着回到公路上。前进还是后退？这时他已经弹尽粮绝，不但旅费花光，身体也疲惫不堪，只好把随身携带的衣物押给路旁一家小店，换了一张返程车票。回到了成都。何君除了身上破烂的衣服，已经一无所有。幸好我给乐器店朋友写的那封信他一直保留着。他借到回重庆的路费，没有流落街头。

何君在信中自然对我说了不少感谢的话。对他这次"铩羽而归"，感到非常惭愧。但他认为到外面转了一圈，增加了阅历，还认识了一些人，比起闷坐家中，"得"还是大于"失"的。何君在信里附了一首他看了乐山大佛后写的小诗。这里我抄了几行。我不认为他的诗艺如何高明，但毕竟从这几行诗句中，我读到一个十九岁年轻人的真诚和追求。诗的题目是《心中的大佛》：

渐渐地坐断岁月坐成永恒
无语江水依旧东流

你平淡冷漠的目光

一直凝视着脚下的三江水

你可看到动荡岁月中的金戈铁马？

你可听见遍地哀鸿的绝望呻吟？

……

　　何君在诗中最后还写道，很多人心中也有一尊大佛，当悠悠岁月逝去，凌云山上的大佛已经碎裂，心中的大佛却会仍然屹立。他没有明白说出，这座永恒的大佛是什么。

　　这以后我俩时不时相互通一次信。高中毕业，何君曾经在一个职业培训班进修电工课，但是找工作一直没有着落。最后还是那位成都陈先生帮了忙，让他到自己开的乐器店打工，同时学习电脑。90年代中后期，我有两次入川，都同何君短暂会晤，但没有时间长谈。从通信中我看出，他的文学梦一直没有断绝。有一次他在信中说："我现在的生活平平淡淡，写作也毫无起色，我了解到，没有真正生活的撞击是不会产生创作灵感的。"90年代末期，艾芜去世，是他首先把这一沉痛消息告诉我的。信中，何君追述艾芜对他的影响。他认为，作家年轻时颠沛流离的经历不仅是毅力的磨炼，也是不懈追求精神自由的艰辛过程。我不知道，何君将来某一天还有没有勇气，再打起背包外出闯荡了。

　　我最后一次见到何君是在1999年秋天。我在岷江上游米亚罗羌族村落停留了几天，归途经过成都。何君邀请我到他的住处过夜。他已经结婚，同新婚妻子在成都西郊租了一间屋子。我去的那天，他同妻子临时住到邻居家，把住处让给我。乐器店已经停业，何君这时转到一家厨具公司工作。他学会了使用电脑，替公司用电脑绘制厨房设计图。晚饭后，何君的妻子很早就到邻居家休息，我同何君一直喝茶、聊天。我发现他变得成熟了，就是说，现实问题逐渐挤掉了过去脑中不切实际的幻想。虽然我们的话题仍然没能完全离开文学，但也谈了不少社会上和生活中的事。他告诉我，成家以后，他既要改善自己的生活条件，也要给家里些钱，好让弟弟妹妹多读几年书。父母都已年迈，不愿意在乌烟瘴气的矿区里待下去，他怀疑自己有没有力量给老人提供一个较好的居住场所。

我提到他曾写过一首题为《心中的大佛》的诗，问他"心中的大佛"指的是什么，他说他记不清了。那时，他看过罗中立的油画，那张历尽沧桑、充满皱纹的父亲的脸，叫他想起自己的父亲。也许"大佛"是指父亲吧。过了若干时候，何君写来一封信，告诉我重庆有一家厨具公司要聘用他，待遇比现在的好得多。到了重庆，他就可以考虑把父母接出来，只是他的妻子不愿意同公婆住在一起。对此何君在信中还发了些牢骚。结婚前，他同女友志趣相投，都认为对方是自己选中的最佳伴侣。女方的家长曾嫌弃何君是个没有出息的打工仔，不肯答应这门亲事，他俩是经过一场斗争才结合的。现在何君发现，妻子变得比他更加现实。购置一处住房远比写一百首诗更重要；平常聊天，也总是张家长、李家短，或者在哪家服装店又看见一条漂亮短裙的事。

进入 21 世纪，我同何君的联系逐渐稀少，最后完全断绝了。我猜想他的工作岗位已经转到了重庆。他是否有了自己的住房？是否把"心中的大佛"——他的父亲供养到新居里？我都不知道。但是有时候我想，很多人心中都有一座大佛，大佛可以代表许多许多事物：可以指自己的父亲，也可以指对未来的憧憬。理想，信念，崇拜的人，都会成为一个人心中的大佛。正因为有它萦系心头，人生才有了坐标，不再虚度。它逼迫人不断思索，不断追求，不断改变自己的行为方式。有些人甚至为此奔走他乡，也就不足为奇了。年轻人对处境不满，总希望跳出自己的圈子，看看另外一个世界。过去是这样，今天仍然如此。那就走吧，出去看看吧！城里人可以去海南岛，去西双版纳，更有钱的还可以出国。但这都不是流浪，而是旅游。时代变了，人们不会口袋里只揣两三百元就出去浪迹天涯了。农村的人也不甘心被束缚在土地上，也要远走高飞，只不过他们走的是相反的方向。不是高山峻岭，而是水泥建筑的楼群。对他们来说，楼群也是一个新奇的世界，说不定在机器轰鸣的厂房里能找到安身立命之所呢。

但我总是怀疑，心中的大佛是否能够永存。随着年龄增长，世事变迁，年轻时的思想也会发生变化。理想、信念和热情逐渐衰退，在心中不再占有主要地位。我们常说，某人变得老成了，或者世故了，大概就是这个意思。一句话，大佛并不是"不坏之身"，它也同石刻佛像一样，日久天长，风化碎裂。世上谁又能逃出永恒不变的人生轨道？城市人也好，农村人也好，最终都要变为芸芸众生中的一员。何君没能逃脱。我则在更早的时候就知道，一生必将平凡庸碌，是不会有什么大作为的。

（2009 年）

韩城之旅

坐在西行的火车上，进入山西界，一片翠绿，令人心驰。火车行驶一夜，次日中午时分驶过黄河龙门铁桥，就进入陕西省界。再行个把小时，我到达了这次出行的目的地——位于黄河西岸的历史文化名城韩城。

韩城市历史悠久。相传大禹"导河积石，至于龙门"，故韩城亦称龙门。西周初年，周武王之子封于韩，食采韩原一带，称韩国。秦仲少子康封于梁山（今韩城市南），称梁（伯）国，都城就在今天韩城市南古少梁。春秋、战国年间，这一地区是秦晋、韩魏、秦魏诸国逐鹿之地，先后发生过多次大战。至今在芝川镇境内仍有少梁城、魏城古城墙和古战场遗址。西汉时韩城名夏阳县，汉武帝两次在夏阳附近渡黄河东巡，挟荔宫行宫旧址也在芝川镇内。韩城博物馆展品中有"夏阳宫"阳文篆字残砖可做鉴证。隋朝把夏阳改为韩城，名称一直沿用至今。

文庙内的韩城博物馆

城隍庙虽然是明朝复修的古建筑，但大门紧锁，把我这个远方来客拒诸门外。我只好转身踅进学巷，首先参观位于巷子尽头的文庙。文庙占地九千余平方米，始建于宋代，明洪武重建，这是韩城保留最完整的古建筑群，由大成殿、明伦堂、藏经阁等几个中轴建筑物组成，院内古柏参天，刻有精致浮雕的青石板甬道。

设于文庙内的韩城博物馆展示着一批当地出土和遗存的珍贵文物，只善本书就藏有七千余册，古钱币二万五千余枚。石刻中有北宋大观三年（1109）一位太守撰写的石碑，记载了当年黄河水变清的史实，极具历史和科学价值。清乾隆《重修龙门学署记》是当地名人王杰所书，这块碑碑石奇特，用手敲击，不同部位会发出不同声响。王杰是韩城城郊后村人，三十七岁中状元，任乾隆宰相七年，嘉庆宰相七年。他一直忠诚刚直，清廉自守。七十九岁时辞官回故里，两袖清风，只带回几车书籍。当地人对王杰极为推崇，流传着不少关于他的逸事。据说嘉庆皇帝幼年，王杰当过他的老师。一天，乾隆偶然来到太子书房，看见皇太子正被罚跪。乾隆皇帝龙颜大怒，叫太子站起来，大声对坐在内室的王杰说："教者天子，不教者亦天子，君君臣臣乎？"王杰在里屋应声说："教者尧舜，不教者桀纣，为师之道乎？"乾隆听了以后，即令太子复跪。王杰同权贵和珅虽为同僚，但互不往来。和珅被捕下狱后，据说是由王杰主判定罪的，这一情节不知是否真实。不久前上演的和珅电视剧我并未看，不知道王杰是否曾在剧中出现。有一个传说是，在和珅未失势前，为讨好王杰有一次曾执其手说："状元宰相，果然手好。"王杰回答："手虽好，惜不会要钱耳。"王杰的故居，一座三层阁式高楼，至今尚伫立在韩城解家巷，人称"状元楼"。

我在韩城盘桓了四天，除遍游老城外，还跑了近郊几处景点。为了照相，专门驱车去了一次龙门。可惜这一天飓风扬沙，在黄河峡谷中几乎站不住脚，照片效果也都不佳。倒是去芝川司马迁祠墓的一天是个风和日丽的日子。司马迁的巨著《史记》被鲁迅誉为"史家之绝唱，无韵之离骚"，他一生坎坷，惨遭宫刑，令人同情。我怀着"高山仰止"的崇敬心，登上巨石古道和九十九级台阶，在伟人墓前献上一炷心香。

传说中居住村寨的活化石

党家村是我这次韩城之游的意外发现，这是一个由百十余座小四合院荟萃成的村庄。不同于山西乔家大院、王家大院，它具有浓厚的地方色彩。院子虽然也有宽深的上房，四周庭房、厢房与门房俱全，但每家院落只有一进，呈狭长状。这反映了当地的房主出外经商并未赚了大钱，且因战乱频仍，屡受兵匪蹂躏，不只院落狭小，街巷也曲折隐蔽，且在巷口筑有防盗的铁栅木门。党家村始建于元朝至顺三年（1332），以后党、贾两姓联姻，日渐发展。清朝中叶后，经商致富，拆除旧日泥土房，建筑起砖石结构的四合院村落。咸丰初年，为防太平军入侵，在村子东北方高崖上另外奠定寨基，修建了一座牢固的土堡，名"泌阳堡"。这里城墙环绕，备有铁炮并建水塘，掘水井可以固守。我漫步在石块铺路的村寨里，看到村中宝塔、祠室、私塾、看家楼、暗道、哨门……坐在歇脚的茶肆里，听村民为我讲述党家村过去的逸事：1929年韩城大旱，党家村居民为了维持生命，曾经卖出木器、嫁妆，在祖祠开办粥馆，每天每人供应一碗稠米汤。1918年党家村受兵匪劫掠，被抢走金银财宝无数，仅用来驮运的骡子就有28匹，还杀死村民，绑走肉票。"文化大革命"党家村更遭受了大劫难，除建筑、雕刻受了巨大损失外，村中不少珍品都不翼而飞（如意大利画家郎世宁画的中堂，王杰给贾家祖上的书信和篆字，等等），下落不明。

21世纪的第一年，我徜徉在这一村寨里，感到背负着历史积淀的沧桑，不由暗自祷念：但愿这"东方古代传说居住村寨的活化石"（日本工学博士青木正夫语）此后免遭劫难，永久、永久保存下去吧！

到大西北去

　　这次把旅程定在西北——银川、青铜峡、中卫，再从中卫乘火车经兰州到西宁，原因有二。一是近几年沙尘暴频频来袭，尘沙登堂入室，成了家家户户不速之客，所以想去黄沙的老家看个究竟。久闻包兰铁路沿线治沙工程卓有成效，难道"草方格沙障"失效了，让黄沙妖魔如此猖獗？二是连年去江南水乡，对苏杭一带的旖旎风光有些反胃，去周庄、同里等地的旅游者有些像赶庙会，为何不掉头往北，去欣赏一下"大漠孤烟，长河落日"的粗犷、豪迈风光呢？我虽然没有勇气深入沙漠腹地，也可以借助张贤亮先生营造的西部影视城，拍几张坍塌古堡和骆驼队的照片，冒充一次西域探险家吧。主意已定，买了一张飞银川的机票，立刻成行。时在2001年6月中旬。

　　银川是我国最大回族聚居区——宁夏回族自治区首府，位于河套平原。东临黄河，西枕贺兰山，极具山川之美。银川也是一座历史名城，文物古迹极多，正史上少有记载的神秘帝国西夏王朝建都兴宁府，就在今天银川市东南。西夏本是我国少数民族党项族（羌族的一个分支）建立的地方割据政权，因协助镇压黄巢起义有功，其首领拓跋氏被唐朝皇帝赐姓李。宋宝元年间，李元昊称帝建国（1038），直至1227年为成吉思汗所灭，共历十帝。在西夏鼎盛期间，疆域辽阔，"东尽黄河，西界玉门，南接萧关，北控大漠"，大致包括今天宁夏、陕北、甘肃西北部、青海东北部和内蒙古部分地区。西夏不仅军事力量强大，而且具有比较先进的文化。它模仿汉字,创造了自己的文字,印刷书籍,也制定了法律、官制和军制。但在灭国后,不仅城郭宫室尽毁于征服者之手,文物典籍也丧失殆尽。我国西夏学的开创者王静如教授虽在20世纪30年代即有著作问世,但长期没有传人。直到70年代,才有人对西夏进行研究,考古发掘亦屡有发现,可惜李元昊当年在居延海建立的治所黑水镇自沦为废墟后,于20世纪初就先后被俄国人科兹洛夫和英人斯坦因盗走大批文物和书籍。如今国内的西夏研究者反而要到西方去寻查资料,实在令人扼腕。

我在银川逗留了三天。其中一天承一位萍水相逢的导游小姐慷慨借给我她的自行车,使我能方便地遍游旧城诸多名胜——南门楼(据说是西夏国都兴庆府的南薰门)、钟鼓楼(建于清道光年间,银川市最年轻的古建筑)、玉皇阁(始建于明代,因内置铜铸玉皇大帝像得名)、承天寺(在市内西南隅,是原建于西夏王朝时的古迹)和市关清真寺(阿拉伯式建筑风格,银川市区七座清真寺之首)等处。银川市市容整洁,店铺林立,一片繁华景象。市中心三四里长的步行街日落后灯火辉煌,行人熙来攘往,与沿海城市相比,毫无逊色。人们都说银川的水土好,多出美女,我吃过晚饭后漫步街头,果然看到不少少女亭亭玉立,姿容靓丽,而且装束也极新潮,显示出西北女性在盛夏季节中的独特风姿。

到银川的第二天,一位态度和蔼、热心揽客的出租车女司机为我安排了一日游。沙湖、西部影视城、西夏王陵、滚钟口等几个景点,一日游遍。女司机姓李,本是贺兰县的一个农民,沾改革开放政策之光,农民不再死死地捆绑在土地上。十年前她同丈夫开始往县城贩卖蔬菜。两人辛勤劳动,脑子又灵活,几年下来,已经攒钱在县城买了住房,迁了户口。小女儿也转到县中读书。又过了三四年,夫妻双双学会驾车本领,靠手中积蓄和贷款居然买了辆富康轿车。两人日夜轮班赚钱，正在一点点还清贷款。她得意地说，再过两三年，车子就可以完全归他们所有了。女司机以远比北京低廉的租车费——230元——供我包车一天。唯一的要求是，那天恰好是星期日，叫我答应让她小女儿搭上我租的车子，逛逛这几处名胜。我对这个惠而不费的"请求"，自然欣然同意。何况多了个小旅伴，还可以帮我提提沉重的相机包呢！

我对近几年国内到处兴建的影视城，某某朝代一条街本不感兴趣。真正的名胜古迹正受到灭顶之灾，能由这些假古董代替吗？但是张贤亮靠两个羊圈起家苦心孤诣营造的华夏西部影视城倒是个例外。最近刚刚阅读了哲夫写的《黄河追踪》（这是一本叙述母亲黄河正在受难的书，发人深省）记述张贤亮为保存一段"原始切片"而创建影视城的初衷，其中渗透着一种特殊的环保意识。这与建造文化赝品"某朝一条街"是大不相同的。另外张贤亮写的一些追记过去苦难经历的作品我也很喜爱，《我的菩提树》完全可以同索尔仁尼琴的名著媲美。就这样，怀着对这位作家的景仰之情，我也在影视城小转了一圈，拍下若干帧西部风情的照片来。当然了，我对一日游中最感兴趣的景点是西夏王陵。西夏王陵距银川市区35公里，位处贺兰山脚下。东西宽4.5公里，南北长约10公里，总面积达50平方公里。陵区随地势错落共建有9座帝王陵和140余座高官、贵戚的陪葬墓。这些陵墓当年气势磅礴，每一座都有宏伟的地面建筑。可惜所有的宫阙都在战火中被夷为平地，今天只剩下一座座高大土丘，残砖碎瓦和残破断裂的基石了。西夏王陵游客寥寥，我几乎是一个人徘徊在荒丘和黄沙中的，脑子中不由浮出两句古诗："盛衰如转蓬，兴亡似棋局。"在从西宁归来的返程火车上，翻看当代一位西夏史学者白滨写的《寻找被遗忘的王朝》，更加深了我的感慨。白滨记述西夏李元昊的事迹说，这位战功赫赫的皇帝，即位后大兴土木，建造兴庆府避暑宫。"逶迤数里，亭榭台池，并极其盛。""大役丁夫数万，于贺兰山之东营造离宫数十里。"但历史上这些昔日辉煌，在今天的银川市都已难觅任何踪迹。倒是西夏王陵和承天寺都有西夏王朝展厅，陈列了不少文物，供参观者追怀缅思。

离开银川后要去的景点是青铜峡西岸的一百〇八塔。正路应是从青铜峡水坝附近乘汽艇逆流而上，达黄河西岸，再拾级而上。我不知道这条正路，从银川搭上一辆去青铜峡的长途汽车，被一直拉到一个荒凉、破落的小镇——青铜峡镇。时值正午，小镇死气沉沉见不到一个行人。我正进退维谷不知所措的时候，一个卖纸烟的小摊摊主解救了我。知道我要去看一百〇八塔，他叫我替他看一会儿烟摊，就急匆匆地到镇里找来个小伙子。原来这位午梦未醒的年轻人有一辆老旧的夏利车，可以载我去黄河西岸。讲妥价钱以后，我就把命运交到这辆破车和睡眼惺忪的司机手里了。夏利车开出青铜镇，通过一座架在黄河上的便桥，就喘着大气驶上一条崎岖山路。路上虽然熄了两次火，却并未抛锚，大约一个小时以后，我终于站在排列整齐的塔群下面了。

塔群始建年代不详。一说建于元代，但在坍塌的某座塔基下曾出土过西夏文题记的帛书，所以也可能是西夏遗物。塔群自上而下按1、3、5、7、9……19奇数排列，共12行，构成一个巨大的等边三角形。最上面一座单塔高4米，其余各塔塔高在2.5米至3米间。站在这一喇嘛塔塔群最高处，远望黄河如带。河岸是一片绿畴，近处一座座八角须弥座，宝珠式塔尖朝天矗立，构成一个极为奇特的景观。至于塔数为什么是108，有人解释说这是因为佛教认为人生烦恼有108种。108是9这个"阳数之极"的12倍，实际带有烦恼无穷之意。民间传说，来此拜塔的信徒，数一座即能去除一种烦恼。如能一口气数清所有的塔，就可以尽除人生烦恼了。

中卫沙坡头距青铜峡有 60 余公里。这里西北临腾格里大沙漠，南伴壮阔的黄河，是我国沙漠生态旅游的著名景区。据科学家勘察，腾格里沙漠的沙层厚度达七八十米，流沙占百分之七十，包兰铁路初建时，驶过这一浩瀚沙海时路轨屡为流沙掩盖。后来我国治沙专家发明了"草方格沙障"巨网，才把沙丘镇住。沙障是以一米见方的方格形草障为依托，在流动的沙丘上栽种柠条、油蒿等适应性极强的植物，逐渐形成人工植被，锁住在瀚海中猖獗横行的沙魔王。我这次到沙坡头来，也是想看看这一举世闻名的治沙工程。沙坡头旅游区的入口处有电瓶车供游客租用。既可在治沙成果区往返穿行，实际观察一下沙障情况，也可以挺进到大漠边缘，观望一下浩瀚无垠的黄沙。我弃车进入沙漠，攀登上一座较大的沙丘，极目远眺，除了高高低低的沙丘和漫漫黄沙外，一无所见，不由又想起两个残句："穷荒绝漠鸟不飞，万碛千山梦犹懒。"这大概是此情此景的写照吧。

从中卫乘火车可直达西宁。去青海湖看鸟岛是我行程的最后一个目标。但记得不久前有一份报纸报道青海湿地萎缩、生态变化的消息。据说青海湖在 1997 年前几十年间，水位每年下降 12.49 厘米。可是在 2000 年一年却下降达 21 厘米，2001 年 1 至 5 月，不到五个月又下降 21 厘米。长此以往，不仅湖要消失，鸟儿也要绝迹了。近年来我国各地环境恶化，已成绝症。不知当政者有什么灵丹妙药。我怀着忐忑不安的心情，从中卫登上西去青海湖的夜行列车。

一座被遗忘的屯落

—— 云山屯

明代的城碉

2000 年 4 月，正值沙尘暴频频向半个中国侵袭，黄沙遮天蔽日之际，我逃到大陆的西南一隅——贵州。在五十余年前的抗日战争期间，我曾在内迁至黔北的浙江大学读过三年书。一别半个多世纪，这次重访贵州，感触颇多。我这次贵州之旅时间并不长，从南到北也只跑了七八个地方。但其中印象最深的是造访一座保留有明代遗迹的山中石寨——云山屯。初次遭遇（恕我这个古稀老人也学用一个时髦新词）屯堡人和屯堡文化，至今难以忘怀。

要了解屯堡，首先要弄清它的历史来源，何谓"屯堡"？贵州《平坝县志》记述说："屯堡者，屯军驻居之地也……迨屯制既废，于是遂以其居住地而名之为屯堡人，实则真正之屯堡人即明代屯军之后裔。而非苗夷之类也。"贵州《安顺府志》也有记载："屯军堡子，皆奉洪武敕调北征南……散处屯堡之乡，家口随之至黔。"略翻一下明代历史就可以知道，明朝开国皇帝朱元璋建都金陵后，曾先后派大将傅友德平定四川（洪武四年）及云南（洪武十四、十五年），因连年出师，又须常年驻兵防备叛乱，资粮匮乏，傅友德上书建议行"戍兵屯田"制，以备储粮不足。朱元璋采纳这一建议，沿滇黔要道，遍设卫所，推行屯兵制。明初南征官兵，多来自江、浙、赣等地。这些驻屯军及其家属带来了中原文化和江南文化，从农耕技术到住房建筑，从衣着服饰到文化娱乐，均有明代遗风，至今已绵延五六百年。在历史长河中，虽历经灾荒、战乱种种因素，但安顺地区的屯堡文化却比较完好地保留下来，可以说，它几乎是一部明代"活的历史"。

寂静的云山屯

我初到安顺，赴郊外野游，看到成群结队的中老年妇女，她们身穿青蓝色宽袖长袍，腰束丝绸系带，虽道路泥泞，有人仍穿翘头绣花布鞋，往来于集市和寺庙间。本地人告诉我，这些妇女不是少数民族，她们是屯堡人。这是我第一次听到屯堡这一名词。我在安顺友人处翻查了一些资料，兴趣和好奇心促使我找一处屯堡人聚居点做一番探究。友人建议我去云山屯，这是一座位于安顺东南二十余公里的山中石寨。云山屯的石屋建筑保持比较完整，居民绝大多数属于屯堡人。

到云山屯赶上了一个阴雨的日子，实际上自从我到安顺的一天起，就无日不雨。这真应验了那句贵州谚语：天无三日晴，地无三尺平。幸好汽车驶出市区后，一路青峰卓立，兀起平畴，加之公路两旁一片片金黄色的油菜花田，发出沁人幽香，解除了天公不作美带来的烦恼。车过城东七眼桥时，我们请到一位原居云山屯的老人当向导，一路听他讲传说故事，颇为动听。过七眼桥，汽车即转入乡间土路，路上到处是大坑小洼积满雨水，凸凹难行。最后汽车停到云鹫山下，我们沿着一条古老的石阶，拾级而上。据向导说，这条道就是著名的滇黔古驿道，如今早已废弃，石阶石也多被当地居民搬走盖房了。爬了数十级石阶后，来到半山上

一处垭口，垭口两侧横卧着古城墙。城门箭楼下石拱门上刻着
"云山屯"三个大字。这就是始建于明初的古老屯堡了。

　　驻足四望，云山屯四周被陡崖山壁包围，城墙上仍然可见到
原建的炮楼和箭孔。进了屯门，是一条青石板铺路的老街，街道
两旁都是木石结构的老屋。有些过去多半是店铺，柜台、门面仍
然残留。更多的是民居，三合院、四合院，不少门楼上石雕精湛
的花鸟虫鱼虽多残破，但仍依稀可见。走进几家院落，就可以看
到雕花门窗和吊脚木门。最令人惊异的是路边和不少人家都有清
泉水井。向导对我们说，顺治年间，安顺土匪陈小五率众万余人，
围攻屯堡近一个月，始终未破。屯堡人的胜利不仅归功于地势险
峻，工事牢固，也得力于山上这些水井。我们穿过主街，转道下
了山坡。这里有一后屯门。同正门一样，石堰也随山势向左右山
峰伸展，把屯堡紧紧护卫住。向导带我们到一位九十高龄的傅作
林家中。老人坐在古老的太师椅上，向我们叙说陈年往事。他吟
诵了一首赞美云山屯的旧诗：单凤耸云霄，玉女渡鹊桥，天笼囚
猛虎，辈辈出英豪。云山屯正门内左侧有一高耸入云的孤峰，峰
上建有云鹫山寺。不知老人诗中的"单凤耸云霄"是否指这座凌
空古庙。老人又说这里仍然保留的长袍大袖、丝带束腰的装束也
源于明初。据说是当年朱元璋向出征将士及家属御赐的"龙袍玉
带"。老人还自称是傅友德将军的后代。

被遗弃的明珠

　　我在安顺逗留了一周。第一次去云山屯只是初识庐山面目，
因赶赴另一名胜天台山，行色匆匆，未及好好拍照。所以隔了两
天又独自去了一趟。这一次天虽阴而未雨，独步屯中，绝少人迹。

我仔细观察屯中一座座历尽沧桑的老屋，多已凋敝，有的整个院落都不复存在，只余篮球场大小的一块石板地基。我看到一个老人在监督木匠为自己打制寿材。两个小伙子看见我手持相机就羞羞答答地在不远处跟着我。我招呼他们走近，为他们拍了两张照片，又在一起抽了几支烟。小伙子告诉我，当年云山屯鼎盛时户口过千，但近年日渐凋零，所余不过百十来户，有人出外打工，有人去做买卖，住房常年紧锁，更不必说出钱维修了。年轻人谁也不愿留在屯里安心务农，他们两人马上也要外出打工了。我在崖上坐了很久，俯视石板屋顶的一簇簇房屋，苔痕斑驳的青石板街道，山风猎猎，人迹杳然，不觉思绪万千。我暗暗祈祷，在中央"开发西部"的大潮中，让这颗深藏在大山中的明珠早日拂去历史的尘埃，重新焕发出光彩吧。

旅行家札记

德旺岛：塞纳河上友谊的见证

最初见识到塞纳河的旖旎风光，还是通过荷兰名摄影家伊文斯拍摄的一部纪录片，名字就叫《塞纳河畔》。《塞纳河畔》的镜头主要摄入这条大河的一段——一座又一座风格各异的桥梁，航行在水上的货艇、游船，岸边散步的情侣和孤独的垂钓者，堤岸上晒太阳的流浪汉……总之，这是一幅幅美丽动人的巴黎风情画，望之令人心旷神怡。我两次去巴黎，看到的塞纳河也都是市区内的风光，最让我流连忘返的是靠近巴黎圣母院的一段，河畔是迤逦百米的旧书摊，古旧的书籍、杂志、画片、招贴画、五花八门的邮票……琳琅满目，吸引着无数到巴黎来观光的游客。1999年初秋，我又一次走进法国。这次我看到了塞纳河的另一个面目——远离巴黎市区流淌在广阔原野上苍郁林木间的河道。我在塞纳河中间一个叫德旺的小岛上住了三天。德旺岛是一个只有三四公里长的狭长小岛，位于巴黎北郊一个叫安德列西的小镇对面。岛上一座简陋别墅的主人是一个叫贝丽诗的法国妇女。我同一对美国教授夫妇就在贝女士的木屋里住了三天。是什么机缘叫我有幸在塞纳河一个小岛上度过了三天悠闲时光呢？这件事还要从五年前说起。

那是一个盛夏的清晨，我正坐在家中院子里看书，忽然看到门口探进了一个栗色头发的小脑袋向院里窥探，是一个外国中年妇女。我估计她多半是对我满院的花草产生了兴趣，就用英文邀请她进来看看。她高兴地走进我的小院，看了一会儿花。我请她在走廊上一张藤椅上坐下，同我一道品一杯茉莉花茶。她是法国人，中文名叫贝丽诗，对中国文化很感兴趣。贝丽诗几乎每年夏天都来北京。一到北京，除了会见几位中国朋友外，就喜欢四处串胡同，同胡同里的老北京聊几句天，了解一下中国的风土人情。贝丽诗可以算作个语言学家，在巴黎，她以教英语为生，同时自学汉语。认识我的时候，正在写一篇有关汉语的论文，介绍汉语近百年引进的外来词语。当她得知我在退休前曾经教过多年外国留学生汉语时，就请我帮助她收集这方面的资料。我自然乐于从命。从此贝丽诗每到北京总来我家做客，我俩成了好朋友。

有一年夏天，贝丽诗又来北京了。当时我正在翻译一本美国作家写的侦破小说。书里面有不少美国土话和黑帮分子用语，把我难倒了。贝丽诗知道这事后，把一个美国教授带到我家里，为我解决问题，这位美国教授也是个汉学家，名字很怪，叫约翰·以色列（John lsrael），竟以他的民族作为姓氏。约翰研究汉学的课题是中国最早插队云南的一批知青的来龙去脉。他对云南情有独钟，不只娶了一位云南籍的老婆，而且声言，退休后将去云南落户。我同约翰很谈得来，听说我年轻的时候，也在云南浪荡过，他立刻把我引为知己。我给他讲艾芜《南行记》中写的故事，他听得非常神往。

1999 年 6 月德国汉诺威市举办第六届国际汉学会议，约翰的夫人参加了这次会议，约翰也陪夫人同往。我则先在英国转悠了一个月，最后也到了德国。在汉诺威，我同约翰夫妇同住一家旅馆。别人都忙着开会，听发言，我同约翰却趁机游山玩水。我们两个从旅馆各借了一辆自行车，从一清早就骑到森林里乱转。将近中午的时候，或者在郊外找个小餐馆胡乱吃些东西，要么就骑车到城里用餐。我发现约翰骑车老闯红灯，我向他提出警告。约翰说："我是南方人。我们南方人生性鲁莽，这是改不过来的。我爸爸因为闯红灯腿被撞残，可我还是改不了。"就这样，我们一中一美两个老头，骑车"大闹汉诺威"，玩得非常痛快。

会议结束后，我同约翰夫妇连夜乘车前往巴黎，去拜访贝丽诗。火车凌晨到达巴黎车站，贝丽诗已经在站台上等着我们了。我们在火车站前面吃过早饭，兑换了法郎，又买了郊区车票，跟随着贝丽诗到达她在德旺岛的家里。德旺只不过是个方圆两三里的一个小岛，位于塞纳河中。过河须乘一只小铁船，由自己摆渡。岛上只住着四五家人，贝丽诗的两层居家极其简陋，是她同她丈夫自己动手建造的。这里环境优美，绿草如茵。白天或者坐在岸边垂钓，或者渡河去逛安德列西古镇。晚上坐在室外喝咖啡，天南地北地闲聊，真是极大的享受。

三天的田园生活很快就过去了。约翰夫妇要在巴黎继续玩几天，他们已经在巴黎圣母院附近租好了房间。我则需要找一个便宜住所。贝丽诗早就托她的朋友为我找到一家叙利亚移民经营的小旅馆，房价低廉，交通便利，她怕我自己找不到，而且同旅馆主无法沟通，一直把我送到住处。直到把我安顿好，即将握手告别前，我才知道贝丽诗这次招待我们三个远方来客多么不容易。原来就在她陪伴我们期间，她的全家正在法国南方等待着她。法国人的习惯是一到夏天全家人都离开大城市到乡下度假，这次她却把亲人全都抛开了。贝丽诗的两个男孩子都不守规矩，这一年多半也犯了点事，这就更增加了她的心理负担了。

我非常感谢这位法国朋友。那些年，她几乎每年都往中国跑，有时候还在北京某个院校教几个月法文。她丈夫（也是中学教员）为此非常不满。甚至讥讽说：我看你索性不要这个家，嫁到中国去算了。贝丽诗虽然心里也感觉有些对不起家人，可就是无法割舍对中国的迷恋。夏天又到了，我又在庭院闲坐。说不定什么时候街门会被人推开，从外面探进一个栗色头发的小脑袋来。

开罗行

开罗——非洲最大的城市

开罗是一座历史悠久的城市。公元 641 年阿拉伯统帅伊本·阿绥建立起一个居住区，名富斯塔特。现在它是开罗的一部分，人们称之为"老开罗"。969 年法蒂米德哈里发在富斯塔特城北建都，把原名曼苏里耶地区改名开罗。至 13 世纪，开罗作为马穆鲁克王朝都城，已成为当时非洲、欧洲和小亚细亚最大城市了。以后几经兴衰，至 19 世纪初，法国拿破仑军队撤出后，统治者伊斯梅尔开始修建欧洲式新城。20 世纪开罗城继续向北发展，现已扩展到尼罗河三角洲一带。今天的开罗人口将近 1000 万，占全国的 1/4。市中心是现代化市区，解放广场位于尼罗河东岸，有十条街道在此汇集。政府机构、现代化旅馆、银行大厦，以及收藏着无数文化古物的埃及博物馆都聚集在这一带，有"开罗橱窗"之称。除现代化的市中心之外，开罗有三个古老的旧城区，房屋大多是 11 至 16 世纪的阿拉伯建筑，古老的城堡，深邃、庄严的清真寺，弯曲的窄巷……根据一些导游书的记载，开罗的名胜古迹有四五百处。世界第一所大学，同时也是全世界最大的伊斯兰学院就设在阿兹哈尔清真寺内。建于 9 世纪末的伊本·图伦大清真寺的连环拱廊和浮雕图案具有巴格达最古老的清真寺风格。萨拉丁城堡建于 12 世纪，1946 年英国的军队在这里把军权移交给埃及军队。"老开罗"

是埃及基督徒最早定居的地方，这里至今还有好几座基督教堂和一个展示埃及基督文化的博物馆。埃及市面积 200 余平方公里，但交通非常方便。除公共汽车、电车、出租车和尼罗河上的航船外，我去开罗不久前第一条地下铁道也已竣工通车了。

世界奇迹之一的金字塔

凡是到埃及旅游的人，第一个愿望自然是参观世界上最古老的建筑——金字塔。迄今为止，埃及已发现的国王金字塔 80 余座，可惜大部已倾圮坍倒。但就在开罗市西南吉萨却完整地伫立着大小 10 余座金字塔，包括最大的一座法老胡夫金字塔和已受风沙严重侵蚀的狮身人面像。这里已有两座大金字塔被凿开，游客买了门票可以沿着斜长的墓道走到塔中心原来停放法老棺木的墓室。墓室远不如我国已经挖掘开的地下宫殿那样雄伟。室中的棺木同木乃伊连同殉葬品早已移至他处，墙上的壁画也都色彩模糊。在墓室里转了一周，令人颇感压抑。另外，金字塔是严禁游人攀登的，所以参观金字塔的游客是不会有"不到长城非好汉"那种登高望远、意气风发感觉的。但是我这次去吉萨金字塔却有一段奇遇。我同我的德国游伴已看完了所有要看的东西，但是意犹未尽，便信步走到金字塔群的边缘，西眺黄沙漫漫的利比亚沙漠。这时走来一个八九岁的埃及小男孩，黝黑的面孔，炯炯有神的大眼，好奇地注视着我俩手上的照相机。我们给他拍了几张照片，又把带来的水果给了他。他羞涩地拿了我们的礼物，招手示意，叫我们跟着他走。他把我们带到远处一座几乎已被沙漠包围的小金字塔，便脚步敏捷地从塔基一个缺口处攀登上去。我们也不甘落后，十几分钟以后，我同我的德国友人已经爬到了顶峰。面前是在夕阳中投掷下巨大暗影的一座座巍峨金字塔，另一面是一望无垠的黄沙，在落日余晖里闪闪烁烁。除了远处偶然飘来几声驼铃外，四周一片寂静，杳无一人。我和我的同伴也都沉思不语。一种亘古的荒凉之感油然而生。我不禁想起"前不见古人，后不见来者"的《登幽州台歌》来。

漫步开罗街头

从靠近市中心的歌剧院广场沿着阿兹哈尔大街走下去就到了汗艾尔卡里里市场。这是首建于 14 世纪末，至今仍保留着阿拉伯古风的一座大市场，是开罗最吸引旅游者的一个观光地区。一条条狭窄迂曲的小巷，出售金银铜器、皮革、丝织品、地毯、香料和各式各样手工艺品的店铺鳞次栉比，令人目不暇接。开罗市东北郊区还有一个相当规模的骆驼市场，几百只单峰驼在这里待价而沽。除骆驼外，毛驴和山羊也占据了市场的一角。从远处把牲口赶来的乡下人，常常老少一家，席地坐在地毯上。一走进市场，扑鼻而来的是牲畜的腥膻混合着埃及各种小吃的辛辣芳香。骆驼的嘶鸣、小贩的吆喝、顾客与牲畜贩子讨价还价的争吵喊叫，构成了一曲阿拉伯风格的交响乐。在这个市场游逛，人们宛如置身于中世纪天方夜谭的神话里。

埃及人喜欢饮茶，大大小小的茶馆遍布街头。地处繁华市区的茶馆非常讲究，有的布置成阿拉伯庭院式，有的居高临下，面对繁华街市，颇有些像中国古代的茶楼。但更多的茶馆非常简陋，两三间门面，七八张茶桌，桌子大多摆在人行道上。埃及人饮的是装在小茶盅里的一种甜茶，外加一杯冷水。一种形状像长颈玻璃灯的水烟袋是每家茶馆必不可少的设置。在开罗街头漫步，这些茶馆不只是我歇脚的地方，也是同当地人民接触交谈的场所。

我曾在一座讲究的茶楼里遇到过手戴四五个大金戒指的退离影坛的影星，还有能操流利法语和英语交谈的商人，也在普通的茶馆里同更多的下层人民聊天。这些人在得知我是从另一个历史悠久的古国来埃及旅游时，都表现出无比的热情。很多次在我离开茶馆时，茶博士告诉我茶资早已有人代付。一个年轻人叫我在茶馆里等着他。他自己说不好英语，叫另一个人转达他的意思。开始我不明白他要做什么，过了半个小时，这个年轻人回来了，骑来了一辆上海生产的凤凰牌自行车。于是茶馆立刻成了介绍中国经济改革的讲坛。最使我感动的是两个老人——一个老裁缝，一个早已退休的小职员。这两个人几乎从早到晚坐在离我住的旅馆不远的一家小茶馆里。我每次从这家茶馆经过，都要被他们拉住，坐在一起聊一会儿天。在我告别开罗的前夕，老裁缝特别邀请我到他的一间门面的小裁缝铺为他拍了几张照片。另一个老人向我要了一枚镌有中国国徽的五分镍币。他对我说，这是一件最有意义的纪念品。

几点感想

我在埃及旅游两周，在开罗逗留了十天，中间有四天到南部游览了另一古城——卢克索。这里我不只参观了埃及最古老、最壮丽的两座神殿，而且巧遇我国宁夏回族自治区派出的一个建筑队，受到国内同胞们的热情招待。告别埃及后，感触颇多。主要想到的是，埃及是一个文明古国，拥有极丰富的历史遗产。近十几年，大力开展旅游事业，不仅向外界宣扬了埃及文化，而且赚取了大量外汇。在许多方面，中国与埃及很有共同点。今天，中国也在执行开放政策，埃及有不少值得我们借鉴的地方。埃及物资丰富，物价稳定，食品、交通有的比国内还低廉。到埃及来的旅客，固然可以住希尔顿大饭店，但也可以找到房价低廉的中小旅馆。埃及民风朴厚，除了在旅游点骑骆驼、租小驴车要讨价还价外，乘出租车、买纪念品都没有向游客敲竹杠的现象。另外一点感想是，开罗市中心摩天大楼高耸、立交桥纵横交错，站在187米高的尼罗塔上俯瞰尼罗河大桥，车水马龙，不亚于西方任何一个大城市。但是开罗的古城区却保持得非常完整，几百年的风貌几乎没有什么改变。反观我国，大大小小的城市很少保留有完整的城墙和几条古旧街道的。要吸引外国旅游者，就必须尊重自己的历史，不能只注重兴建现代化的大饭店以及那些可以并排行驶几辆汽车的大而不当的街道。后来在报上读到文化部部长王蒙"存旧立新"的论点，谈的虽然是文化，但在城市规划上又何尝不然呢？

附记：此文写于1988年，登在当时《编译参考》杂志上。时间瞬息已过了二十年，如今国人去埃及旅游的大有人在，我过去的记载已不新鲜。但是当年我的感触，例如开放旅游业，不应一味建造现代化高级酒店、拓宽马路，须要妥善保管好国有的文化古迹，今天看来也还是对的。

探访古波斯文明

第二天凌晨一架土耳其航机就要载我离开德黑兰。这一天决定一个人闭守在宽大的旅邸里，我既要拾掇一下行装，也要整理一下十几天游览后凌乱如万花筒般的思想。只要一闭上眼，脑子里就仍然映现出波斯波利斯矗立在高大台基上的一根根擎天石柱，孤寂地挺立在一片荒凉沙碛中的波斯古国居鲁士二世陵墓。伊玛目广场开阔宏伟，环绕广场的手工艺商店每一家都填满了精美绝伦的艺术品。手工编织的地毯巧夺天工，夜莺仿佛就在枝头飞翔，舞蹈的波斯佳丽正向你伸出纤纤玉手……是的，波斯多佳丽！虽然全身上下用黑色衣巾包裹住，但是"赫加布"披巾却掩不住美女妩媚的笑脸。特别是一些女学生，偶然在某个景点相遇，她们愿意用磕磕巴巴的英语同你交谈。当她们知道你是从遥远中国来的旅客的时候，常常会睁大了眼睛大声说："啊，秦（尼）！（中国）""中国的伊斯兰教妇女要不要蒙着黑色头巾？"有的女孩子会好奇地问。这些女大学生似乎不怎么喜欢用"赫加布"蒙头。她们把头巾尽量向后推，露出更多美丽的头发，长袍剪裁得比较短，非常贴身，显露出窈窕腰肢。但是这里的宗教法规严厉。在城市街道上，不时有人巡逻，监督人们的服饰。我在旅游点穿梭，口干舌燥，却无法买到一杯啤酒。

伊朗（旧称波斯）是怎样一个国家？我坐在旅馆里沉思着，想写下我的观感，却觉得无从下笔。

这是一个有记载历史可以追溯到公元前 2700 年的文明古国。

一个在公元前 6 世纪即已建立起强大帝国，版图曾经西至埃及、东达中亚和印度河两岸的古国。一个历经二十余个朝代更迭、不同异族入侵，最终取得了自己尊严和独立的国家。一个自公元前 2 世纪即与我国有经济、文化往来（我国历史称之为安息）、丝绸之路一度把两国密切联系起来的国家。一个处处都有文物古迹但自 1979 年伊斯兰革命而遭西方封锁，至今国门尚未向世界完全敞开的国家。这就是我行将离开的伊朗伊斯兰共和国（今称）。宗教法规虽严，对异族和非伊斯兰教徒却又宽容而友好，不少城市里都有犹太人和亚美尼亚人聚居区，同伊朗人和平共处。这个国家古老又充满蓬勃生机。早在中国秦始皇统一全国建造阿房宫前，波斯帝国的大流士一世就在自己国家营建了一座雄壮巍峨的宫殿——波斯波利斯（希腊语：意思是波斯的都城）。阿房宫在项羽攻入咸阳后被焚毁，波斯波利斯也在公元前 330 年被侵入波斯的马其顿亚历山大大帝毁掉。但是阿房宫至今只剩下一座夯土高台，波斯故都废墟上的石柱却仍然高耸入云。坚实的巨石台基、石壁和门廊上精工雕刻的浮雕，处处令人缅怀当年波斯帝国的辉煌。这篇纪行就先从故都废墟写起吧。

波斯波利斯的建造，历经八九个国王、历时 150 年

波斯帝国阿契美尼德王朝第三代国王大流士一世是这一王朝最伟大的国王，国力鼎盛。原来建都于苏萨，宫殿不幸失火燃烧，于是他又在波斯南部建造了这一陪都，大兴土木，营造了一座气宇恢宏的宫室，作为臣属向他奉献贡物和每年春季欢庆新年节庆的场所。波斯波利斯在伊朗法尔斯省设拉子东北约 60 公里，建于大流士一世在位时间（公元前 521 年至前 485 年），但大流士只建

了奥帕当瑙大殿、塔恰劳冬宫、财库、马厩、水道、贮藏室等建筑。大流士死后，泽尔士一世，大流士二世、三世，居鲁士二世等国王又陆续扩建、改建，使之成为人世间一座极其宏伟、完整的复合体。这座巨大宫室东倚库黑·拉赫玛特山（慈善山），另外三侧为砖墙，方圆达 14 万平方米。站在能欣赏落日余晖的高大台地上，可以俯瞰面前一片富饶的平原。建筑材料全部采用黑灰色岩石，墙用砖砌，屋顶则是木制（现均不存）。走进这一宏伟的建筑群，首先登上的是泽尔士一世时建筑的"万国门"。左右两条通道台阶是用 7 米长的巨石凿成的。走完石阶通过一对带羽翼的兽身人面石像，便进入台地。这里原是国王接见各国代表团觐见的大厅，三面敞开，设有休息用的石凳。宫殿早已不存，现在只剩下几根高达 20 米的擎天石柱，不难想象当年大厅的巍峨。从大厅南面可以抵达大流士在位时建造的奥帕当瑙大殿。大殿用同样高的 36 根石柱支撑，现在仍有十余根矗立在原处。人们曾在深埋厚壁下面的泥土中发现一只储藏财宝的木箱，箱上刻着古老的埃兰语楔形文字。这是一段歌颂"王中之王"大流士的铭文。

在奥帕当瑙东面是台地上最大的建筑物——"百柱大厅"，占地几近 5000 平方米。这里也是用来接待各臣属国家前来呈献贡礼的地方。"百柱大厅"原来被三米深的积土所掩埋，直到 1878 年才重新挖掘出来。原来的 14 米高的石柱多已倾倒，但还留有不少宫殿基座，满布精美浮雕。

波斯波利斯虽然历经几位国王才竣工，但整个设计布局整齐有序，不失为一个和谐的整体。

徜徉在这 2300 年前营造的废墟里，仰望一根根擎天石柱，近看石壁、门廊的人物浮雕。不同国家子民排成长列，手持礼品，不远千里来向国王进贡。一排排蓄着长髯的波斯士兵怀抱长矛，威武庄严。20余年前第一次参观秦始皇兵马俑的感觉不禁又一次油然涌上心头。不管帝国当年历史如何辉煌，武功如何显赫，最终都已被无情的岁月磨灭掉，只能慨叹一声"俱往矣！数英雄人物还在今朝"吧。

伊斯法罕，天下之半

伊斯法罕是一座历史悠久的古城，地处伊朗首都南400余公里，在萨珊王朝时就已出名。但其后沦入阿拉伯人之手，又受到蒙古人的破坏，居民被帖木儿大量杀戮，城市元气大伤。直到萨法维王朝时期，阿拔斯一世于1598年把首都从加兹温迁移此地，才又重新振兴。阿拔斯一世大兴土木，修建了寺院、广场、旅店、桥梁和林荫大道，使之成为伊斯兰一座最精美的城市，堪称古波斯的一颗明珠。

伊斯法罕拥有无数名胜古迹，游客在这里可以寻幽探胜，沉湎在一座座古老的清真寺和昔日国王的御花园里。也可以在美丽的桥上散步，在河畔草地上休息，或者在堆满艺术品、手工艺品的巴扎市集上漫步寻宝。在传统的茶馆里品茗，抽一袋水烟和当地居民谈心……总之一句话，伊斯法罕有说不完的迷人景色，令人流连忘返，不肯离开。

契黑尔·索通宫始建于阿拔斯在位时期，占地6.7万平方米，完成于1647年，是萨法维国王的宫廷和接见客人的大厅。契黑尔·索通的意思是"四十柱宫"，但实际只有二十根。另外二十根柱子是大厅前池塘中的倒影。四十在波斯语中有"众多"的意思，至今在伊朗某些地区，"四十"与"众多"仍是一个词。哈希特·贝黑希特王宫是萨法维王朝后期的王室成员居室，建于17世纪后半叶，意思是"八座天堂"。四周原有一座巨大花园，现已不存，为市政府修建的一座公园所代替。密瑙莱·琼邦的意思是"摇动塔"，原是蒙古人统治时期的陵园。两座尖塔，只要你不怕掉下来爬上楼梯就可以推动使塔身猛烈晃动。伊斯法罕拥有 200 余座清真寺，最古老的一座是已经被列入世界文化遗产中的礼拜五清真寺。这座清真寺始建于 11 世纪末至 12 世纪初，以后又不断改建、扩建，已成为伊朗宗教建筑史中的一座里程碑。除清真寺外，伊斯法罕还有两座基督教教堂。旺克教堂建筑在亚美尼亚人移民区内，已有四百余年历史。内部装饰着一幅幅色彩精美的圣贤绘画，融汇了伊斯兰画风和欧洲基督教绘画风格。另外不少镀金雕像，均取材于《圣经·旧约》中的故事。

我这次旅游在伊斯法罕停留了两天，印象最深的一是巨大的伊玛目广场，一是横贯伊斯法罕的萨因德罗河河上的几座桥梁。

伊玛目广场长 510 米，宽 165 米，总面积达 8 万平方米，有两个莫斯科红场大。这里本是萨法维王朝时期进行阅兵、演武、举行各种竞技的场所。广场四周由两层高的连环拱廊环绕。除了阿里·考普宫、伊玛目清真寺（被认为是世上最精美的建筑物之一）和谢赫·罗特夫劳清真寺（国王献给自己岳父、黎巴嫩学者谢赫·罗特夫劳的重礼）以外，就是绵延不断的一座座工艺品、美术品店铺。漫步其中，人们不禁惊叹伊朗人精巧的手工技艺和审美意识。我也买了一件纪念品，但不是细密画（miniature painting）或者彩绘的瓷碟，而是一本有五种语言（波斯文、英、法、德和世界语）的波斯哲理诗人欧玛尔·海亚姆的《鲁拜集》（Omar Khayyam：*Rubaiyat*）。《鲁拜集》自从 1859 年为英国人菲茨杰拉德译成英文出版后，已成为世界经典文学作品之一。我国早在 1928 年就有郭沫若的译本，近年来又有四五种新译本问世。年轻的时候，我刚刚学会一点英文，能借助字典阅读英语著作，就偶然买到了《鲁拜集》的英文译本。"夜莺在蔷薇园中鸣啭。少女坐在流水潺潺的小溪边，让淡蓝色月光在身上流淌……"这是我青年时代的人间乐园。但是诗人欧玛尔·海亚姆早在七百多年以前就魂归天国。夜莺多半已经被很少间断过的隆隆炮火赶走。诗人早在他的四行诗中就预言道："杰姆西饮宴的宫殿（波斯波利斯亦称'杰姆西的宫殿'，杰姆西有鼎盛之意）如今已成为野狮和蜥蜴的游居地。"环球万国，如今何处还能寻到伊甸园呢？

锡乌塞桥（亦称三十三孔桥）北侧直通伊斯法罕恰豪勒·保格林荫道，这是萨因德罗河上最美的一座桥梁，长 300 米，分上下两层。上层行人，下层兼作水闸。天气炎热的时候，人们可以坐在拱廊中休息，也可以在桥畔茶馆中品茗，观赏岸边风景。夏赫列斯坦桥在城区东面，长 100 米，由 12 块巨石建成桥梁，据说这座拱桥建于萨珊王朝时期，是伊斯法罕最古老的桥梁。

马什哈德——从一个边陲小镇到伊朗第二大城市

马什哈德位于伊朗东北角，是霍劳桑省省会。几百年前，这里原是一个边陲小镇。公元 8 年，伊斯兰教宗教领袖伊玛目·列朝在此殉难（传说他是被哈里发玛蒙用葡萄毒死的），被埋葬在这里，其坟墓成为圣祠。16 世纪，萨法维王朝宣布什叶派为伊朗国教，他的墓地成了什叶派教徒朝觐圣地。圣祠周围逐渐发展成一座小城，现在马什哈德的人口已逾 200 万，每年都有无数信徒来此朝觐祈福。外国旅游者也蜂拥而来，马什哈德日渐繁荣。

伊玛目·列朝圣祠是一个建筑群，拥有许多庭院，并有图书馆、博物馆、医务所、净礼处等不同功能的馆所，直到现在仍不断修整扩建。我去参观的时候就看到有的院内起重机正在搬运石块，手工艺工人在向壁上贴马赛克瓷砖。圣祠本身虽然禁止非穆斯林人入内，但圣祠的高大金色圆顶，高耸入云的密瑙莱塔（宣礼塔）却从很远的地方就能看到。由于担心恐怖分子制造麻烦，所以进入圣祠检查极严，连相机也禁止携带。因为无法自己拍摄照片，我只能买了一套精美的明信片留作纪念。

到了马什哈德，一个不能不去参观的地方是城市东北 22 公里的图斯城。在马什哈德成为首府以前，图斯一直是一座繁荣的城市，并长期作为省府，但现在已经极其衰败，只剩下不多民房和一片破落的黄土城墙。图斯今天仍然引来不少旅客是因为这里是波斯大诗人菲尔多西（940—1020）的故乡，诗人死后陵墓也建在这里。菲尔多西用 35 年时间完成了波斯文学巨著 5 万行长诗《王书》。《王书》既写了史前时期波斯的神话故事，也记录了一些传说和历代王朝 50 位帝王的史实。菲尔多西坟墓在 1933 年修建，1968 年重建，庄严巍峨。地宫四壁环绕着记载于史诗中的多幅浮雕石版画，人物造型极为生动。菲尔多西一生清贫，他反对暴政，同情劳苦人民，在伊朗人民中享有崇高荣誉。

为了多走一些地方，多了解一些伊朗人生活情况，我在从伊斯法罕返回德黑兰时，退掉机票，改乘汽车，又访问了卡尚、纳因、库姆等大小城市和村镇。但是这样一个历史悠久、纷繁多彩的国家远不是十日游程所能看完的。但愿国内有更多游客能到这个与中国友好的古国观光，写出更多更好的报道。

（2004 年）

诗人之乡

年轻的时候，我喜欢到东安市场内丹桂商场去淘旧书。当时我读英文刚刚入门，借助字典勉强能够阅读原著，所以那一时期买的多是英文书。有一次，我买到了波斯诗人欧玛尔·海亚姆（1048—1122）的《鲁拜集》英文译本，如获至宝。

"鲁拜"是阿拉伯语，意思是四行诗。郭沫若早在1928年就翻译出版了这本诗集。《鲁拜集》也是郭老为此书取的名字。我在辅仁大学听过翻译界前辈李霁野先生讲世界文学史课。他介绍海亚姆说，这人博学多才，是数学家、天文学家，还在波斯塞尔柱王朝的宫廷里当过御医。吟诗只是他生活中的余兴。同好友相聚，饮酌之间，随口吟诵成篇，但不少诗句却被有心人记录下来，在他死后两百余年在设拉子集结印刷出版。

李霁野老师还说《鲁拜集》之所以成为世界经典著作，要归功于英国人菲茨杰拉德。菲茨杰拉德在19世纪中叶把《鲁拜集》译成英文出版，引起文坛轰动，可以说赋予了《鲁拜集》第二次生命。这也正像另一位英国人查普曼（1559—1634）首次把两部《荷马史诗》译成英文一样，功不可没。

海亚姆的诗探索宇宙、人生，悲叹生命短促、世事无常，而日月星辰却循环往复，千古不变。但是宇宙的奥秘有谁能探清？他认为来世——天国或地狱都是虚幻的，俱不可信，应该珍惜的是现实世界。由于海亚姆诗中表现了无神论思想，所以招致了统治者和宗教界仇恨。他死后不久，就有人攻击他的诗是"伤人的毒蛇"。

我热衷于阅读《鲁拜集》的时候，年纪太轻，天堂和地狱都离我太远。我喜欢的是诗人对人间乐园的讴歌：

> 树荫下，持一卷诗篇，
>
> 一壶酒，和面包一篮，
>
> 还有你，在荒野中伴我吟唱，
>
> 这荒野就是人间乐园。
>
> ——《鲁拜集》第十二首

直到年纪老大，我才领悟到伊甸园难寻，诗人吟诵的只是他的理想国土。正像丹麦人克尔恺郭尔说的："做一个诗人意味着什么？意味着他的现实生活同他的创作处于不同的领域。"

年轻时胡乱购买的书几乎全部都散失了。但这本英文译本《鲁拜集》虽然历经劫难，却一直保存在手里。不久前，我又把它从乱书堆里翻寻出来。这是一本绿色小羊羔皮装订的小书，封面烫着金字和一把竖琴，是美国费城某一书店出版的，但并没有注明年份。但从收录在卷首的一篇序言——1897年一个英国人在伦敦海亚姆俱乐部中所做的演说——看来，应该是19、20世纪之交的出版物。我把它找出来，是因为不久前我去伊朗（自1935年波斯更名伊朗）漫游了十余天，凑巧又在伊斯法罕一家小书店里买到了一本《鲁拜集》。新买的这本印刷粗糙，但除了波斯原文外，还收集了英、德、法和世界语四种译文，我想把两个版本对照一下，看看译文有无分歧。此外，出于一个老翻译家的习惯，我也想了解一下，德文和法文如何处理原诗，同菲茨杰拉德的译文出入大不大。

在伊朗旅游，先从德黑兰飞往设拉子——建于公元前 500 年左右，后来被亚历山大大帝焚毁的波斯波利斯古城废墟就在设拉子东北 60 公里。从设拉子再乘伊朗国内航班，两个多小时就飞到了霍拉桑省省会马什哈德。海亚姆的陵墓在马什哈德西面 100 余公里的内沙布尔，我本应去参拜一下，但限于旅程安排紧凑（如果去，必须在内沙布尔过夜），失去了机会。

不能去内沙布尔，近在咫尺的图斯城是必须去的，因为这里是波斯另外一位大诗人的故乡和长眠之地，那就是历时 35 年写下五万余行（每行均为对句）英雄史诗《王书》的菲尔多西（940—1020）。《王书》分神话传说、英雄传奇和历史故事三部分，囊括了波斯早期及伊斯兰前期的整个历史，在伊朗家喻户晓，菲尔多西也赢得了爱国诗人的称号。据说在他动笔前，当时的统治者马哈穆德曾答应每一行对句酬劳他一枚金币。但是当他完成这部巨著时，国王却后悔当年出价太高，把金币改为银币，菲尔多西一怒之下，分文未取，拂袖而去。这以后他流亡异乡，穷困潦倒，直到晚年才回图斯。在乘车前往菲尔多西陵墓路上，我的伊朗朋友兼向导 K 先生给我讲了不少诗人的逸事。K 先生很有文学造诣，英语也讲得极好，我同他交谈毫无隔阂。刚才那个金币故事，K 先生有另外一个版本。他说，银币诗人还是收下了，只不过转赠给图斯的穷人，叫他们在城门外的河上修了一座小桥。我当时还问了那条河的名字，可惜没有记住。

菲尔多西的陵寝庄严巍峨，是模仿帕萨尔加德波斯古王居鲁士二世坟墓式样建造的。据 K 先生说，这座陵园始建于 1933 年，本是准备纪念诗人逝世的。伊斯兰革命后，当政者认为菲尔多西的诗有反宗教倾向，陵墓曾受到很大破坏。但是现在诗人的名誉已经恢复，陵墓也进行了维修，陵园中有一座诗人的大理石雕像，供人瞻仰。

谒陵的当天晚上，我们去一个叫托尔卡伯的郊区吃晚饭。这里本是富人的别墅区，革命后有钱的人大量流亡国外，花园和别墅被商人买下来改为一家家餐馆。餐馆内的座位是波斯传统式样，人们围着矮木桌坐在高大的木炕上吃饭、吸水烟袋、谈天说地。K先生又一次说起诗人的故事来，因为伊朗宗教法规极严，禁止饮酒，我们喝的是一种叫"杜"（dugh）的饮料。这种"假啤酒"略带点薄荷味，也起泡沫，喝起来倒也爽口。几杯下肚之后，K先生来了兴致，高声吟唱起海亚姆的诗句来。我也搜索枯肠，把几乎遗忘的菲茨杰拉德译诗背了两首。一唱一和，把服务员和另外两张餐桌上的游客也招引过来。这次在诗人之乡临时组织的唱诗会是我伊朗之旅最难忘的一幕。

菲尔多西、海亚姆、萨迪和哈菲兹在伊朗被称为古波斯诗坛"四大支柱"。后两位诗人都出生于设拉子，死后也都葬在故乡。后人为之建立了陵园。萨迪前半生过着托钵僧生活，四处流浪，足迹远至非洲及我国的喀什噶尔。浪游中，他接触到不同阶层的人物，体验了人情世故，返乡后潜心著作，先后写了哲理性叙事长诗《果园》和夹有短诗的韵文长篇《蔷薇园》。人们称赞他的诗宛如"一根绚丽的五彩长线贯穿着的箴言明珠"。哈菲兹以写抒情诗见长，人称"设拉子夜莺"。听伊朗朋友说，每个伊朗人家庭中都有两种不能缺少的东西．一是《古兰经》，另一件就是《哈菲兹诗集》。这两位诗人在世界文坛上早就享有很高声誉。萨迪在《蔷薇园》中吟唱的"亚当子孙皆兄弟"一首诗体现了他深厚的人道主义精神，已被联合国采纳用以阐述这一国际组织的宗旨。

两座陵园我在设拉子都拜望过。陵墓朴实、肃穆。环绕墓地的园林开阔疏朗，林木蓊郁，绿草如茵。院内设有小型博物馆和售书处，可以了解诗人生平事迹，购买诗人遗著。哈菲兹陵园后面的小跨院还开辟了一个茶馆，供游客品茗休息。在萨迪的陵园里，我信步走到偏僻的一隅，看见有人正坐在树荫下翻阅（可能是刚买到手的）一本诗集。这里远离尘嚣，异常宁静。我也找到一张石凳坐下，叫自己同清纯、平和的氛围融合起来。仰望蓝天白云，遥远处隐约显映出一线淡淡青山。花香扑鼻，禽鸟在林间唧啾。我好像已经走出纷乱嘈杂的世界……蓦然间，青年时代梦想过的伊甸园又涌上心头。啊，伊甸园在人世间多半还是有的，只不过隐藏在古诗人的陵园中而已。

（2004 年）

揭开印度的神秘面纱

印度的魅力

南航飞机滑落到新德里机场水泥跑道上的时候，天刚蒙蒙亮。机场大厅灰暗、陈旧，看不到任何现代化气息。旅客寥寥，我们一行从北京来的游客，很快就办完入境手续，顺利地出了关。但是走到出口大门内的休息厅时，却发现印度旅行社地陪人员还没来迎接，只能等待。这间休息厅很宽阔，四周有不少旅行社接待处，外币兑换所和售卖地图、明信片等零碎物件的商店。只不过大多店铺都关着门，一片昏暗。一排排硬塑料靠背椅上坐着服装各异的印度人，最显眼的是几个头缠厚重头巾的锡克教徒和披着色彩鲜艳纱丽的印度妇女。也有几个女人带着小孩席地而坐，身下铺着毯子。我本想去小卖部买一本印度导游地图什么的，却因为口袋里只装着美元，没有卢比，所以只在书摊上随便翻翻，什么也没买。我坐在椅子上，等着进一步投身到这个充满魅力、长久吸引着我的神奇国度里。

是什么把我召唤到这里来的？是号称"印度珍珠"的世界七大建筑奇迹之一的泰姬陵还是粉红色城市斋浦尔和它那开着上百扇窗户的"风之宫"？是在恒河圣水里沐浴的印度教徒还是街头的弄蛇人、在大街小巷悠闲漫步的神牛和大象？是释迦牟尼向弟子传经布道的鹿野苑还是令人瞠目结舌、赤裸裸表现性爱场景的卡杰拉霍神庙？贬斥印度的人认为这个国家贫穷、落后，城市里充满了乞丐，农村很多家庭没有厕所，根本不值得一去。这倒也是实情。印度人口众多，在农村失去立锥之地的人蜂拥到城市里来，弄得大城市肮脏不堪，人满为患。诺贝尔文学奖获得者 V. S. 奈保尔在《印度：受伤的文明》一书中曾这样描写孟买："每天都有1500 余人，约 350 户人家拥进孟买讨生活，他们来自乡间，身无长物……通往机场的公路两旁簇拥着无数低矮棚户。白天处处人挤人，夜间人行道上睡满了流浪者……""街头乞丐成群……不少乞儿露出自己伤残的肢体，一味纠缠行人……"但是另一方面，人们又不得不为不足中国国土 1/3 的印度（印度面积只有 298 万平方公里）却养活了十几亿人口而感到惊奇。近年来，印度科技发展极快，已成为世界上软件最大的供应国之一。印度人笃信宗教，但这并未妨碍它在现代化道路上阔步前进。印度处处是各种教派的庙宇，是一个保守的国家。但以宝莱坞电影为蓝本的商业片又征服了无数国家的观众。或许印度的魅力正在它是这样一个矛盾重重的地方，是一个既古老又现代化的国家。诚如某一本描写印度的书上所说："它是一只不老的神牛，负载着几千年的神秘和奇异，又像一只躁动不安的蛇，在现代与传统的巨大反差中左冲右突。"不管怎么说，我已经迈进印度的国门。我将很快地揭开它的神秘面纱，哪怕只揭开一角，只看到一些表面景象呢，我多年寻求的目的总算实现了。踏上印度土地的这一天是 2003 年 9 月 30日，我将在这个国家逗留两周。在这整整 14 天中，我将看到些什么呢？

新德里和旧德里，两个世界

到印度的第一天，乘坐旅游大巴在首都德里兜了几个圈子，但只是走马观花，一切都只是匆忙一瞥。直到十几天后我只身游历了拉贾斯坦省归来，在旧德里一家不大的旅馆里住下，才对这个总人口达 900 万的印度首都开始了比较亲密的接触。

德里由新旧两部分组成，是过去与现代、传统与当代的结合。新德里是在 1911 年由英王乔治五世奠基，英国两位名建筑师规划设计，于 1929 年建成的。这里是印度政治、经济、文化中心，是总统府、国会大厦、政府机构和各国使馆的所在地。新德里街道宽阔，到处是白色别墅和绿油油的草坪，笔直的国家大道从印度门（为纪念第一次世界大战阵亡将士而修建）直通富丽堂皇的总统府邸。市中心康诺利广场向四周辐射的几条街上，银行、酒店林立，既是现代化商业区，又有公园、喷泉供市民休息。但是只要穿过新德里北面的德里门，人们就走进旧德里，其感觉很像穿越了一条时空隧道，一下子回到数百年前的旧时代。旧德里除了几条大街外，充满迷宫似的迂曲小巷。神牛挡住车路，弄蛇人吹奏着笛子叫眼镜蛇跳舞，小吃店里飘散出敦都里鸡香味。我在德里逗留的倒数第二天，在游过莫卧儿王朝的皇宫红堡以后，走进了红堡对面的月光市场，立刻就湮没在摩肩接踵的人群里。三轮摩托、人力车、手拉车、汽车堵塞了道路，香料市场、珠宝市场，卖绸缎、布匹、成衣和鞋帽的摊位、商店，一个接一个，走也走不到尽头。人们的叫喊声和小贩的吆喝声此起彼伏。我跳上一辆人力三轮车，讲好 100 卢比（约合人民币 15 元）拉我在月光市场兜一个圈子，费时大约一个钟头，但是由于道路堵塞，我在人力车上坐了将近两个小时，好不容易才逃出车辆人群的重围。付过车费，我沿着梅基·苏哈士街步行向德里门走回去。这一天是星期日，正好赶上这条大街上举办旧书市。一条两三公里长的人行道上，一个书摊连着另一个书摊。但是在书摊买书也困难，因为摊位占据了人行道的 2/3，余下的狭窄空间只能相对走两行人。购书人被广大人群挟裹着，很难站住脚。我大致浏览了一下，书摊上摆着的大部分是画报、杂志和簿记、电脑教科书等实用书籍，只有在一处转角的地方，我发现了一堆英文文学书。蒲柏、笛福、菲尔丁、斯特恩……大多是现在早已被人遗忘了的英国十七八世纪的作家。不知这些皮面精装的文学作品是过去哪位英国殖民者的遗物，如何沦落到街头旧货场里。

旧德里过去曾有七个朝代在此建都，处处是文物古迹。但是我只参观了建于 17 世纪上半叶莫卧儿王朝的红堡。红堡矗立在朱木拿河畔，四周有两公里长的红砂石围墙，傍晚时分，这一印度"紫禁城"在落日余晖照耀中宛如一团燃烧的烈火。城内亭台、阁楼、宫殿造型别致，雕刻精细，华丽非凡。全堡有五座城门，正门在西，名拉合尔门。1947 年尼赫鲁就是在这里宣布印度独立的。

泰姬陵和一个哀婉的爱情故事

泰姬陵位于印度阿格拉城朱木拿河右岸，始建于 1631 年，费时 22 年才竣工。这座洁白的大理石建筑宏伟壮丽，寝宫和一些细部装饰玲珑剔透，巧夺天工，不愧称为世界七大奇迹之一。更加感人的是泰姬陵的建造还蕴含着一个哀婉动人的爱情故事。

莫卧儿王朝的第五代皇帝沙贾汗是一个英武有为的君主，但据说也是个暴君，有时会把犯人扔进虎笼里喂虎。他在 1628 年称帝，征服德干各国，北伐波斯，战功赫赫。当沙贾汗还当太子的时候，同一个可汗的女儿，十九岁的阿柔曼·巴纽·比格姆结婚。阿柔曼聪明贤惠，美艳惊人，婚后夫妻感情甚笃。她为沙贾汗生了 14 个孩子，不幸在三十八岁时因难产而死。沙贾汗在她生前曾赐予这位宠妃封号蒙泰吉·玛哈尔，后讹传为泰姬（或泰吉）·玛哈尔，意为"皇宫中的王冠"。泰姬临死的时候，请求皇帝为她建造一座陵墓，纪念他俩真挚的爱情。死后，沙贾汗实现她的遗言，每天动用两万余民工，总共投入 4000 余万卢比，终于建成这座举世闻名的陵寝。泰姬陵墓占地 17 万平方米，四周筑有红砂石围墙。中央是花园、长甬道和清澈见底的水池。陵墓建造在 7 米高的正方形大理石石基上，高 74 米，顶部是一个巨大的圆形穹顶，顶端耸立着金色塔顶。内部寝宫装饰镶嵌非常华美。据说沙贾汗从世界各地采购无数珍贵宝石、珊瑚翡翠、珍珠玛瑙，在墙壁上镶嵌成各种花卉。有的水晶还来自遥远的中国。泰姬陵在一天中随着日光转移、光线变化，呈现出不同色彩。夜间，在皎洁的月光或闪烁繁星映照下，宛如梦中仙境。英国诗人阿诺德爵士（Sir Edwin Arnold）称赞说："这不是一座建筑物，而是一位国王融化于有生命的巨石中的爱情。"

　　沙贾汗本想在离泰姬陵墓不远的地方再用黑色大理石为自己修建一座陵墓，与爱妻陵寝相对，日夜守望。可惜在他晚年，几个太子争夺王位，一个叫奥朗泽伯的儿子竟把他幽禁在阿格拉城堡一间小阁楼里。沙贾汗被活活囚禁了七年，每天只能隔着朱木拿河遥望爱妻坟墓，以泪洗面。在他抑郁身亡前，这位不幸的君主写过这样几句诗：

这座洁白的建筑不断勾起我的愁思，

太阳和月亮伴我一同滴落伤心泪水；

虽然陵墓矗立在凡俗尘世，

它展示的却是造物主的伟大光辉。

卡杰拉霍和一个神话爱情故事

卡杰拉霍位于印度中央邦查塔普尔县，在新德里东南约600公里，地处德干高原以北、恒河平原区南端。几百年来，它只是人口不足一千的一个默默无闻的小村落。1838年，英国驻印部队中一个工程师无意中闯入这个地区，却有了举世震惊的伟大发现。原来自公元9世纪初起，这里有一个繁荣的王朝——昌德拉王朝崛起。这个王朝以卡杰拉霍为中心，统治了印度中部本德勒坎德数百年。在昌德拉王朝鼎盛时期，王朝的第一位国王丹伽（约954—1002）在位时，开始在卡杰拉霍大规模建造神庙——毗湿奴庙、湿婆庙、耆那教庙，甚至还有少数佛庙。这些神庙庄严高大，门廊角塔，重叠相连，远望如一座座山丘。最令人惊异的是庙体上的无数雕刻和浮雕，不论是上界天神、飞天仙女还是朴实无华的农村妇女，不论是象头人身形态骇人的神兽，或人间家畜，个个神态生动、栩栩如生。举世无双的塑像是众多赤裸裸表现性爱的场景，有的是数男与一女做爱甚至人畜相交。这是在西方最大胆的美术作品中也无法看到的。卡杰拉霍最早曾有八十余座神庙，现只保存下二十几座，分为东、南、西三个庙群，分散在大约六平方公里的广大区域内。

说到昌德拉王朝的起源和"爱神庙"的建造，印度流传着一个神话故事。很久很久以前，这里有一位貌似天仙的公主，名叫亥玛瓦蒂（Hemavati）。她的美丽容颜叫月神昌德拉动了心，于是在一天夜里，趁公主在河中沐浴的时候，化身英俊青年，降临到公主身边，同她做爱。他们后来有了一个儿子，得到众神祝福，长大成人后，英勇非凡，曾赤手杀死过一头雄狮。以后昌德拉家族子孙繁衍，就建立了昌盛的王朝。在参观卡杰拉霍神庙时，游客不难发现人狮搏斗的雕塑，因为建筑师念念不忘把昌德拉人祖先的非凡英勇叫后代人知道。至于卡杰拉霍庙群上的雕像为什么以妇女为主，而且所有的妇女都是我国某位作家盛赞的"丰乳肥臀"形象，为什么性爱场景这样毫无忌讳地频频呈现，这恐怕只有研究印度文化、社会、宗教的学者才能解答。我这个普通旅游者只能解释说：性爱是人的最原始本能。人类的繁衍、种族的延续都有赖于男女相爱。为什么不少种族部落都曾有过生殖器崇拜？为什么印度教三大主神之一湿婆以"林伽"（男根）为象征，供奉在众多湿婆庙里？大概原因也在此吧。

骨灰就撒在信徒沐浴的河道里——恒河浴场

印度教徒相信，恒河是一条圣洁的河流，在恒河中沐浴可以涤清一生罪孽，使灵魂纯净。但在恒河河畔几处浴场中，教徒最渴望去朝拜的却要属圣城瓦腊纳西了。瓦腊纳西原名贝纳勒斯，又称迦尸。曾是迦尸古王国的都城。民间流传着一个传说，认为它是印度主神湿婆在 6000 年以前创建的，由于湿婆用自己的头发把从天猛降的恒河河水挡住，才挽救了住在这里的无数生灵。至今印度教徒有很多人还相信只有死在这个圣城里，灵魂才能升天。

瓦腊纳西在佛教始祖释迦牟尼时期（约公元前 6 世纪）已经是一个闻名全国的宗教城市。释迦牟尼在这里收了五位弟子，并首转法轮，宣讲佛教真谛。大约 900 多年以后，中国高僧玄奘也到这里来取经。他在《大唐西域记》里描述这座圣城说："区界八分，连垣周堵。层轩重阁，丽穷规矩。僧徒 1500 人，并学小乘正量部法。"可惜印度佛教后来式微，释迦牟尼讲经的鹿野苑逐渐沦为废墟。直到 19 世纪中，考古学家才对鹿野苑进行挖掘，重整失散的文物古迹。

我们从德里乘了一夜火车，次日清晨才颠簸到瓦腊纳西。当日参观了鹿野苑和考古博物馆，又朝拜了"印度之母"等几座神庙。吃过晚饭，同两个伙伴租了一辆三轮摩托，到瓦腊纳西城里去观光市容。听说这里一年有四百多个宗教节日，我们去的这一天正好是点灯节（Diwali），只见几条街上到处张灯结彩，锣鼓喧天。有些地方还搭起舞台，有小乐队演奏音乐、表演歌舞。车子快走到恒河边的时候，人群拥挤不堪，我们也只能下车步行。这是我首次混迹于印度老百姓人群里，是我第一次见到横卧街头的神牛，第一次闻到小吃店里散发出的咖喱的辛辣和香料的芬芳，也是我第一次听到身披白袍，面对恒河的信徒念念有词地礼拜祈祷。

次日凌晨，乘坐了一条小木船，沿着恒河边往返巡视了一遍。恒河西岸一侧是一排宏伟的建筑物和众多庙宇。6 公里长的河岸建有七十余个带阶梯的小码头，每个码头的阶梯上都有沐浴的善男信女。一些男性甚至裸体浸在河里，有的不断把水撩到身上，有的向东方合十祷告。浴场北头有一个火葬场，两只载着尸体的小船正泊在河边。尸体上盖着白布。岸上和小船上堆着焚尸的柴木。我看到火葬场上冒着袅袅青烟，不知是一位什么圣徒的灵魂正随着青烟升入天国。虽然向导预先嘱咐我们不要拍照，我还是偷偷把这一难见的奇景摄入我的相机里。只有去过庙宇林立的瓦腊纳西，只有看了在恒河浴场沐浴的男女教徒，和遍布街头的苦行僧，才深知印度人对宗教的执着如何深。有人形容印度人说“没有宗教就没有生活”，这句话不是没有道理的。

短短的14天印度之旅结束了，但这个背负着宗教与历史的沉重包袱，正蹀躞着走向现代文明的国家却给我留下了不可磨灭的印象。

回想那段游历，脑子里依然充塞着无数见闻和感受，这远不是一篇记游的短文能够覆盖的。

（2003年）

布赖顿棒糖

—— 异域拾英之一

　　未迈出国门前，对西方国家人民生活习俗的了解如隔雾观花，只知道个大概。仅有的一点皮毛知识，均得自书本。五六十年代翻译过几本德国古典文学作品，靠着勤查字典（杜登的图解词典对我的帮助极大），倒也能应付下来。"文革"后开始译一些西方现当代作品，一碰到描述英美人衣食住行的细节和琐事，就像坠入五里雾中，使我这个读了大半辈子洋书的人，恍如无知小儿。以英国为例，什么叫 detached house？什么叫 semi-detached house？啤酒馆为什么分为 saloon bar 和 public bar？二者有何区别？这些词有的在词典里虽能找到解释，但看过后仍不甚了了。比如说，为什么一个人乘坐火车，发现被人追踪后一开身边的车门就跳出车厢？难道车门就设在座位旁边吗？这件事直到若干年后我乘上一列从伦敦开往克罗伊登的市郊火车才弄清楚。原来英国的老式火车车厢每两排相对的座位旁边就有一扇门，并不像今天的车厢那样出入口设在车厢两端。这种老旧火车一节车厢两面各有十几扇门，旅客一迈腿就能上下月台。这种便利设施使阿加莎·克里斯蒂（英国女侦探小说作家，一生写了近七十部作品）作品中的不少被追捕的人很方便地就失了踪。

　　1981 年第一次去英国，在伦敦住了两天便迫不及待地特地去游览有"海滨伦敦"之称的布赖顿。吸引我到这里来的不只是几公里长的沙砾海滩、欧洲最大的游艇码头、水族馆和东方式样的皇家穹形宫，我更想看一看作为格雷厄姆·格林的一部小说标题的"布赖顿棒糖"到底是什么样子。Brighton Rock 中的"Rock"一词曾一度为人误译为"岩石"，实际上是在这个海滨避暑地售卖的大约三十厘米长的薄荷味棒棒糖。《布赖顿棒糖》（格林自称这本书"可能是我写得最好的作品之一"）的主人公，那个信仰天主教而心灵极度扭曲、最终消失到悬崖下的年轻职业杀手品基小时候是否常常吮吸这种棒棒糖呢？徜徉在由旧时渔民晒网场建起的迂曲小巷，坐在也许是品基第一次遇到他未来的妻子、最后又出卖了他的罗斯的小餐馆里，我好像朝着文学大师格林建筑起的这个心灵城市更走近一步了。

在英国住了一段时间我才知道，原来这种叫作 rock 的棒棒糖，不仅布赖顿有，其他的一些名胜地也有。有趣的是，各地的棒糖都把自己的地名用不同颜色的字母拼出来嵌在糖心里面，以示与别地的棒糖不同。一位熟悉本国典故的英国朋友告诉我，苏格兰首府爱丁堡 1822 年就开始制造爱丁堡棒糖，历史最早。爱丁堡的古城堡雄踞城市中央，建筑在三面峭壁、高达 135 米的巨大岩石上，城堡内有国王寝宫、有军营和地牢，也有一座苏格兰建筑最早的小教堂。爱丁堡人把他们制作的大棒糖叫 rock，很可能一语双关，为他们这块有历史意义的大岩石传名，以后其他名胜地生产的棒糖便也都沿袭"岩石"这个名字了。叫"岩石"也对，棒糖坚若石块，小孩子买一块就是嘬一个钟头也嘬不完。

（1993 年）

饮茶

—— 异域拾英之二

　　善于讲故事、解剖人性笔锋有若手术刀一样锐利的萨默塞特·毛姆是我非常喜欢的一位英国作家。他的自传体长篇小说《人性的枷锁》在当年无书可读的日子我曾不断翻阅，几乎成了我的英语课本。这本书里好几处出现了伦敦的"茶馆"（其实把 tea house 译成"茶馆"很不恰当。英国和中国文化背景迥然不同；伦敦的 tea house 绝不是老舍笔下的茶馆）。书中一段孽姻缘的女主人公弥尔德蕾出身就是一家伦敦茶馆的侍者。据年纪大一些的英国人讲，这种茶馆环境幽静，布置典雅，是英国中产阶级市民品茗休息的好处所。可惜第二次世界大战后由于风气的变化，逐渐消失，到了 20 世纪 70 年代中后期，Lyons 连锁茶店在伦敦市内的最后一家也关闭了。1981 年我第一次去伦敦，在街头傻找了半天，一家也未看到。几年后又有机会去英国，倒是在某个海滨小镇发现了一家 tea house，但同毛姆描写的已大不相同。那地方虽也卖茶，却以经营便餐为主，已成为小餐馆了。

　　对于不习惯喝可口可乐与矿泉水的中国人来说，出国旅游饮料是个令人头疼的问题。一般地说，在欧洲一些国家的咖啡馆里都可以喝到茶，虽然那里供应的都是红茶，并无龙井香片。要一杯茶，随之而来的是牛奶、方糖，外加一片柠檬。在英国海滨还有加奶油的奶茶。在咖啡馆喝茶，口渴的人可以叫一壶（不锈钢的茶壶也不过陶瓷缸大小），对我这种习惯豪饮的人也未免太吝啬了。曾在匈牙利饮茶，是一小酒杯极甜的浓茶，不给你加水，喝了以后反而更觉口渴。后来有机会去埃及漫游，发现那里的茶馆大大小小遍布街头。讲究一些的有庭院式的，也有的是临街的小茶楼，这使我想起《水浒传》里的豪杰们临街品茗，看见街头一起不平事，就从楼上一跃而下。简陋一些的茶馆只是在马路边上摆几张桌子，供游人歇脚。可惜埃及人喝的也是甜茶，茶杯比匈牙利的大一些，外加一玻璃杯冷水。埃及的茶馆从早到晚总是熙熙攘攘。我面前摆着一小杯甜茶，时不时地啜一口，一面同三教九流的人闲扯，或者看他们一边喝茶一边吸大水烟袋。这是一种落地式的大烟袋，下端有一个玻璃水壶，大小茶馆都免费供应。埃及物价便宜（这是六七年以前的事了，现在不知如何），我不只可以自己连喝几杯，还可以大大方方地招待同桌的茶客。

久在外面行走，我已养成随身带一瓶矿泉水或蒸馏水的习惯。还是在埃及，从卢克索小旅舍的老板那里借了辆自行车去十几公里外的"帝王谷"（那里有埃及六十四帝王陵墓）。同行的是一个旅途上偶然结识的年轻德国人。我们两人只带了一瓶蒸馏水。没想到沙漠里那样热，头顶的太阳那样毒，骑一小段路就汗流浃背，不得不停下来喝两口水。在一望无际的黄沙世界里这几口温暾暾的白水味同甘醇，那是我喝过的最好的饮料了。

（1993 年）

欧洲跳蚤市场印象

第一次体味西方跳蚤市场的"盛况"是在德国鲁尔区的波鸿市。那熙熙攘攘的人群，一眼望不到边的摊位，五光十色的旧货，简直看得我目瞪口呆。我怀疑这已不是一切都富丽堂皇、整齐有序的德国，而是东方某个国家的集市了。那是 80 年代初，我受聘担任波市语言中心的汉语教员，第一次迈出国门。在物质与精神生活受到长期禁锢之后，突然置身于一个无比繁华的"自由"世界，叫我感到头晕目眩。我不想住在幽静、僻远的大学区，做一名什么学者。我付了高价房租在市中心租了套住房，一头扎进花花世界。走出街门，就是咖啡厅、剧场、电影院、书店，全市最大的两家百货大楼和令我流连忘返的音乐店、音响店，波鸿只是一个中小城市、商业区方圆不过数里，我日日在大街小巷中蹀躞，把影子印在每一张光可鉴人的橱窗玻璃上。

星期日的时间较难打发，除了餐馆、电影院外，商店一律停业。我初来德国，朋友不多，除了偶尔去一个什么旅游点参观外，只能闷坐寓所，看书、听音乐、写写家信。星期日早上照例到外面去吃早餐，走出我住的小巷——小巴黎街，多么罗曼蒂克的名字！再穿行半条车辆禁止通行的步行街，我就走到了一个狭长的广场。我在街角投币售报的报摊上买两份晨报，踱入广场一侧的一家餐馆，悠闲地啜饮一杯咖啡，翻看报纸，看完了，就眺望玻璃窗外的街景。

广场上有一个喷泉，石栏上布满青苔，一座大理石雕像，几张游椅，再向前走是几个花坛和宽大的甬道。星期日早上，广场照例非常静，游椅上也许坐着几个晒太阳的老人，餐馆外偶然走过一个遛狗的市民。

这一天早上，我走出步行街，发现景色大变。广场上的所有空地都摆上了大大小小的售货摊位，只见万头攒动，人声鼎沸——原来这是每月一次的跳蚤市场。当时我正热衷于搜寻德国通俗文学作品，虽然这类书籍在任何书店都不难买到，但我总觉得花大价钱买这类无大价值的闲书太不值得。现在好了，跳蚤市场可以充足供应，面前一个大学生模样的人摆的书摊上就堆放着三五百本袖珍本廉价小说。除了书籍之外，我还有别的需求，音乐磁带、做饭的家什、一台旧打字机……当时我的计划是在德国至少住两年。这一天早上我自然满载而归，旧书买了几十本，只好暂时放在大学生的书摊上，最后还是回到住所找了一个硬纸箱，又取来折叠的行李车，才把买的东西全部运回去。波鸿市的跳蚤市场定在每月第一周的星期日，其余三周呢？后来我打听到，这一地区每周日都有跳蚤市场，只不过轮流在不同市镇举办而已。

七八年后，我再次客居欧洲。这次是在德国巴伐利亚首府慕尼黑市。慕市是德国第三大城市，人口一百二三十万，这里的周末跳蚤市场既有小型的（分散在各居民区），也有一处最大的，设在城市西北部毗邻奥林匹克公园的广场上。这个跳蚤市场大得惊人，除了无数摊位外，还有几十辆车开进广场，一列排开，把车厢当作售货摊。慕尼黑市的跳蚤市场每周都有，而且周六、周日连续开市两天。到市场售货的除了一般市民外，也有大量专门做旧货生意的商人。有人甚至是从百十里地以外开车来的。有些人经营家具等大件物品，不易来往搬运，便索性在市场搭起简易房屋，把货品存在这里。日久天长，这些摊位已经成为半永久性的旧货店了。慕市跳蚤市场的另一特点是，由于面积过大，摊位繁多，久而久之就按照物以类聚的规则，分成不同的几个小区。衣服、家具、书籍、古董、唱片、电器……大致都有不同的区域。市场尽头还有一个大售货棚，专卖皮革衣服和高级饰物。棚前的空地上摆着几个小吃摊，德国香肠、汉堡包、冷饮、热饮，一应俱全。

我客居欧洲期间，曾先后去过罗马、巴黎、维也纳、雅典等几个大城市，这些地方的旧货市场我都光顾过，但无一能与慕市的大跳蚤市场相比。从规模上讲，只有伦敦的波多贝罗市场可与这里媲美。波多贝罗主要是以古董珠宝市场闻名，出售低档次物品的只占市场一部分。另外，伦敦的利物浦街跳蚤市场也很有名，但那里卖旧货的部分被建筑物夹在中间，通道迂曲、狭窄，虽有四五块空地，一两座大棚，也无法容纳光顾的人潮。但尽管如此，到伦敦来观光的外国游客，在参观完威斯敏斯特教堂、大英博物馆、伦敦塔桥等名胜古迹以后，少不得也要到旧货市场走走。也许他希望买到一枚英国皇室颁赠的什么旧勋章，一颗英国士兵当年从印度带回来的红宝石，从中寻出一些大英帝国的往日辉煌吧！

在国外时虽听别人说，中国因公出国人员多受警告不要去跳蚤市场。原因嘛，买便宜货、二手货会让中国人丢脸。不知今天当国内不少城市也出现跳蚤市场之后，这条禁令是否仍然生效。

这种偏见——把跳蚤市场看作专为下等公民设置的——也存在于一部分外国人头脑里。就在我每周都去慕市跳蚤市场"寻宝"的时候，就不断有德国人散发传单、投书报纸，要求关闭这个又脏又乱的"垃圾场"。他们列举了许多理由：星期日是上帝安排的休息日，理应待在家里读《圣经》；市场喧嚣杂乱，制造噪声污染；清洁、优美的环境为市场破坏等等。有一次一个散发传单的年轻人，劝说我在抗议书上签名，他压低喉咙对我说："你看看都是些什么人到这里做买卖？多一半是 Gastarbeiter（客籍工人，指原籍土耳其、希腊、南斯拉夫等国到德国来的劳工）。谁知道他们卖的东西都是从哪里来的？"我不屑于和他辩论，当然更未在他的抗议书上签名；我知道站在我面前的是一个纯正日耳曼血统的德国人。

1992 年春，我有幸又一次去德国旅游，重又访问慕尼黑市。

我住在一个德国朋友家里。一次闲谈中他对我说："奥林匹克公园的那个跳蚤市场终于被关闭了。"我没有说什么。我猜想，大概是德国人的生活水平已大大提高，人人购物都要去大百货商店和精品屋了吧！

（1994 年）